本书编委会

主　　编　杜　峰

副 主 编　段创峰　冯　凯　张建成

编委会成员　巴雅吉呼　顾沉颖　何　晓　刘　学　仝乐乐

前　言

随着我国人民生活节奏的日益加快和科技的快速发展，各大型建设工程项目所面临的风险日益增加，不确定因素也大量增加。在大型工程项目管理过程中，由于缺乏一套完整的方法体系参考，工程项目的风险评估在我国多凭经验办事，从而由风险所导致的损失规模逐渐加大。我国的建筑企业抵御风险能力较弱，缺少有效、规范的科学管理程序，对风险评估主要依靠经验积累，对其认识尚处初步阶段。

由于大型工程具有参与方众多、技术复杂、施工难度大、投资大以及工期长等特点，工程建设参与各方在项目实施过程中不可避免地要面临大量风险。因此，大型工程项目风险评估意义重大，工程项目建设过程中要对各种可能遇到的风险加以有效防范，以免造成不必要的损失，从而保证工程建设的顺利进行。

本书在国内外研究成果的基础上，对我国大型隧道工程风险评估理论和风险管理标准化、实践操作方面做了系统研究与探索，对于提高我国大型隧道工程建设风险评估的水平具有十分积极的意义，同时也有助于促进项目实施决策的科学化、合理化，并进一步提高项目决策的质量。

编　者

2017 年 6 月

前言

目　录

第 1 章　概　论

“风险”是指在给定的条件和某一特定的时期，未来结果的变动；是事物可能结果和损失的不确定性。

现代大型工程项目设计施工管理过程中，风险无处不在。对于规模大、周期长、产品具有单件性和复杂性等特点的建设工程来说，在设计和实施过程中存在着更多不确定因素，比一般产品生产具有更高的不确定性和更大的风险，因而引入风险评估技术尤为重要。

风险评估是指项目设计和施工管理人员通过风险识别、风险分析、风险评价、风险对策及多种管理方法、技术和手段，对项目活动涉及的风险实行有效的预控制，采取主动，创造条件，尽量把风险降至最低水平，以最少的成本保证安全、可靠地实现项目的总目标。

风险评估直接影响大型项目的经济效益，做好风险评估工作，可避免许多不必要的损失，从而降低成本、控制费用、增加利润。通过风险转移，可将潜在的重大损失转移给他人，例如保险公司等。通过对风险进行恰当的分析，作出正确的预测，并采取果断措施以避免意外损失。

建设工程风险评估是对项目可能出现的风险进行主动控制和管理，其目标是实现投资、工期、质量、环境和安全的控制。现代工程风险理论认为，任何工程项目都有风险，工程风险评估是决定项目能否成功的关键因素，是提高对造价、工期控制精度和质量控制水平的主动措施，也是建设市场运行机制发挥作用的重要保证。随着社会经济的发展和科学技术的进步，工程建设中潜在的风险程度越来越大，工程风险评估作为工程项目管理的关键因素而受到越来越广泛的重视。

风险评估分析技术始用于工程项目管理是在 20 世纪 50～60 年代，伴随着西方国家战后重建，特别是西欧经济的复苏，在欧洲兴建了一大批宇航、水电、能源、交通项目，巨大的投资使项目管理者越来越重视成本管理，而复杂的工程项目环境又使项目本身面临极多的不确定因素。如何定量地事先预计不确定性对工程项目成本的影响成为管理者的一大难题。为此，研究机构及学者们先后开发、研究了各种项目风险评估技术。随着新的评价方法的不断产生，对工程风险分析也向综合性、全面和多维的方向发展。经过几十年的理论研究与探讨以及在实践中的初步应用，国际学术界已对工程风险评估的理论达成较一致的看法，认为工程风险评估是一个系统工程，它涉及工程的各个方面，包括风险的辨识、分析、评价、控制和管理，其目的在于通过对项目环境不确定性的研究和控制，达到降低损失、控制成本的目的。

为促进该领域的交流与合作，国际学术界定期召开有关的学术会议，交流和探讨取得的最新研究成果，国际上知名的大学和科研机构都有以工程风险分析为研究课题的学科，从而促进了工程风险理论的进一步发展。目前，工程风险评估正逐渐走向发展和实际应用的阶段。

1.1 风险评估的研究背景

近年来，在地下工程建设过程中实行安全风险评估的必要性和紧迫性已表现得十分明显。建立风险评估制度，对拟建和在建的城市地下工程项目进行设计施工风险评估，继而进行风险控制十分必要，而且应扩大到整个地下工程建设领域，主要原因如下：

（1）地下工程建设是一项高风险建设工程；

（2）地下工程建设事故频发、形势严峻，令人堪忧；

（3）城市地下交通和运营的风险正在进一步加大。

例如：

1. 上海地铁四号线事故（2003 年 7 月 1 日）

上海地铁四号线事故发生段为地铁董家渡段、靠黄浦江 260m 处，位于两条隧道之间的一条狭小连接通道，即旁通道。当时，竖井与旁通道的开挖顺序错误、冷冻设备出现故障导致温度回升和地下承压水导致喷砂这三方面的不利因素遇在一起，最终导致了事故的发生，如图 1-1 所示。

图 1-1　上海地铁四号线事故

2. 杭州地铁一号线事故（2008 年 12 月 15 日）

杭州地铁一号线事故发生在萧山区萧山风情大道出口附近，由于地铁基坑附近的地下公用管线破裂、基坑渗漏，导致附近河水倒灌发生大面积地面塌陷，造成超过 10 人死亡，为新中国成立以来最大的地铁建造施工事故，如图 1-2 所示。

图 1-2　杭州地铁一号线事故

3. 广州地铁六号线东湖站至黄花岗站盾构区间事故（2008 年 4 月 15 日）

广州地铁六号线事故发生在广州市东山湖公园附近的在建隧道。事故原因为盾构机开仓作业时有不明气体泄漏，经对事故现场的余气成分及浓度进行检测，结果显示盾构机土仓内甲烷、一氧化碳等有害气体严重超标。据此，专家初步判断，由于盾构机土仓内聚集了大量甲烷等有害气体，在开仓过程中发生爆燃事故共造成 2 死 5 伤，如图 1-3 所示。

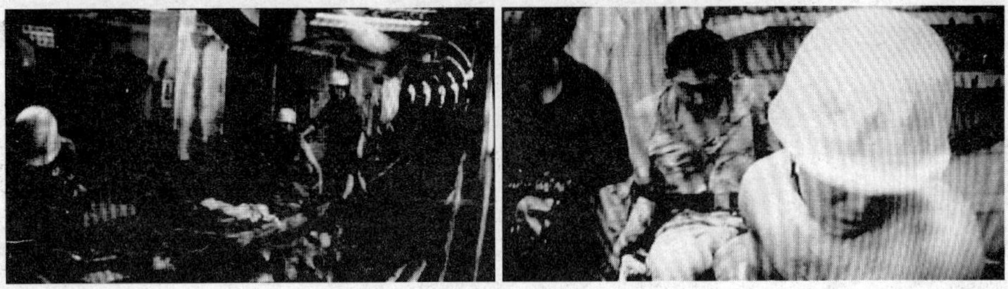

图 1-3　广州地铁六号线事故

据规划统计，中国是目前世界上地下空间开发利用大国，并且已成为世界上隧道最多、建设发展最快的国家。中国在 21 世纪的前 20 年要建设总长约 6000km 的隧道工程，其中许多还是长大深埋隧道，因此十分需要有成熟的工程风险评估经验进行借鉴。上海地铁四号线的事故及其成功修复应该说在一定程度上提高了人们的工程风险意识，以“地下工程施工与风险防范技术”为主题的“2007 第三届上海国际隧道工程研讨会”重点突出了地下工程风险防范的技术与管理，强化了地下工程与风险评估不可分割的指导思想。

对大型隧道工程实施风险评估研究的目的也就在于采用科学的风险评估手段，尽可能减少工程建设过程中各种潜在风险发生的概率以及降低风险损失的规模和影响。作为规模大、周期长、产品具有单件性和复杂性等特点的大型地下公共工程来说，其本身就是一项含有风险的事业，这些风险都有可能造成巨大的经济损失和人员伤亡，而我国在工程风险评估理论和工程风险管理标准化、实践操作方面的基础却相对薄弱，迫切需要加强这方面的研究与探索，为工程建设提供科学的风险评估标准依据，这对于提高我国工程建设风险评估的水平以及提高我国工程风险意识和抵御工程风险的能力都具有十分积极的意义。

1.2 工程项目风险评估的主要内容

风险的识别、分析、分配、处理是工程项目风险评估的主要内容。

1. 风险识别

它是风险评估的第一步，是对工程项目所面临的和潜在的风险加以初步分析、判断、归类的过程。工程项目周围存在的风险是各种各样的，包括项目外部的和内部的、技术的和非技术的。这些风险存在于什么地方？发生的条件是什么？发生的可能性有多大？发生后的损失又是如何？这些在风险识别中均应有初步的分析和判断。

2. 风险分析

它是在风险识别的基础上，通过对所收集的大量资料的分析，利用概率统计理论，估计和预测风险发生的可能性和相应损失的大小。风险分析是对风险的定性及定量化分析，可为风险评估者进行风险决策、管理技术选择提供可靠的科学的数据。

3. 风险分配

工程项目的自身特性决定了其具有高风险性，工程项目风险分配是项目各方在对项目的目的、范围和功能有明确的认识及对相关风险有系统的辨识的基础上，按照一定的原则在合同中规定各方应承担的风险，据此对风险进行识别、预防和控制，并对风险管理者进行激励的过程。风险在项目各方（主要是业主、设计、施工、监理等各方）的合理分配是风险有效防控的前提。

4. 风险处理

它就是在风险发生时，实施风险评估计划中的预定措施。风险处理措施包括两类：一类是在风险发生前，针对风险因素采取控制措施，以消除或减轻风险，其具体的措施包括：规避、缓解、分散、抑制和利用等；另一类是在风险发生前，通过财务安排来减轻风险对项目目标实现程度的影响，其具体的措施有：自留、转移等。

第2章 风险评估理论发展

2.1 国外地下工程的风险评估研究

风险评估在工程项目上的应用研究相对于风险评估的理论研究，尤其是地下工程方面，其进展主要在20世纪70年代以后，地下工程风险的研究取得了一定的成果，但也多以理念的建立和定性的研究为主，而定量的研究往往止步于可靠度的计算，如何进一步达到技术与经济指标的结合，目前的研究成果不是特别多。地下工程的风险评估分析的代表人物是美国的Einstein. H. H，他曾经撰写多篇有价值的文献，诸如《Geological Model for Tunnel Cost Model》(1974)、《Risk and Risk Analysis in Rock Engineering》(1998)，主要贡献是指出了隧道工程风险分析的特点和应遵循的理念。

20世纪80年代以来，风险评估的理论研究和应用发展地较快，有些风险评估研究专家曾预言，风险评估理论将会替代保险评估理论，风险评估理论将会应用到各个领域。

在美、英等发达国家，风险评估研究十分活跃。1983年，美国风险与保险管理协会(简称RIMS)年会上，世界各国学者共同讨论并通过了"101条风险管理准则"，以作为各国风险评估管理的一般准则。其中包括：风险识别与衡量、风险控制、风险财务处理、索赔管理、职工福利、退休年金、国际风险管理、行政事务处理、保险单条款安排技巧、交流和管理哲学等。英国C. B. Chapman教授在《Risk Analysis for Large Projects：Model，Method and Cases》一书中提出了"风险工程"的概念。风险工程是对各种风险分析技术的集成，以更有效地进行风险评估为目的，使得在较高层次上大规模地应用风险评估研究成果成为可能。与此同时，风险评估理论的应用也十分普遍。大型工程项目的立项决策、工程结构设计、工程投标承包等过程中也广泛地进行风险分析和研究。

1987年，为推动风险管理理论在发展中国家的推广和应用，联合国出版了关于风险评估管理的研究报告——《The Promotion of Risk Management in Developing Countries》，此后，其影响较大。如，在尼日利亚风险评估管理的发展极为迅速，并取得实际效果。1991年，学者J. O. Irukwn出版了著作《Risk Management in Deveoping Country》，该书系统地阐述了风险评估管理的基本理论，并结合发展中国家的国情进行了剖析和说明。

国际隧道协会（下称国际隧协）也在 2002 年 10 月由 Sren Degn Eskesen 和 Per Tengborg 等撰写了《Guidelines for Tunnel Risk Management》，为隧道工程（以岩石隧道为主）的风险管理提供了一整套参照标准和方法。2004 年国际隧协年会专门设置了安全、费用与风险的专题，J. Reilly and J. Brown 提交了题为“Management and Control of Cost and Risk for Tunneling and Infrastructure Projects”的论文。

2.2 国外风险评估发展的主要成果及趋势

自 2004 年以来，安全、费用与风险已成为国际隧协每年年会的主题。地下工程安全风险评估在地下工程中的应用研究正在美国、欧洲积极开展，欧共体行政院于 1992 年、意大利政府于 1996 年发布了相应的指令，有些国家和机构已编写出隧道工程风险评估的规范和法规：

（1）国际隧协 2004 年发布了风险评估的指导方法；

（2）英国隧协和保险业协会于 2003 年 9 月联合发布了《英国隧道工程建设风险管理联合规范》；

（3）国际隧道工程保险集团（简称 ITIG）于 2006 年 1 月发布了《隧道工程风险管理实践规程》，在实际工程应用方面主要由各个岩土工程咨询公司进行实施；

（4）意大利 GeoDATA 公司针对地下工程施工风险评估推出了名为 GDMS（GeoData Master System）的信息化管理平台；

（5）从开发的软件和应用方面来看，已经开发的风险评估软件有美国的“Analytical Power Tools”系列软件、英国的“RiskNet”软件、挪威的“Dyn-Risk”软件、芬兰的“Riskman”软件等；

（6）国外风险评估发展趋势：

① 风险评估正成为大型项目发展中的一个例行程序；

② 风险评估与项目管理日趋结合；

③ 风险评估制定强制性的法规，特别是针对施工安全的法规。

2.3 国内地下工程风险评估理论研究

我国台湾地区风险评估理论研究的早期代表人物是美籍华人段开龄博士，他在台湾地区推动了风险评估运动，其后宋明哲等做出了非常大的贡献，撰写了《风险评估》

（1984）等著作，但是目前台湾地区的风险研究主要还仅限于理论研究，实际应用的例子比较少。

我国香港地区的风险评估研究成果主要集中在岩土工程的应用上。由于香港的地质情况特殊，岩土工程问题非常严重，尤其滑坡等地质灾害发生概率高，因此，如何对岩土工程病害进行防治成为了风险研究的热点，相关的成果也很多，但主要是以可靠度理论作为依托，并开始逐步实现环境、经济、技术相结合的风险定量研究。

相比之下，我国内地的风险评估研究起步较晚，从 20 世纪 80 年代才开始从美国等西方发达国家引入风险评估思想。由于过去的计划经济体制，大型工程原材料的价格由国家控制，国家是唯一的投资主体，企业没有独立的经济效益，风险由国家承担。随着社会主义市场经济体制的逐步完善，对风险评估的研究开始在学术界成为了一个热点，在工程项目、国际工程、金融、房地产等领域逐步开展应用研究，取得了较为明显的效果，并以三峡工程为代表，在大型水利工程中首先获得应用，取得了一定的基础性资料。

清华大学的郭仲伟教授是国内引入风险分析理论的主要代表，他在 1987 年所撰写的《风险分析与决策》（1987）一书中详细地介绍了风险分析的理论和方法，对国内外研究成果做了全面的综述，至今仍有很高的参考价值。天津大学于九如教授结合三峡工程风险分析成果，撰写了《投资项目风险分析》（1997）一书，为风险分析理论在大型工程中的应用做了理论上的探讨。

近年来，我国风险评估理论研究的重点也已经逐渐转移到风险定量分析上来，并取得了不少的成果。姜青舫在其《风险度量原理》（2000）一书中，对风险的定义提出了新的数学描述，用数学的方法给出了风险度量的理论方法。邱菀华在其《管理决策与应用熵学》（2002）中提出将热力学中“熵”的概念引入风险评价和决策中来，为评价目标的不确定性提供了一种验证的手段。

2.4　目前地下工程风险研究中存在的问题及研究趋势

2003 年，我国开始针对国内隧道工程提出要考虑风险评估，特别是在上海地铁四号线发生事故后，中国铁路及地铁工程都加强了对风险评估的研究。

2004 年 5 月，中华人民共和国原铁道部在成都召开历史上第一次风险评估讨论会，研究宜万线野三关隧道的风险问题。自此，原铁道部开始制定“铁路隧道风险评估指南”（后定为“铁路隧道风险管理暂行规定”）。

2004 年 11 月，中国工程院与香港工程师学会在香港联合举行国际工程管理论坛，会上有多篇论文讨论风险评估管理。同时（2004 年 11 月），在中国土木工程学会隧道分会年会中成立了“风险管理小组”。

2005年，中国土木工程学会召开了我国第一次全国范围的地下工程安全风险分析研讨会，推动了地下工程安全风险研究的全面开展。安全风险评估管理的实际应用在近些年得到迅速发展，特别是在地下工程建设方面，一些新建地铁、隧道等项目大都进行了风险分析与评估。总体上，我国地下工程安全风险评估研究与实践已经取得了实质性进展，在某些工程中确有显著成绩，例如上海外滩地下通道顺利完成，宜万线373km沿线有大小100条岩熔隧道的铁路圆了100多年的人民愿望，川汉铁路也在加强风险管理下通车。然而，就全国范围的地下工程而言，目前还远远没有达到“风险评估化解地下工程建设之痛”的程度。地下工程风险研究的特点和存在的问题如下：

（1）主要开展的是风险分析，并局限于定性分析；

（2）对风险预警和控制方法研究不够，仅实现监测功能，而不能“控制”，没有整合成统一的安全风险评估系统；

（3）缺乏坚实的地质地理信息系统和符合工程实际地质、水文地质和环境条件的风险数据库系统；

（4）缺乏规范的安全风险评估体系；

（5）工程安全风险评估专业队伍不够规范，专业水平参差不齐；

（6）风险评估相关技术规范、标准不符合目前地下工程发展现状；

（7）缺乏合适的信息化安全风险管理平台。

针对以上问题，我国地下工程风险评估研究与实践的重点与趋势分析如下：

（1）加强针对地下工程风险评估的法规建设工作；

（2）推行风险评估计划，有组织地将风险评估作为地下工程建设管理的一个必要组成部分；

（3）风险评估要有基于信息化技术的风险管理及预警决策支持系统；

（4）加强地下工程安全风险评估以及重大事故预测预报和防治技术的研究。

第3章　大型隧道项目风险评估管理组织体系和流程体系

3.1　建立大型隧道项目风险评估系统

3.1.1　风险评估的定义

风险评估在不同的规范中有不同的定义。在国际隧道协会（简称ITA）《隧道风险管理指南》中，风险评估被定义为一个包括风险识别，风险分析，风险估计，风险消除、减弱或者控制的集合名词。在国际隧道工程保险集团（简称ITIG）编写的《隧道工程风险评估操作标准手册》中，它的定义如下：

风险评估是一个系统的过程，包括：

（1）通过风险评估进行灾害及相关风险的区分，以及这部分支出对于项目费用和工程进程的影响，包括对第三方的影响；

（2）风险的量化包括工程进程及费用相关联的部分；

（3）已明确的管理计划中排除或减轻风险的预防措施；

（4）确定可采用的风险控制方法；

（5）将风险分配给合约中的不同责任方。

对于本书来说，风险可定义为灾害的严重性和可能性的结合，可表示为：

风险＝风险后果/（灾害严重性×灾害发生的可能性）

在《澳大利亚/新西兰风险评估标准文献（AS/NZS 4360：2004）》中，风险评估被定义为一种在减少损失的同时获取最大利益的管理方式。对于一个好的“评估”过程，风险评估本来就应该是其必要的一部分。乃至对于一个公司或项目的管理，风险评估都应该是其必要的一部分。

对于风险评估本身，要想取得最有效的效果，风险评估应该成为一个项目或者组织的一部分；应深入一个项目的指导思想、实践和实施过程之中；风险评估不应该被视为一个独立的管理行为，风险评估是一个反复实现的过程，包括一系列的步骤，在这些步骤按顺序执行时，使得决策能够得到持续的改善，并使得效果得到连续的提高。

风险评估包括建立一套合适的方法和手段，并运用一种逻辑系统的方法来建立风险评估的背景和框架，识别、分析、估计、沟通和控制风险，这里的风险可以适用于任何（商业）行为、功能或者过程。

上面几种定义都包含了风险评估的主要内容，即风险识别，风险分析，风险估计，风险消除、减轻或者控制。国际隧道工程保险集团与《澳大利亚/新西兰风险评估标准文献》对风险评估的定义虽然表面上有所不同，但都强调了风险评估是一个系统性过程，包含一系列系统的步骤，是一个以最低成本最大限度降低系统风险的动态过程。

3.1.2 风险评估的重点

在风险评估中应该特别强调以下几个方面，以保证风险评估的有效执行：

（1）在地下工程的规划、设计、采购和实施阶段都必须考虑风险的识别和风险的评估，以保证风险“合理可实施至最低（ALARP，即 As Low As Resonably Practicable）”的原则；

（2）有关风险评估的责任应该在合约中明确地分配给相关责任方，以便他们能明确且在项目规划和评估中注意，并设置相关的财务费用；

（3）使用标准风险评估程序作为风险区分、评估、分类的正式文件，风险登记册在整个风险评估的过程中应及时地根据动态更新。

3.1.3 风险评估系统主要环节

风险评估的流程如图 3-1 所示，整项工作应是一动态过程，在适当的阶段进行反馈、检讨，并对有关评估工作作相应的调整。

风险评估的主要环节包括：

1. 沟通与配合

与项目内部和外部的各利益相关方就整个风险评估过程和风险评估的每个环节进行沟通和配合。

2. 明确相关背景

明确风险评估系统将要实施的外部和内部风险评估的相关背景，建立风险评估标准，定义风险分析的结构，这一步骤可分为以下几个部分：

（1）建立外部相关背景

① 确定项目的社会和政治外部环境；

② 确定项目的强项、弱点及所面临的机遇与挑战；

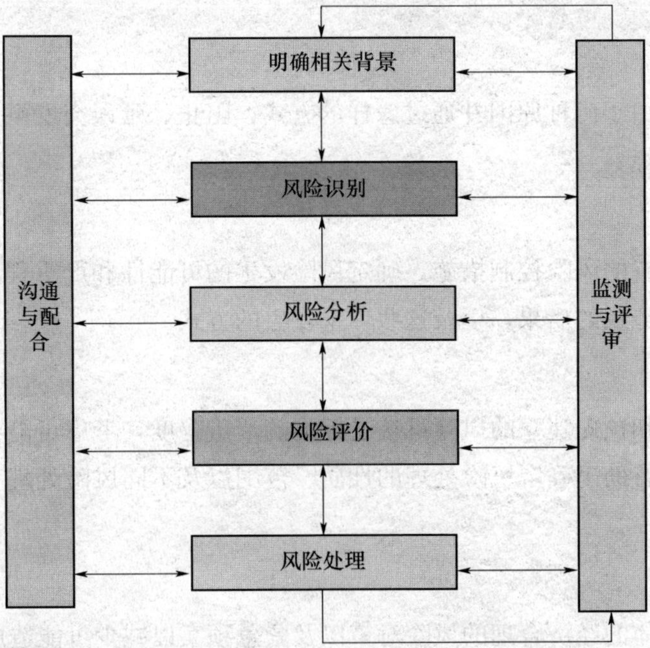

图 3-1　风险评估的流程示意图

③ 明确项目的相关利益方；

④ 明确项目的主要商业方向。

(2) 建立内部相关背景

① 明确项目的企业文化；

② 确定项目内部的利益相关方；

③ 明确项目的组织结构；

④ 明确项目的目标与策略。

(3) 建立风险评估背景

① 结合项目的目标与策略；

② 确定风险评估的内容；

③ 确定风险评估所需要进行的研究以及可利用的资源；

④ 确定风险评估的深度与广度。

(4) 制定风险接受准则

风险接受准则的建立应该反映项目操作、技术、经济、法律、社会、环境及人文诸方面背景情况的限制和制约，并且考虑确定项目本身的目的和相关方利益。

(5) 定义风险评估过程的结构

这一步骤包括将项目或者流程细分为若干基本元素和步骤，以建立一个合理的框架用以保证重要的风险不被遗漏。所选择的结构取决于风险的性质以及项目评估流程的范围。

3. 风险识别

确定何时何地由于何种原因并通过怎样的方式，阻止、延误突发事件发生或者帮助提高工程的抗风险目标。

4. 风险分析

识别并分析现有的风险控制措施，确定风险发生的可能性和严重程度。风险分析应该考虑到一系列可能造成的后果，以及这些后果发生的方式。

5. 风险评价

比较预期风险和预先建立的风险可接受标准的严重程度，考虑可能利益和损害之间的平衡。风险评价将有助于确定风险处理的性质、范围以及不同风险处理手段之间的相对重要性。

6. 风险处理

发展和实施具体的经济合理的风险对策以及紧急预案以减少可能造成的损失。

7. 监测与评审

对风险评估过程的每一步进行监测是必要的步骤。风险和应对计划的有效性需要持续监测，以保证环境条件的变化不会影响不同风险间的重要性。

风险识别、风险分析、风险评价和风险处理的结果将应记录入风险登记册并且随着工程项目的进展及时更新。

3.2 风险评估计划

3.2.1 风险评估计划的定义

风险评估计划是关于如何在整个项目中有效率地进行风险评估的文件，风险评估计划应该制定如何将风险评估内置于整个项目（包括各阶段）组织的系统、流程和实践中。

3.2.2 风险评估计划的目的

风险评估计划的目的在于将风险评估置入整个组织或者机构的一切重要过程和实践之中，以使得风险评估能够与整个组织的重大行为密切相关，并使得风险评估有实效、有效率而且可持续发展。

3.2.3　风险评估计划的内容

对于一个大型的机构组织或者工程项目，风险评估计划应包括以下内容：

（1）提出风险评估的方案；

（2）保证机构内部管理高层的支持；

（3）制定风险评估的政策并且进行传达与沟通；

（4）建立风险评估的责任制和权威性；

（5）调整风险评估系统使其适用本项目的特点；

（6）保证足够的资源运作风险评估系统。

3.2.4　风险评估计划的目标

风险评估计划的主要内容为风险评估应采取的一些措施、手续和方法，来控制和管理在项目施工过程中可能发生的相关风险隐患，以及在设计过程中采取的一些特定方法和措施将风险维持在可接受的范围以内。

鉴于以上所述目的与内容，风险评估计划中应达到的目标有：

（1）证明风险评估程序是符合项目实际情况的；

（2）记录项目风险点；

（3）分享和沟通项目信息；

（4）确定有关项目风险的责任人；

（5）根据风险评估计划做出相关设计方法和操作的决策；

（6）识别所有确定的风险隐患；

（7）帮助项目相关决策者理解设计和施工过程中的风险点及采取相关措施将风险降到可接受范围内；

（8）推动工程项目的持续监测和总结；

（9）提供项目风险培训等。

3.2.5　工程风险评估计划的重点

（1）风险分配；

（2）风险评估册/预案/紧急措施的管理；

（3）风险小组监管；

（4）风险评估的执行；

（5）设计单位实施风险评估计划；

（6）设计单位风险评估结果及风险措施实施；

（7）设计单位提出设计改动方案；

（8）风险小组监控设计变更及控制风险措施改动过程；

（9）建立风险观测及事故通报系统；

（10）建立与业主及相关部门风险通报机制。

3.3　风险评估的主要内容

3.3.1　一般规定

（1）大型隧道工程风险评估内容，应对多个设计和施工方案同时进行风险评估，根据评估结果，视风险等级对设计施工方案进行修改完善。若风险等级极高时，应对初步设计方案重新论证。

（2）新技术、新材料、新设备的应用风险，应综合考虑创新与风险可承受能力之间的平衡。

（3）根据安全风险评估结果，按照技术可行性及经济合理性的原则，提出相应的风险控制措施。

（4）设计、施工单位应根据风险评估提出的风险控制措施，及时对设计和施工方案进行修改完善。

（5）风险评估报告，应作为设计和施工方案确定的重要依据和基础。

3.3.2　评估流程

隧道安全风险评估分为单一事件的分段评估、单一事件的整体评估和隧道总体风险评估。

（1）单一事件的分段评估，是指评估某一风险事件（如塌方、大变形等）在隧道沿线某一区段的风险等级，给出不同区段的风险等级。

（2）单一事件的整体评估，是指根据单一风险的分段评估结果，评估隧道某一风险事件的风险等级。

（3）隧道总体风险评估，是指根据单一事件的评估结果，评估隧道多个风险事件情况下的综合风险等级。

设计阶段风险评估流程，如图 3-2 所示。

3.3.3　风险源

风险源分为四个大类，包括隧道建设条件、结构设计方案、施工技术以及运营管理，见表 3-1。

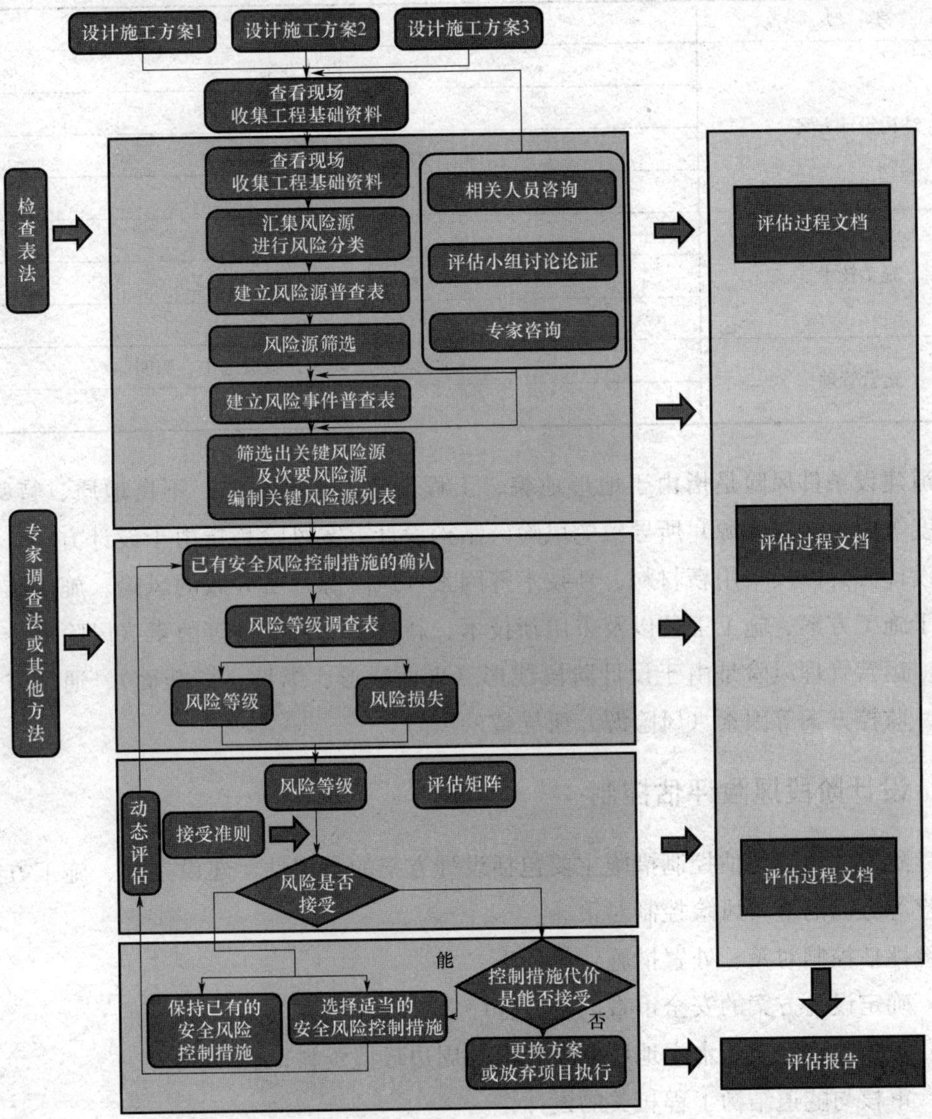

图 3-2　设计阶段风险评估流程图

表 3-1　大型隧道项目风险源分类

类　型	亚　类
建设条件	地形地貌
	地质（工程地质、水文地质）
	不良地质、特殊岩土
	周边环境
	……

续表

类型	亚类
结构设计方案	设计方案
	设计理论
	新技术、新材料
	………
施工技术	施工方案
	新技术、新材料、新工艺
	………
运营管理	线形、通风、防灾、救援逃生、照明
	………

隧道建设条件风险是指由于地形地貌、工程地质、水文地质、不良地质、特殊岩土、地震烈度等因素（风险源）所导致的风险。结构设计方案风险是指由于设计方法、计算参数或者设计方案以及采用新材料、新技术等因素（风险源）所导致的风险。施工技术风险是指由于施工方案、施工工艺以及采用新技术、新材料、新设备等因素（风险源）所导致的风险。运营管理风险是由于设计阶段线形（平面线形、纵坡、横断面）、通风方案、救援能力、监控方案等因素（风险源）所导致的风险。

3.3.4 设计阶段风险评估控制

设计阶段的风险评估控制措施主要包括设计方案的合理性、建设条件、施工方案以及结构风险等方面的重要风险控制对策。

风险评估控制对策、处置措施建议如下：

（1）确定设计方案的安全审查内容和程序；

（2）审核工程地质、水文地质勘察资料及周边环境资料；

（3）审核与隧道结构工程相关的设计；

（4）审核相应的施工方案、辅助工法和特殊条款；

（5）审核监控系统的配置原则，建立并完善全线工程监控网；

（6）编写相关表格，对可能存在的风险事件进行分析评价，提出应对措施，对残余风险进行评价、控制，并进行有效跟踪。

各类隧道主要风险事件的风险对策建议如下：

（1）应对国内外类似工程进行调研；

（2）进行详细地质勘察，对沿线区域地形、地貌、地质情况、不良地质、特殊岩土的分布情况进行深入调查与分析，提供详实可靠的地质资料；

（3）基于地勘资料，开展方案适应性研究。

设计阶段可能引起的运营期安全风险事件的风险对策建议如下：

根据评估结果，要求设计单位优化完善隧道平面线形及纵坡，完善通风、救援、逃生方案，对于长大隧道开展防灾救援方案的细化研究，细化监控方案，对隧道车流量进行适时监控。

3.3.5　施工阶段风险评估工作步骤

施工阶段应综合考虑建设条件和施工方案确定风险（典型风险事件）等级，给出相应的风险控制或风险监控方案，主要工作包括：

（1）根据建设条件和施工方案，分段评估不同典型风险事件的初始风险，形成不同典型风险事件隧道纵向风险等级分布图；

（2）根据不同典型风险事件分段评估结果，确定单一风险事件的风险等级和隧道总体风险等级；

（3）结合施工方案原则和不同典型风险事件的初始风险，制定风险控制措施；

（4）对高度、极高（如Ⅲ级、Ⅳ级风险，风险分级详见第 4 章）风险进行再评估，并确定残留风险；

（5）对极高（如Ⅳ级风险，风险分级详见第 4 章）残留风险，必须采取风险控制措施降低风险或对方案重新论证；

（6）对高度（如Ⅲ级风险，风险分级详见第 4 章）残留风险，施工单位应制定风险监控方案，加强监控，并在施工图阶段跟踪或者再评估；

（7）对中度（如Ⅱ级风险，风险分级详见第 4 章）残留风险，施工单位应跟踪监控风险。

3.4　风险评估团队的建立及主要职责

大型隧道工程风险评估团队的建立，应根据有关法规和地下工程风险评估的经验，结合国际上相关的实践方式，并且针对大型地下工程设计的实际情况，做出有针对性的建议。

成立风险评估小组作为核心。风险评估小组由风险评估的核心人员组成，其主要功能是：建立完善的风险规划和制度，编制风险评估计划，确定具备可操作性和透明度的风险评估实施方法，定期评估设计单位和设备供应商提交的风险应对计划，协商风险处理和对策，并紧密监控风险对策的适时实施。

借鉴国外大型地下基建项目的风险评估方法，风险评估小组在业主为主导的情况下，应由设计单位、施工单位、咨询单位及业主单位共同参与。在其制定工程设计方案时，应充分考虑其设计方案和对整个项目可能带来的风险，积极对有关单位所作的风险处理方法提出意见，过程中间定期汇报商议。同时，通过业主邀请相关的职能部门和公用事业部门提供与风险评估有关的信息、资料、风险要求、标准，以及所需的市政设施配合，参与风险评估规划过程，以评估及监控项目对社会、公众的影响。

在工程设计阶段，风险评估小组人员参与项目定期总结会议来总结分析项目风险登记册，将附加风险点添加到项目风险登记册中并确保采取合理的风险预防措施。

第4章　隧道项目设计施工风险评估主要环节分析

4.1　风险识别

运用系统方式进行充分全面的风险识别是风险评估系统中的一个关键环节。风险识别应该包括所有的风险，无论其是否在可控的范围之内。

4.1.1　如何识别风险

风险识别是风险评估的基础，也是风险分析环节前的重要步骤，其目标是了解并寻找项目所有可能的风险因素。

要进行正确、有效的风险识别，应具有该领域丰富的经验并采用正确的风险识别方法。目前还没有一种固定的、可以普遍适用的风险识别方法，但目前人们所用的识别方法大致可分为下面两种类型：

（1）基于工程师的直觉判断，识别人员根据以往的相关工程经验尤其是事故和风险处理经验，运用专业的技能对现有工程的可能风险进行判断；

（2）基于系统安全的理论分析方法，系统安全分析可以揭示系统中可能导致事故的多种因素及其相互作用，从而用来辨识系统中的风险。

前一种方法的优点是简单易行、针对性强，缺点是可能遗漏某些风险。后一种方法更适合复杂的风险识别，能够全面地总结可能发生的风险。在实践中，两种方法结合的效果会更好。

4.1.2　风险识别的主要内容

风险识别是风险评估的第一阶段，应该做的主要工作是：

（1）确定风险的种类（结构失效、火灾、施工中止等）；

（2）确定该系统的哪一部分是上述风险的来源（衬砌管片、接缝止水、盾构推进机等）；

（3）规定研究的范围（如研究的内容是否包括人为破坏、地震、河道变迁、施工机械等造成的风险等）。

总之，这一阶段的主要目标是广义上确定可能的潜在危险和规定所研究的系统。

4.2 风险分析

4.2.1 风险分析的方法论

风险分析的目的在于发展对已经识别风险的理解和认知。通过风险分析，希望能够为决策者提供帮助决策的信息。

风险分析包括考虑风险的来源及这些风险源正面和负面的影响；考虑各个风险源发生的可能性和每个风险源可能造成的一系列后果。风险分析还应该确认影响风险的后果和可能性的各个因素。我们在前面提到，风险可定义为灾害的严重性和可能性的结合，风险分析因此可以通过组合后果和可能性来进行，在大多数的情况下，需要考虑现有的控制风险的措施。

风险分析应先进行一个初步的分析，用来合并相似项并且剔除和忽略低影响力的风险，剩余风险项目用来进行详细的风险分析；还应列出被忽略不计的风险项，用以展示风险分析的全面性。

4.2.2 风险分析的类型与方法

根据风险类型的不同、风险分析的目的和已知的相关数据和资源，风险分析可以在不同的层面展开。由此，风险分析的类型可分为定性分析、半定量分析和定量分析。这三种分析的复杂度按照定性、半定量和定量的顺序递增。在实践过程中，通常先进行定性分析，以揭示工程中的主要风险问题。然后，视需要而定，再进行半定量或者定量的分析。

风险分析的主要内容是判定风险发生的概率和后果的严重性。在进行概率和后果严重性的取值时，一般有两条途径：一条是通过对足够已知数据的分析来找出风险因素的分布规律，从而预测出其发生概率和权重；另一条是在缺少足够数据的情况下，由决策者或专家对概率和后果严重性做出一个主观估计。

目前常用的风险分析的方法主要有：专家调查法、头脑风暴法、核对表法、风险矩阵法、层次分析法、模糊综合评估法、敏感性分析法以及蒙特卡罗法。其中专家调查法、头脑风暴法、核对表法属于定性的分析方法；模糊综合评估法、敏感性分析法以及蒙特卡罗法属于定量的分析方法；风险矩阵法和层次分析法属于半定量（或半定性）的分析方法。下面对以上的风险分析方法逐一进行介绍。

1. 专家调查法

专家调查法是用函询的方法征求专家意见进行风险分析与预测的方法，一般步骤为：

（1）将项目基本信息和归纳的问题提供给专家；

（2）专家提出意见；

（3）归纳专家意见，形成意见统计结果；

（4）反馈给专家，专家匿名再提出意见；

（5）反复多次后，将归纳总结的意见提供给决策者作为决策的依据。

该方法采用归纳统计将大多数人的意见和少数人的意见都包含在内，避免了一般归纳法不全面的弊端。采用该方法的预测时间不宜过长，分析结果往往受组织者、参加者的主观因素影响，可能存在偏差。

2. 头脑风暴法（Brain Storming）

头脑风暴法又称智暴法，是借助于专家的经验，通过会议集思广益获取信息的一种直观的预测和识别方法。参加讨论的人员主要由风险分析专家、风险管理专家和相关专业人员组成。该方法要求主持人必须具有较高的素质，思维敏捷，反应灵敏，一般步骤为：

（1）讨论之前，讨论人员应对讨论主题有所准备；

（2）讨论过程中，轮流发言、各抒已见，不进行判断性评论，并尽量将发言的原话记录完整；

（3）讨论结束后，与会者共同评价讨论中的每一条意见；

（4）主持人对讨论意见进行总结，形成最终结论。

该方法简单易行，所得出的结论比较充分、正确，但该方法受主观因素影响，可能存在偏差。

3. 核对表法

核对表法是在系统分析的基础上，找出所有可能存在的风险，然后以提问的方式将这些风险因素列成表格进行核对的一种方法，一般步骤为：

（1）将工程风险系统分解为若干个子系统；

（2）运用事故树，找出引起风险事件的风险因素，作为检查表基本检查项目；

（3）针对风险因素，查找有关控制标准或规范；

（4）根据风险因素的风险等级，依次列出风险清单。

核对表一般应包括序号栏、检查项目栏、判断栏和备注栏四个项目。

该方法能消除或减低忽视某些风险因素的可能性，是风险识别的一种有效和可靠的方法，可用于施工过程中判断风险因素是否存在，也可用在发生事故后帮助查找事故原因。由于在项目过程中风险因素会发生改变，故在应用中应定期检查风险清单的内容是否齐全。

4. 风险矩阵法

风险矩阵法是采用概率理论对风险因素发生的概率和后果进行评估的方法，一般步骤为：

（1）确定风险评估指标；

（2）确定每个风险因素的后果等级；

（3）确定每个风险因素的概率等级；

（4）将风险发生的概率等级和后果等级分别列在风险矩阵图上，二者垂直坐标交点区域即为风险等级。该方法操作简单，易得到风险评估的结果。

从表4-1中可以发现风险指数25代表最高风险点，风险指数1为最低风险点。该矩阵显示风险共分四级：1～2为Ⅰ级，3～9为Ⅱ级，10～12为Ⅲ级，15～25为Ⅳ级。

表4-1　风险矩阵表

风险后果 \ 风险可能性		不可能	不太可能	偶尔发生	可能	非常可能
		（1）	（2）	（3）	（4）	（5）
灾难性	（5）	5	10	15	20	25
非常严重	（4）	4	8	12	16	20
严重	（3）	3	6	9	12	15
较大	（2）	2	4	6	8	10
轻微	（1）	1	2	3	4	5

注：风险指数通过将每个参数值相乘得到。

5. 层次分析法

层次分析法（Analytic Hierarchy Process，简称AHP）由美国数学家A. L. Saaty在20世纪70年代提出，是一种定性分析和定量分析相结合的评价方法，在项目风险评价中运用灵活、易于理解，而又具有一定的精度。其评价的基本思路是：评价者将复杂的风险问题分解为若干层次和若干要素，并在同一层次的各要素之间简单地进行比较、判断和计算，得到不同方案风险的水平，从而为方案的选择提供决策依据。该方法既可用于评价工程项目标段划分、工程投标风险、报价风险等单项风险水平，又可用于评价工程项目不同方案等综合风险水平。该方法的特点是：可细化工程项目风险评价因素体系和权重体系，使其更为合理；对方案评价，采用两两比较法，可提高评价的准确程度；对结果的分析处理，可以对评判结果的逻辑性、合理性进行辨别和筛选。

（1）层次分析法风险评价模型

用层次分析法评价工程项目风险，首先是确定评价的目标，再明确方案评价的准则和各指标，然后把目标、评价准则连同各方案构成一个层次结构模型，如图4-1所示。在这个模型中，评价目标、评价准则和评价方案处于不同的层次。

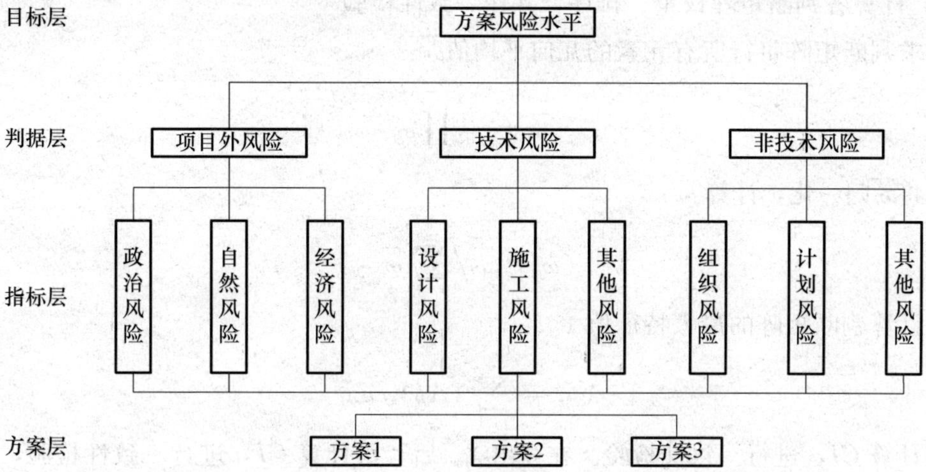

图 4-1　层次分析法风险评价模型

(2) 因素两两比较评分和判断矩阵

工程项目风险评价模型确定后，请具有项目风险管理经验的人员对各风险因素进行两两比较评分。两两比较评分，以表 4-2 中的分值表示。经评分可得若干两两判断矩阵，见表 4-3。

表 4-2　项目风险评价分值表

分值 a_{ij}	定　义
1	i 因素和 j 因素同样重要
3	i 因素比 j 因素略重要
5	i 因素比 j 因素稍重要
7	i 因素比 j 因素重要得多
9	i 因素比 j 因素重要得多得多
2，4，6，8	i 与 j 两因素重要性比较结果处于以上结果的中间
倒数	j 与 i 两因素重要性比较结果是 i 与 j 两因素重要性比较结果的倒数

表 4-3　两两判断矩阵表

判断分 a_{ij} ／ 判断项 W_j ／ 判断项 W_i	A_1	A_2	…	A_n
A_1	a_{11}	a_{12}	…	a_{1n}
A_2	a_{21}	a_{22}	…	a_{2n}
…	…	…	…	…
A_n	a_{n1}	a_{n2}	…	a_{nn}

(3) 计算各判断矩阵权重、排序，并作一致性检验

① 求判断矩阵每行所有元素的几何平均值$\overline{\omega_i}$：

$$\overline{\omega_i} = \sqrt[n]{\prod_{j=1}^{n} \alpha_{ij}} \tag{4-1}$$

② 将$\overline{\omega_i}$归一化，计算 ω_i：

$$\omega_i = \overline{\omega_i} \Big/ \sum_{i=1}^{n} \overline{\omega_i} \tag{4-2}$$

③ 计算判断矩阵的最大特征值 $\lambda_{\max}$：

$$\lambda_{\max} = \sum_{i=1}^{n} (A\omega)_i / n\omega_i \tag{4-3}$$

④ 计算 CI，进行一致性检验。在算出 $\lambda_{\max}$后，可计算 CI，进行一致性检验，其公式如下：

$$CI = \frac{\lambda_{\max} - n}{n-1} \tag{4-4}$$

上式中 n 为判断矩阵阶数，查表随机一致性指标 RI（表 4-4），并计算比较 CI/RI，当 $CI/RI<0.1$ 时，判断矩阵一致性达到了要求，否则重新进行判断，写出新的判断矩阵。

表 4-4 *RI* 取值表

n	1	2	3	4	5	6	7	8	9
RI	0	0	0.58	0.90	1.12	1.24	1.32	1.41	1.45

⑤ 为获得层次目标中每一指标或评价方案的相对权重，必须进行各层次的综合计算，然后对相对权重进行排序。

对某一评价方案的某一评价指标而言，设各层次评价的相对权重为 W_i，W_{ij}，W_{ijk}，W_{ijkl}，则该评价指标的相对权重为：

$$W_{(i)} = W_i W_{ij} W_{ijk} W_{ijkl}$$

更一般地可写为

$$W_{(i)} = W_i W_{ij} W_{ijk} W_{ijkl} \cdots \tag{4-5}$$

(4) 计算综合总评分

获得各评价方案各指标的评分后，计算加权平均值，即得综合总评分。总评分最高者即为风险最大的方案。

6. 模糊综合评估法

模糊综合评估法是利用模糊集理论评价工程项目风险的一种方法。工程项目风险很大一部分难以用完全定量的精确数据加以描述，这种不能定量的或精确的特性就是模糊性。美国学者 L. A. Zadeh 在 1965 年就提出了模糊集理论，之后该理论在工程技术和管理领域

得到较为广泛的应用。

（1）模糊的概念及度量

在工程项目风险评价中，常用“风险大”或“风险小”等词汇来描述，这种描述虽没有给出具体的风险率和可能的损失，但人们对该工程项目风险的状况有了基本的了解，并可考虑适当的风险应对措施。为了能定量地描述对风险的这种模糊概念，可引进隶属度的概念，并用 A 表示隶属度。如，某工程项目风险的隶属度 A，$A=$（1/90%，0.5/60%，0.2/30%，0/10%），表示风险率为90%者为高风险，风险率为60%者为高风险的程度仅为0.5等，依次类推。显然此处隶属度 A 表征了模糊性。

（2）模糊运算法则

因模糊性用隶属度 A 来描述，显然其运算也应为模糊运算。设有模糊矩阵 R 和 S，其分别为

$$R=\begin{bmatrix}0.4 & 0.2\\ 0.5 & 0.7\end{bmatrix}\qquad S=\begin{bmatrix}0.7 & 0.3\\ 0.4 & 0.6\end{bmatrix}$$

则定义 R 和 S 的并运算为两中取大，即

$$R\cup S=\begin{bmatrix}0.4\cup 0.7 & 0.2\cup 0.3\\ 0.5\cup 0.4 & 0.7\cup 0.6\end{bmatrix}=\begin{bmatrix}0.7 & 0.3\\ 0.5 & 0.7\end{bmatrix}$$

并定义 R 和 S 的交运算为两中取小，即

$$R\cap S=\begin{bmatrix}0.4\cap 0.7 & 0.2\cap 0.3\\ 0.5\cap 0.4 & 0.7\cap 0.6\end{bmatrix}=\begin{bmatrix}0.4 & 0.2\\ 0.4 & 0.6\end{bmatrix}$$

模糊矩阵的乘积定义记为 $C=R\cdot S$，定义为

$$C_{ij}=\bigcup_k (R_{ij}\cap S_{kj})$$

$$R\cdot S=\begin{bmatrix}(0.4\cap 0.7)\cup(0.2\cap 0.4) & (0.4\cap 0.3)\cup(0.2\cap 0.6)\\ (0.5\cap 0.7)\cup(0.7\cap 0.4) & (0.5\cap 0.3)\cup(0.7\cap 0.6)\end{bmatrix}=\begin{bmatrix}0.4 & 0.3\\ 0.5 & 0.6\end{bmatrix}$$

（3）模糊综合评价

对一个工程项目的风险评价问题，其风险因素集 $U=\{u_1, u_2, \cdots, u_n\}$；评价指标集 $V=\{v_1, v_2, \cdots, v_n\}$；各评价指标的权重分别为 W_1、$W_2\cdots W_m$。则工程项目风险评价问题可用模糊乘积 $U\cdot V$ 来描述。

下面结合具体例子说明模糊综合评估法在工程项目风险评价中的应用。

【例】某工程承包人对施工投标项目进行风险评价。

施工投标项目的风险因素集 $U=$｛商务风险，技术风险，业主信誉风险｝；评价集 $V=$｛高风险，中等风险，低风险｝，并请10位有经验的人士对3风险因素进行分析，认为它们对整体风险的影响不一，其权重分别为

$$R=(0.5,\ 0.2,\ 0.3)$$

同时，他们对各风险进行了评价。对商务因素，有5人认为高风险，有3人认为中等

风险，有 2 人认为低风险，则可得到对商务风险评价的隶属度：

$$A_{商务}=(0.5/高风险，0.3/中等风险，0.2/低风险)$$

类似的，可得到对技术风险和业主信誉风险评价的隶属度：

$$A_{技术}=(0.1/高风险，0.3/中等风险，0.6/低风险)$$

$$A_{业主信誉}=(0.2/高风险，0.4/中等风险，0.4/低风险)$$

由上可得到模糊矩阵：

$$S=\begin{bmatrix}0.5 & 0.3 & 0.2\\ 0.1 & 0.3 & 0.6\\ 0.2 & 0.4 & 0.4\end{bmatrix}$$

因此，对该施工投标项目的综合评判为

$$\begin{aligned}C&=R\cdot S\\&=[(0.5\cap 0.5)\cup(0.2\cap 0.1)\cup(0.3\cap 0.2),(0.5\cap 0.3)\cup(0.2\cap 0.3)\cup(0.3\cap 0.4),\\&\quad(0.5\cap 0.2)\cup(0.2\cap 0.6)\cup(0.3\cap 0.4)]=[0.5,0.3,0.3]\end{aligned}$$

由 $C=R\cdot S=[0.5,0.3,0.3]$ 可知，其最大值为 0.5，所以，该施工投标项目风险综合评价的结论为：属中低风险投标项目。

有时为方便不同投标项目间的相互比较，常将 C 归一化，如得 $C=[0.455,0.273,0.273]$。

若给评价一个尺度，如 $B=[1.0,0.5,0.2]$，则可将综合评价模糊值转换为一个确定的标量值 D，并有：$D=BC^{T}=[1.0,0.5,0.2][0.5,0.3,0.3]^{T}=0.71$，有了 D 就便于对不同方案的比较。

7. 敏感性分析法

敏感性分析法是用来估计可量化的变量对项目决策结果影响的方法，一般步骤为：

（1）选定分析目标；

（2）确定可能对评价目标产生影响的因素；

（3）根据实际需要选定因素变动范围；

（4）按照不同的因素分别计算评价指标值；

（5）明确敏感因素；

（6）进行综合分析，根据分析结果采取相关措施，为决策者提供决策依据。

该方法能够预测各风险因素对项目的影响，从而判断项目可能容许的风险程度。但由于该方法没有考虑影响因素发生变化的概率，具有相当大的主观随意性，故事先需做好调查研究工作，充分注意各因素之间的关联性。

8. 蒙特卡罗法

蒙特卡罗法是用统计理论并利用计算机手段研究风险发生概率和风险发生后果的统计

实验方法，一般步骤为：

（1）确定评估目标的数学模型；

（2）对数学模型中参数变量进行风险识别和分析，收集风险因素相关数据；

（3）对各参数变量进行风险后果大小及相对应的概率分析；

（4）根据风险分析精度要求，确定模拟次数、产生随机数，将参变量的取值代入数学模型，每次求得目标变量的一个具体值，即为一个随机事件样本值；

（5）重复上一步工作，得到多个目标变量值；

（6）对得到的样本值进行统计分析，得到分布曲线，并检验其概率分布，估计其均值和标准差，将模拟试验结果加以解释并写成书面报告。

该方法能准确、有效地对风险进行定量评估，但需要建立评估目标的数学模型，并确定各参数变量的概率分布规律，实际操作较为困难。

建议采用以风险分析矩阵为工具对风险进行半定量分析。需要注意的是，对于风险的可能性和后果分析的不确定性或者变数，也应该在分析中得到充分的考虑，并且在参与分析的人员和相关单位之间进行有效的沟通。

4.2.3　风险矩阵法分析

目前广泛采用的风险分析方法是国际通用的风险矩阵分析法，使用该方法分级风险较为方便，修正及调整过程一般分为三个步骤：

（1）对工程风险损失评分；

（2）对工程风险概率评分；

（3）根据损失评分值和概率评分值，把风险放入风险评价矩阵。

1. 损失评分表

对于风险损失的评分必须结合我国隧道工程的特点和实际情况。国际隧道协会的规范设计的风险损失评分表见表 4-5。

表 4-5　风险损失评分表

评分	损失	施工人员伤亡（人）	第三方人员伤亡（人）	业主损失（千万欧元）	对第三方造成的损失（千万欧元）	对周边环境造成的危害	工期延误（月/每事故）
1	很低	轻伤=1	无	<0.03	<0.003	暂时的轻度危害	<0.5
2	显著	重伤=1 1<轻伤<10	轻伤=1	0.03～0.3	0.003～0.03	暂时的轻度危害	0.5～2
3	严重	死亡=1 1<重伤<10	重伤=1 1<轻伤<10	0.3～3	0.03～0.3	长期影响	2～6

续表

评分	损失	施工人员伤亡（人）	第三方人员伤亡（人）	业主损失（千万欧元）	对第三方造成的损失（千万欧元）	对周边环境造成的危害	工期延误（月/每事故）
4	非常严重	1<死亡<10 重伤>10	死亡=1 1<重伤<10	3～30	0.3 to 3	永久的轻度危害	6～24
5	灾难性	死亡>10	1<死亡<10 重伤>10	>30	>3	永久的重大危害	>24

原铁道部的标准《铁路隧道风险评估暂行规定》主要参照了国际隧道协会2004年发布的《隧道风险管理指南》，并结合了我国铁路隧道工程的特点和国内相关规定作了如下规定：

（1）鉴于我国经济发展的水平，经济损失等级标准参照了《铁路建设工程质量事故处理规定》（铁建设〔2003〕48号），具体参见表4-6。

表4-6　铁路建设工程质量事故处理规定

	特别重大事故	重大事故	大事故	一般事故
死亡人数	10人以上	3人以上9人以下	1人以上2人以下	
直接经济损失（万元）	1000以上	300以上1000以下	30以上300以下	30以下
工程损失	直接导致运营线路发生行车安全特别重大事故或对运输生产和安全生产有重大影响	直接导致运营线路发生行车安全重大事故或对运输生产和安全生产有很大影响	直接导致运营线路发生行车安全大事故、危险性事故或对运输生产和安全生产有较大影响	直接导致运营线路发生一般事故或对运输生产和安全生产有影响

（2）人员伤亡等级标准参照了《工程建设重大事故报告和调查程序的规定》（建设部第3号令）、《铁路建设工程质量事故处理规定》（铁建设〔2003〕48号）和国际隧道协会2004年发布的《隧道风险管理指南》，具体参见表4-7。

表4-7　工程建设重大事故报告和调查程序规定

	一级	二级	三级	四级
死亡人数	30人以上	10人以上29人以下	3人以上9人以下	2人以下
直接经济损失（万元）	300以上	100以上300以下	30以上100以下	10以上30以下

（3）某些情况下需要考虑第三方损失，第三方经济损失是指由于工程施工活动引起的第三方直接经济损失和修复赔偿所需的各种费用；第三方人员伤亡是指与工程无关人员因施工活动引起的意外伤亡，采用人员伤亡的类别和严重程度进行分级。

关于第三方损失等级标准，由于牵涉因素众多，如经济发展水平、地区差异、社会影响等，很难给出一个相对固定的等级划分标准，目前可供参考的仅有国际隧协《隧道风险管理指南》推荐的第三方损失等级标准。在实际应用中应根据我国国情，结合具体工程情况进行调整，具体参见表 4-8、表 4-9。

表 4-8　第三方经济损失等级标准

后果定性描述	灾难性的	很严重的	严重的	较大的	轻微的
后果等级	5	4	3	2	1
第三方经济损失（万元）	＞100	30～100	10～30	3～10	＜3

表 4-9　第三方人员伤亡等级标准

后果定性描述	灾难性的	很严重的	严重的	较大的	轻微的
后果等级	5	4	3	2	1
第三方伤亡数量（人）	F＞1 或 SI＞10	F=1 或 1＜SI≤10	SI=1 或 1＜MI≤10	MI=1	—

注：F=死亡人数；SI=重伤；MI=轻伤。

2. 风险概率评分表

国际隧道协会推荐将风险概率分为五个等级，见表 4-10，此外还建议对于风险概率采用将整个施工中发生的事故数目进行关联方法进行评定。

表 4-10　风险概率评分表

评分	间隔	中值	描述性的说明
5	0.3	1	非常可能的
4	0.03～0.3	0.1	可能的
3	0.003～0.03	0.01	偶尔发生的
2	0.0003～0.003	0.001	不太可能的
1	＜0.0003	0.0001	不可能的

3. 风险评价矩阵

风险评价矩阵根据风险发生的概率及造成损失的程度，给出风险评分指数。本项目采用 5×5 矩阵来评估项目风险情况，风险矩阵表见表 4-1。

4.3　风险分配

4.3.1　涉及工程项目风险评估的单位

业主方（或业主方代表）应在风险识别步骤中确保每一项风险的相关利益方和风险责

任人都被明确识别。

大型隧道工程风险评估的主要相关利益方如下：

1. 业主

业主为隧道工程的最终拥有者和设施服务的最终购买者。业主方（或业主方代表）应对风险评估操作与实施作最终决定。设计阶段业主对风险评估全面负责，设计单位（或咨询单位、相关专业机构）在业主组织下对风险进行评估。业主的主要职责有：

（1）委托设计单位（或咨询单位、相关专业机构）进行设计阶段风险评估工作；

（2）督导施工单位开展施工阶段风险评估工作；

（3）委托相关专业机构进行风险监测；

（4）提出风险处理的决策意见；

（5）统筹风险评估工作，监督、协调、处理评估工作中的有关问题。

2. 设计单位

设计单位的主要职责有：

（1）制定设计阶段风险评估工作实施细则；

（2）进行设计阶段的风险评估工作；

（3）提出风险评估结果，供业主决策；

（4）向施工单位进行有关风险的技术交底和资料交接；

（5）在业主的组织下，参与施工期间的风险评估；

（6）根据风险监测结果，提出风险处理意见及相关修正的工作；

（7）根据所需设计改动，调整相关的风险控制措施。

3. 承包商/施工单位

承包商施工单位的主要职责有：

（1）是风险登记表的主要执行单位；

（2）制定施工阶段风险评估工作实施细则；

（3）进行施工阶段的动态风险评估工作；

（4）根据风险评估结果提出相应的处理措施，报业主批准后实施；

（5）在施工期间对风险实时监测，定期反馈，随时与相关单位沟通；

（6）根据风险监测结果，调整风险处理措施。

4. 工程监理单位

工程监理单位保证施工过程按照合同执行。工程建设监理，是指工程监理单位受建设单位的委托，在监理合同约定的范围内，依据国家有关工程建设的法律、法规、技术标准、国家批准的年度计划和省级年度实施方案，对承包单位工程风险管理的工作实施监督管理的活动。

监理单位的主要职责有：

（1）参与制定施工阶段风险评估工作实施细则；

（2）参与和监督施工单位风险评估和管理工作，并侧重于安全、质量和环境风险；

（3）检查施工单位风险处理措施的落实情况。

4.3.2　风险分配的原则

在风险识别的过程中，每一项风险的相关利益方和风险的责任人都应该被明确落实。风险应在项目参与方之间进行合理的分担，风险分担的原则如下：

（1）从工程整体控制出发，最大限度地调动各方进行风险管理的积极性；

（2）公平合理，责、权、利相平衡；

（3）符合本工程实施的特点。

以下是香港九龙某项目采用的一个风险特性和责任分解表（表 4-11），大型隧道项目可参考建立类似的责任分解表。

表 4-11　风险特性和责任分解表

条款风险特性	业主及设计职责							承包商职责		
	公司项目主管	项目经理	技术负责人	经营负责人	标段负责人	项目设计经理	风险管理监督人	承包商项目经理	技术负责人	隧道工程师
1.1　风险管理资源分配	■	■	□					■	■	
1.2　风险预防措施资源分配	■	■	■		■	■		■		
1.3　确定项目风险点范围（综合考虑时间、成本、设计、质量、周边环境、健康安全等）			■	□	■			■		
1.4　确定项目限制因素和制定最初风险清单			□		■	■	□	□	□	
1.5　确定项目风险矩阵			■		■	■	□		□	
1.6　安排执行项目风险评估		■	■		■	■	■	□	□	
2.1　确定风险评估和鉴定项目限制因素			■		■	■	□	□	□	
2.2　识别项目潜在风险			■		■	■	□			
2.3　确定每个项目风险发生的可能性和可能产生的后果			■		■	■	□			
2.4　确定每个项目风险的危害程度			■		■	■	□			
3.1　确定降低风险发生可能性和频率的责任		■	□	□	■	■	□	■	□	
3.2　确定避免风险发生的责任		■	□	□	□	□		■	□	
3.3　确定部分转移或完全转移风险的责任		■	□	□	□	□		■	□	
3.4　确认剩余风险是否能接受		■	□	□	□	□		■	□	
3.5　制定风险预防计划		□	■	□	■	■			□	□

续表

条款风险特性	业主及设计职责							承包商职责		
	公司项目主管	项目经理	技术负责人	经营负责人	标段负责人	项目设计经理	风险管理监督人	承包商项目经理	技术负责人	隧道工程师
4.1　执行风险预防计划		■	■	□	■	■		■	□	□
4.2　及时监测风险预防措施实施情况		■	□	□	■	■	□		□	□
4.3　定期总结分析项目风险登记表和相关预防计划，必要时对登记表和计划进行修正		■	■		■	■	□	■	□	□

注：■主要责任人；□ 次要责任人。

4.4　风险处理

风险处理的工作包括确定风险处理的可选择方案和对这些可选择方案一一评定，以及制定风险处理的准备工作和实施计划。

4.4.1　风险处理的可选择方案

（1）规避风险

（在可能的条件下）通过中止可能导致风险的活动来避免风险。

（2）降低风险

改变风险发生的可能性，或者降低风险发生负面结果的可能性。

（3）分担风险

在一致同意的情况下，通过引入另外单位来承担或者分担部分风险。分担风险的机制包括：运用合同、保险或者在组织结构上与其他公司联合组织成新的机构以降低风险和责任。大体而言，引入别的单位分担风险将带来一定的费用支出，譬如引入保险商需要支付保险费。

（4）保留风险

在风险被改变或者分担之后，仍然会有一部分残留风险被保留下来。在缺省条件下，风险也会被保留下来，比如当确认风险的机制发生错误，或者分担风险与其他风险处理的措施失效时，风险将被保留下来。

4.4.2　隧道工程国际常用的减低风险的手段

国外一些隧道工程中常用的减低风险的手段如下：

（1）跟踪监测

使用 Peck 公式计算隧道掘进引起的沉降与隆起影响范围，然后定下需要加强监测的区域。加强监测区域根据盾构的位置而改变，监测频率一般由半天至每小时一次。监测数据应在 24h 内发送给业主、设计单位和监理单位。

（2）管线调查

施工单位组织专门小组，负责勘察在隧道施工影响范围内的管线状况及路面情况。当发现有异样，立即向上级报告。

（3）独立监测

业主聘请独立第三方监测隧道盾构推进及暗埋段施工过程。

（4）合作伙伴

业主在招标后，由业主、设计单位和施工单位组成一个合作机构，一起跟进工程项目及研究如何解决工程的难点。这样可以集思广益，推动工程项目，形成双赢局面。香港铁路公司现在采用这种方法来建设新的工程项目，如尖沙咀站改进工程、港岛西延长线段等，取得了比较好的效果。

4.4.3　对风险处理可选择方案的评估

选择最合适的风险处理方案需要综合考虑每一个方案的效果和费用并且在其间平衡得失。基本而言，管理风险的费用应该在因风险管理而获得的利益内得到补偿。当进行“费用-利益评价”的时候，需要考虑背景情况。无论这些利益或者费用是直接或者间接的、有形的还是无形的、可以或者不可以用财务手段衡量都应该被考虑在内。

作为评估的结果，若干个方案可能被考虑单独或者联合使用。敏感度分析是一种检验不同方案适用性的手段，一个机构可能通过联合使用几个风险处理方案而获得更多的利益。有效的例子是通过使用合同和由保险商支付具体的风险处理措施而共同降低风险费用。

4.4.4　准备和执行风险处理计划

风险处理计划的作用在于记录风险处理方案的执行情况，包括：

（1）执行风险处理建议实施方式；

（2）所需要的资源；

（3）执行风险处理责任分配；

（4）对于执行风险处理计划时间限制；

（5）衡量风险执行计划的效果；

（6）关于对执行情况的报告机制及监测机制的要求。

风险处理计划应该和整个项目的管理和预算过程紧密结合。

第 5 章　隧道项目风险评估的实践应用

5.1　风险监测与评定

风险评估是一个动态的过程，风险评估计划应该在工程进行过程中不断地被重新评定，以保证其即时相关性。那些影响风险的可能性和后果因子可能会改变，同样那些影响风险处理计划的适用性和造价的因素也可能会改变，因此，在项目进行过程中，风险监测与评定按照项目风险管理的周期要求，应该定期地循环进行。

监测与评定同时还有助于管理方从评价工程事故、应对措施和从它们的结果中汲取经验。适用于监测风险的方法如下：

（1）产值（Earned Value）监测：用标准的（成本/工期）数据去评定工程项目的成本表现（及提供工期表现的指标），从而也就提供了风险处理正在达到其预期效果的资料；

（2）计划进度监测：正式地、周期性地对选定的项目推进过程做出表现的评估，评估其在发展过程中达到原定目的的程度；

（3）工期监测：针对其原定工期表评定其进度；

（4）技术表现衡量。

5.2　风险记录

设计过程中每一阶段风险评估的过程都应该被适当的记录备案。风险评估系统中的假定、方法、数据来源、分析、分析结果以及决策的理由根据都应该被详细记录下来。对这些过程的详备记录是风险评估的一个重要方面。

关于如何保存记录的决策应该考虑到下面三个方面的因素，综合平衡：

（1）为了该项目法律上和商业上的需要而保存记录；

（2）创建和维护风险记录所需要的费用；

（3）对于风险记录中保存下来的信息，再利用所带来的工程收益。

5.3　风险登记册

风险识别、风险分析、风险评价和风险处理的全过程需要在项目每一个设计阶段的风险登记册中进行适当的概括。风险登记册应该明确地表明对每一个风险的责任管理和控制的责任人，以及管理风险的紧急预案（如果有的话）。

由于项目风险登记册是一个即时的文件，在项目设计阶段必须根据实际情况对登记表进行及时修正和完善，以确保项目风险登记册的有效性。

表 5-1 为笔者整理的某大型隧道工程主要设计风险点评估及控制登记册。

表 5-1　大型隧道工程主要设计风险点评估及控制登记册

序号	风险因素	风险评估严重程度分级	风险控制应对措施	评注
设计因素				
1	设计方案有疏漏或反复修改不能确定	3	a）在工程设计阶段，设计人员的数量、经验、资质能力应满足完成设计工作的要求 b）每个阶段的设计、审查步骤应完备 c）每个设计阶段，都要确立关键日期向业主提交成果	
2	基坑及暗埋段设计			
2.1	基坑稳定性分析不全面	4	a）整体稳定性分析：采用圆弧滑动法验算支护结构的整体抗滑动稳定性 b）抗倾覆稳定性：验算最下道支撑以下的主、被动压力区的压力绕最下道支撑点的转动力矩是否平衡 c）抗隆起稳定性：采用墙体极限弯矩的抗隆起法或同时考虑 c、φ 的抗隆起法进行验算 d）抗渗流稳定性：设计围护结构插入深度时，必须计算考虑抵抗渗流破坏的能力，具有足够的渗流稳定安全度	
2.2	未考虑分幅槽壁的稳定性	3	应采用抛物线圆柱体法或梅耶霍夫经验公式验算校合	
2.3	未考虑地下墙与内衬的结合方式及应力控制	3	a）拆撑后地下墙与内衬之间的内力重分配计算 b）考虑运营后因温度变化、水压、裂缝等因素引起的内力变化对墙体的影响	

续表

序号	风险因素	风险评估严重程度分级	风险控制应对措施	评注
2.4	钢筋混凝土支撑体系设计不合理	4	a）按平面封闭框架结构设计验算 b）选择合适的结构几何参数，计算钢筋混凝土支撑水平刚度 K_c c）计算支撑系统对挡土结构的支撑力是否满足相关要求 d）计算支撑系统内力及变形计算是否满足相关要求 e）支撑系统的杆件配筋计算是否满足相关要求 f）四周土压力、基床系数的差异、温度变化造成的支撑体系各点的垂直或平面上的差异位移计算是否满足相关要求	
2.5	对不同工况条件下结构计算模型分析不准确	3	a）结构计算模型考虑支承在弹性地基上对称的平面框架结构，内部结构考虑水平及竖向荷载 b）根据荷载情况、施工方法、模拟开挖、回筑和使用阶段不同的受力状况，按最不利内力进行计算 c）将开挖工况弯矩包络图与底板浇筑后的施工顺序逐步叠加，求得每阶段的内力图，根据最终包络后的最不利内力进行配筋计算	
3	盾构法隧道设计			
3.1	断面内土质特性及参数不准确，隧道线路断面内障碍物勘察不准确	3	a）使用合理取样方法采取现场土样，运用先进试验方法和仪器准确测试出沿线土质特性和物理力学参数 b）对隧道断面内土层进行详细勘察，结合相关资料准确找出断面内所有障碍物并进行相应处理	
3.2	隧道线路设计对邻近建构筑物造成影响，对隧道施工造成较大难度	3	a）设计阶段要对工程邻近构筑物进行详细全面勘察，选定合理线路尽量避免对邻近建构筑物造成影响 b）隧道平断面线路设计要尽量平缓以降低盾构推进难度	
3.3	隧道设计内径不能满足使用功能需要，隧道结构形式较复杂，实施难度大；隧道结构形式实施费用较大，影响工程成本	4	a）结合工程实际使用情况充分论证比较选用最佳隧道内径尺寸 b）在满足使用功能要求前提下，尽量简化隧道结构形式以降低工程实施难度 c）在满足使用功能要求前提下，尽量简化隧道结构形式以降低工程成本	
3.4	衬砌结构不能满足隧道设计受力要求，结构存在安全隐患	4	a）充分考虑隧道结构各种工况下的最不利受力断面 b）选用合理的衬砌结构设计验算方法和设计参数 c）对所有工况管片结构进行验算确保其能满足受力要求	
3.5	衬砌结构不能满足隧道设计年限要求	2	考虑隧道结构设计年限，重视隧道结构耐久性设计	

5.4　风险紧急预案应用

“AAA”是预警水平（Alert Level）、行动水平（Action Level）和警戒水平（Alarm Level）三个英文短语头字母的组合词。在大型隧道工程实施范围中对结构物、土体或者结构物位移或者震动，以及地下水位的变动等进行监测控制时常常运用“AAA”的三个指标作为监测标准，以减少风险实际发生的可能性。

5.4.1　预警水平

预警水平（Alert Level）是指（工程项目有关各方同意的）当被监测指标达到使用极限某一百分比（通常定为 0.5 倍），实施方应当立即准备并且提交一份报告对现有的监测对象进行评估，并且对于其后的发展趋势进行预测。当项目主管人认为被监测对象有可能达到行动水平（Action Level）时，实施方必须提交补救措施的建议书交由项目主管人批准。

5.4.2　行动水平

行动水平（Action Level）是指（工程项目有关各方同意的）当被监测指标达到使用极限某一百分比（通常定为 0.8 倍），实施方应当立即实行经由主管部门批准的适当补救措施。注意：只有在补救措施实施以后，并且项目主管经审查认为补救措施有效之后，工程施工才能继续执行。

当被监测对象的指标达到了行动水平的时候，实施方应当准备并提交一份跟踪更新报告，这份报告应当考虑已经实施并且证明有效的补救措施，对下一步被监测对象监测指标的发展趋势进行预测。除此之外，实施方还要提供一份新的更新过的预警水平和行动水平的指标值。

5.4.3　警戒水平

如果被监测对象的监测指标达到警戒水平时（通常定为 1.0 倍），该部分工程必须立刻停止。对于恢复继续实施、实施方法、对临时设施的全面检查的要求条件，要按照项目主管的指示决定。

当被监测对象的监测指标达到警戒水平时，实施方应提交一份被监测对象变动的全部历史过程和在实际实施中所采取的所有补救措施的详细报告。这份报告需要包括对工程事故的解释和如何恢复工程实施的建议。工程施工只有经过项目主管人书面同意后才能恢复进行。

注意：实施“AAA”标准的条款并不意味着实施方可以工程执行的过程中免除任何的责任和义务。

第6章　隧道远程监控系统对于风险评估的动态反馈

6.1　隧道项目远程监控系统简介及特点

隧道项目远程监控系统包括工程项目信息管理、工程动态信息管理、工程监控信息管理、工程风险信息管理、工程监测及风险报告形成、系统管理六大模块，主要针对工程项目过程中的远程视频监控信息及各施工段现场实时监控数据进行管理和分析，并对项目的各项风险进行管理与追踪，根据现场监控数据及实际情况动态调整各风险等级。

1. 工程项目信息管理

主要对工程项目概况信息进行管理，方便用户从整体上对工程的相关信息进行了解。

2. 工程动态信息管理

主要对工程项目过程中业主方、设计方、监理方、施工方的各类动态信息、工程进度计划、工程施工进度等进行管理。

3. 工程监控信息管理

工程监控信息管理包括了远程视频监控信息管理与工程监测数据信息管理。远程视频监控信息管理主要实现各施工区段视频点的实时监控及历史视频监控数据的调用与查看；工程监测数据信息管理主要实现对各施工区段现场监测数据的管理与分析。该模块主要内容包括：

隧道明挖暗埋段：起点与终点明挖暗埋段实行远程视频监控，并对视频监控数据进行管理；工程监测数据信息管理主要包括对墙体水平位移、墙顶水平位移、墙顶竖向位移、支撑轴力、立柱隆沉、地墙钢筋应力、坑底回弹、土压力、孔隙水压力、建筑物位移、建筑物倾斜等监测项目数据进行管理与分析。

隧道工作井：工作井远程视频监控及视频监控数据管理；工程监测数据信息管理所应包含的内容与隧道明挖暗埋段相同；在每个工程项目中，需根据明挖暗埋段、工作井的基坑特点，确定监测项目，工程监测数据信息管理应覆盖实际工程施工中具体实施的所有监测项目。

隧道盾构段：盾构段远程视频监控及视频监控数据管理，并对隧道纵向沉降及位移、隧道收敛变形、隧道环纵缝变化、地下水渗漏、衬砌表面应变以及内力等监测项目数据进行管理与分析。

4. 工程风险信息管理

工程风险信息管理模块主要包括项目工程风险等级划分标准、工程初始风险管理以及动态风险管理三个模块。

工程风险等级划分标准主要是提供用户查询风险等级的划分标准及各级风险的可接受程度。

工程初始风险管理主要是在项目启动前，对项目过程中的各个相应风险进行评估，并建立各风险事件与实际施工监测数据的关联，以及设定应急处理预案、风险规避措施和方式管理等的添加、修改功能。

动态风险管理主要实现适时地根据现场监控数据及现场施工具体情况，动态地调整各风险等级，并提供与风险相关监测点信息以及风险处理的查询功能；

5. 工程监测及风险报告形成

主要生成工程各类报告，如日报、周报、月报等，用户可选择报告所涵盖的相关内容。

6. 系统管理

图 6-1 详列了风险评估系统用户操作流程图，是整个系统运行的基础，主要实现系统组织管理、授权管理以及参数管理的功能，登录界面如图 6-2 所示。

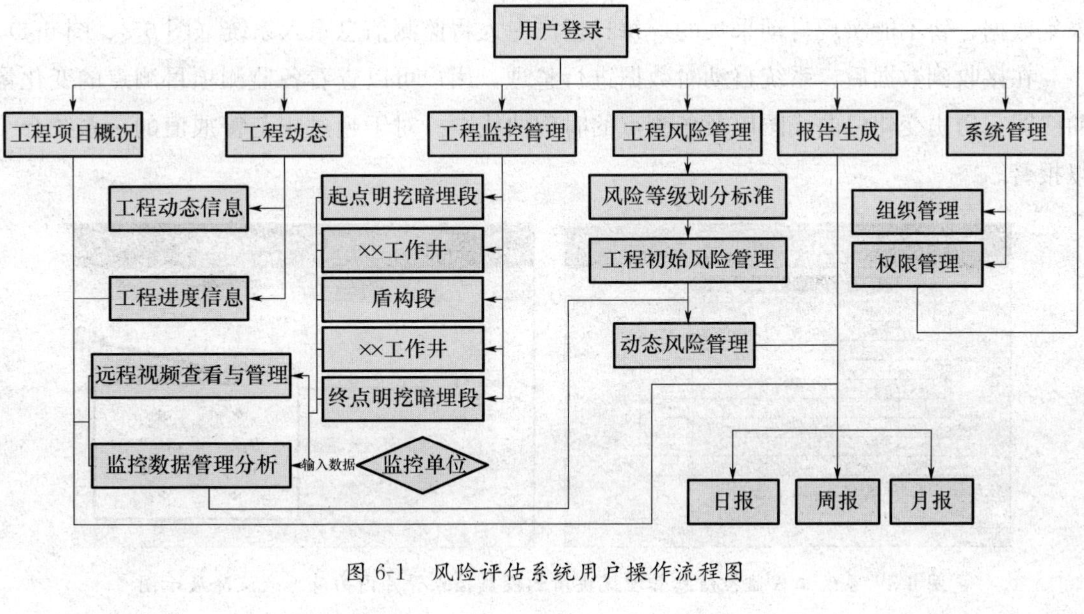

图 6-1　风险评估系统用户操作流程图

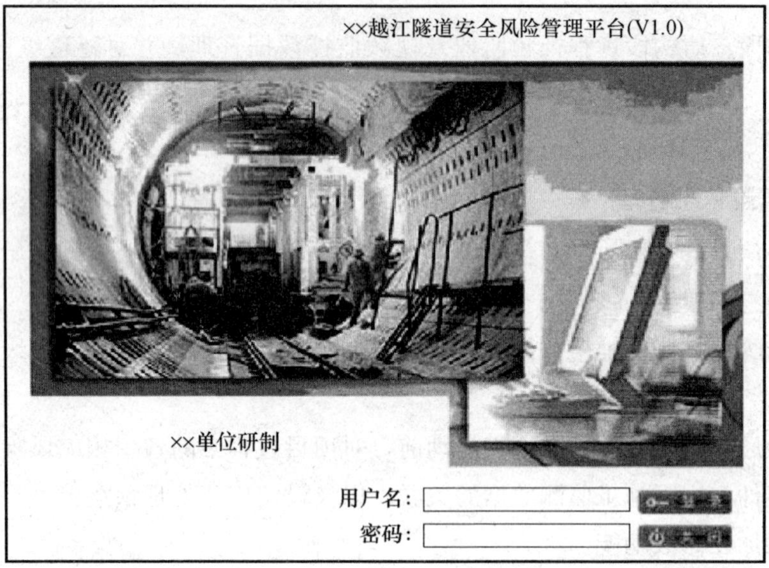

图 6-2　系统登录界面

6.2　现场监测数据传送及视频传送

盾构隧道监控项目包括：管片内力、围岩压力、水位变化、烟雾浓度、地表沉降、地层倾斜、建筑物沉降、管线沉降等。该部分可以对各项监控数据进行适时采集，人工录入并根据数据绘制各曲线，以供分析使用。对于能够实现现场自动采集的数据系统每日定时采集数据；暂不能实现自动采集的，每日指派专人将监测信息录入系统（图 6-3、图 6-4）。

在接收到数据后，系统自动对数据进行整理，用户可以查看各监测项目测点的变化量曲线图、历史变化量曲线图以及各测点的时程曲线图。对于超过规范警戒值的，系统会予以报警。

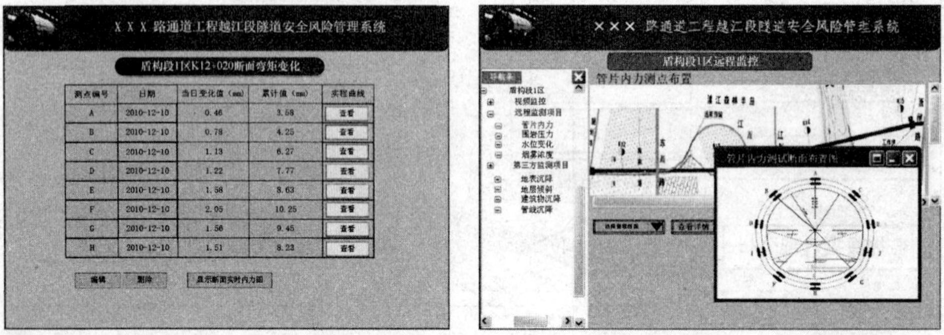

图 6-3　系统工程监控信息管理模块盾构段监控点管片内力及地表沉降展示图

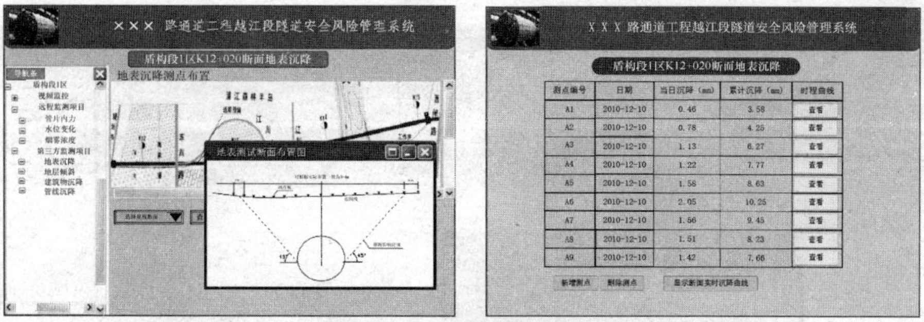

图 6-4　系统工程监控信息管理模块监控点地表沉降展示图

利用摄像机采集现场实时视频信号，通过线缆连接到 3G 集群视频传输系统主机上，系统主机将视频信号通过 3G 无线网络传输到接有计算机网络的远端应急管理中心，管理指挥中心控制服务器接收，控制前端传回的视频图像并录像（图 6-5、图 6-6）。

与传统的闭路监控系统和数字视频监控系统相比，3G 移动视频监控系统具有一些独特的优势：

（1）图像压缩算法：采用最新的、压缩比极高的 H.264＋＋视频压缩算法；

（2）网络图像传输：网络资源占用低，低带宽条件下能传输高画质、流畅图像；

（3）支持动态 IP：采用动态 IP 解析技术，自动解析 Internet 分配 IP 地址；

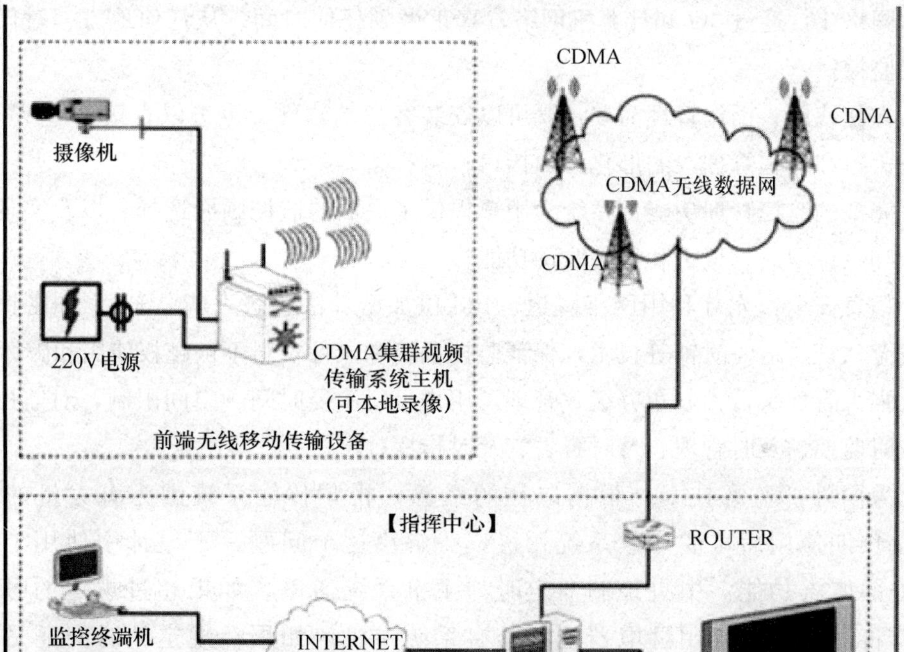

图 6-5　远程无线视频安全监控系统

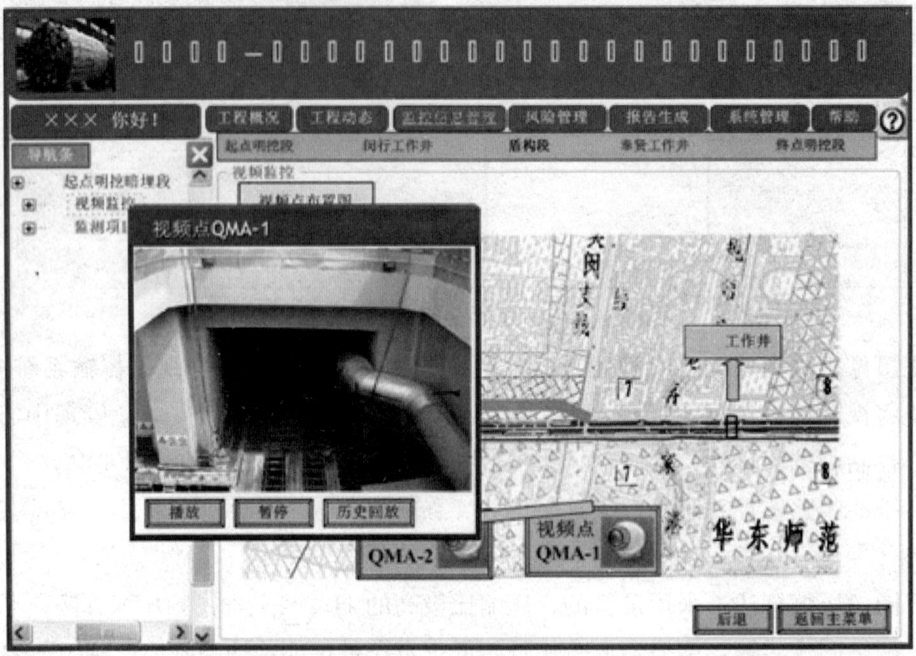

图 6-6 远程无线视频显示系统

（4）网络化：通过 3G 和计算机网络，真正做到任何时间、从任何地方、对任何现场都能实现监控；

（5）方便使用、操作管理简单：既可以安装客户端软件，也可以直接通过 WEB 方式进行远程监控和远程管理，图形化界面接口；

（6）完整的监控管理功能：系统为用户提供了灵活的监控画面选择，以及实现图像抓拍、录像和录像回放、报警和报警联动功能；

（7）信息安全：充分利用网络隧道、128 位加密算法、防火墙/VPN、加密锁、权限管理、安全认证、适时时钟等技术，保证监控系统和录像资料不被越权使用和破坏；

（8）强大管理平台：分布分级式管理，用户可以不受时间、空间限制，对监控管理目标进行及时监控、及时管理、及时查看、及时指挥；

（9）采用外部监察技术：根据以往的经验，视频传输系统因为有大量的数据处理，硬盘长期使用后可能导致系统死机，为解决这个问题，本设计中使用了中央控制器的外部监察功能。中央控制器定时与主机系统通讯，如果超过规定的时间，中央控制器将通过内部专用继电器控制重启系统主机。如果在规定的时间还是无法和主机正常通讯，将再次重启系统主机并延长下一次重启的时间间隙。重启次数和时间间隙都可以自由设置。在实际应用中，该设计能够大大降低对人工现场维护的需要。

6.3　隧道项目风险分析及报警

6.3.1　监测数据的分析处理与反馈

建立监测数据库，将已结束工程的监测数据输入到安全风险监控系统，并进行分析处理，作为项目的参考数据。

将工程的监测数据录入到安全风险监控系统，再进行误差分析，然后自动生成数据图表，并对监测信息进行反馈。当监测数据超过规范警戒值时，系统自动发出报警。

6.3.2　隧道工程风险管理模块

隧道工程风险管理模块，主要包括风险事故管理、风险日历两个模块。风险事故管理主要是在项目启动前对项目过程中的各个相应风险，建立与实际施工监测数据的关联，并设定应急处理预案以及风险规避措施和方式管理等的添加、修改功能，风险日历主要实现风险以及与风险相关监测点的信息和风险处理查询功能（图 6-7、图 6-8）。

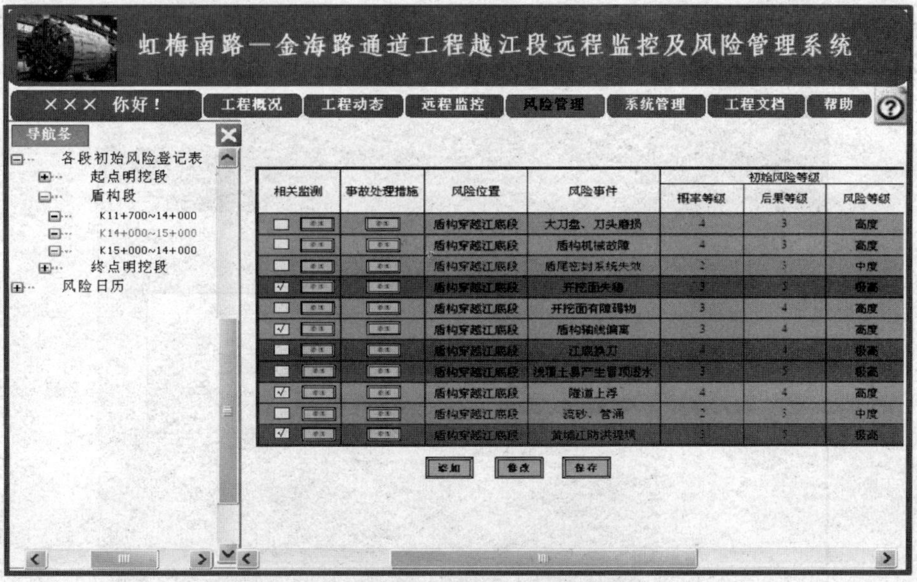

图 6-7　系统风险管理模块风险源展示图

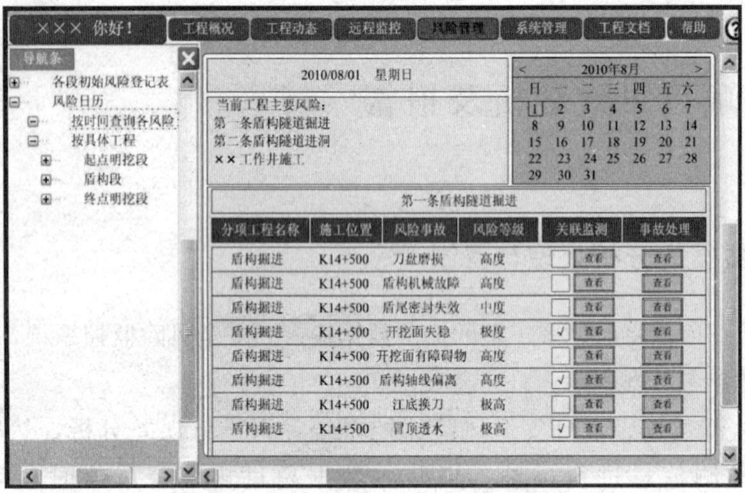

图 6-8　系统风险管理模块风险日历展示图

6.4　工程风险动态管理

工程风险模块主要包括风险等级划分标准管理、初始风险管理、风险动态信息管理三个模块。风险等级划分标准管理主要实现风险划分标准的编辑与管理；初始风险管理主要是在项目启动前对各过程中的相应风险进行初始评估，建立与实际施工监测数据的关联，并设定应急处理预案以及风险规避措施和方式管理等的添加、修改功能；风险动态信息管理主要实现风险、与风险相关监测点信息、风险处理查询以及风险调整功能（图 6-9～图 6-11）。

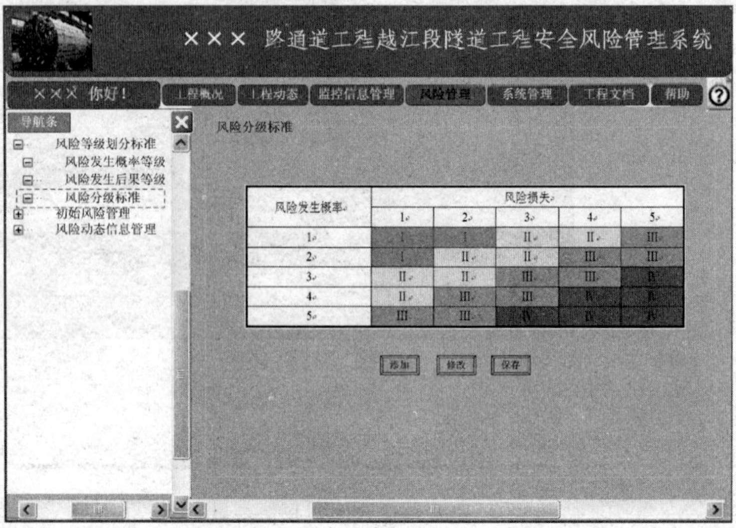

图 6-9　系统风险管理模块风险划分等级展示图

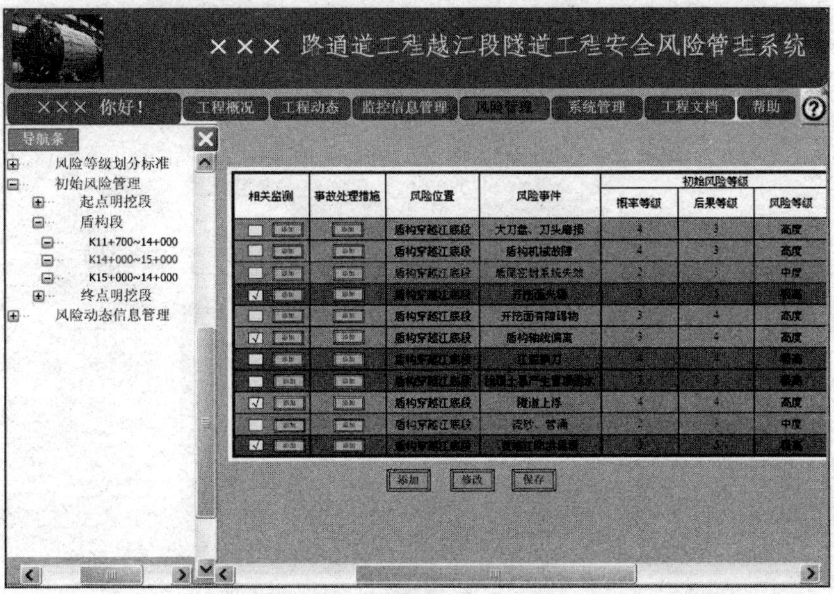

图 6-10　系统风险管理模块初始风险展示图

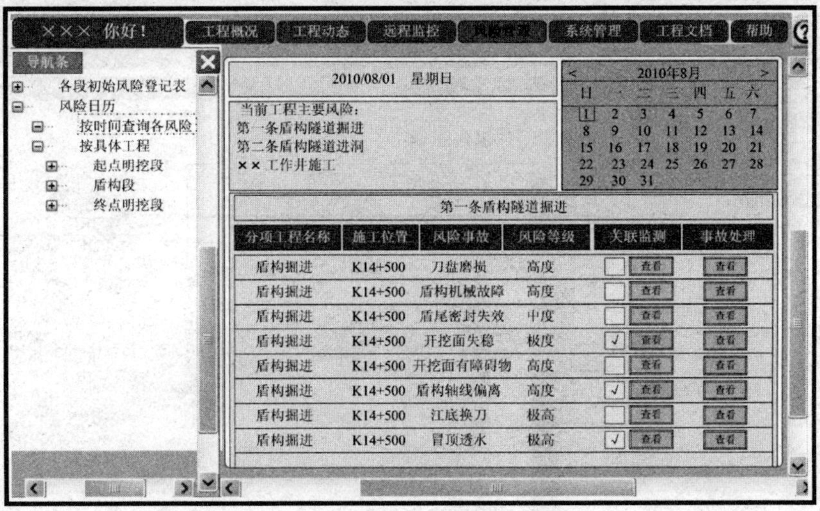

图 6-11　系统风险管理模块动态风险管理展示图

6.5　文档管理

用户可以根据需要选择生成报告的类型，如日报、周报、月报等，其下，用户还可以根据所需选择报告里面所包含的监测项目（图 6-12、图 6-13）。

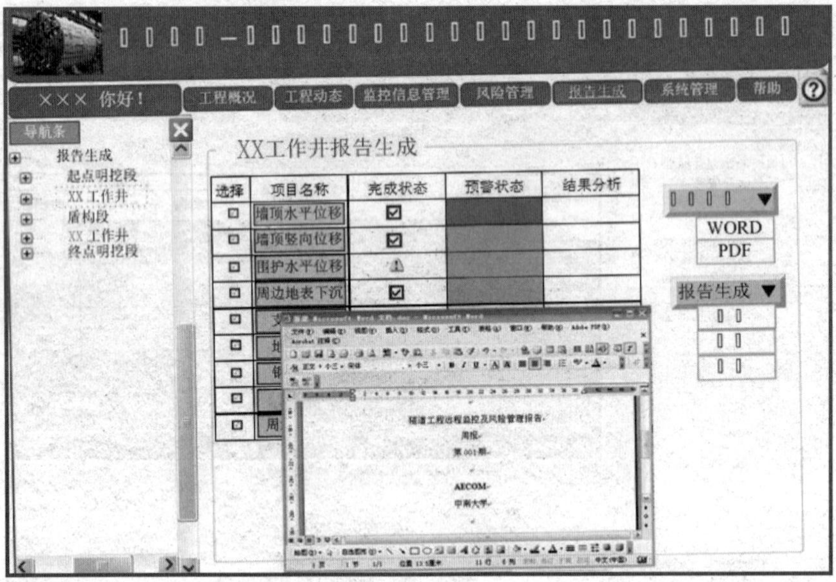

图 6-12　系统报告生成模块展示图 1

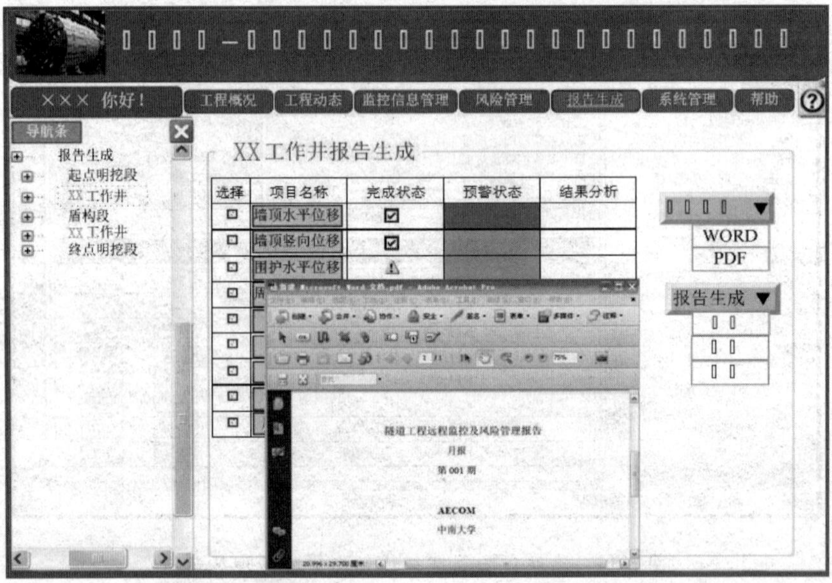

图 6-13　系统报告生成模块展示图 2

第 7 章　大型隧道工程设计施工风险评估实践

7.1　港珠澳大桥沉管隧道设计施工风险评估

7.1.1　项目概述

1. 工程项目背景

港珠澳大桥跨越珠江口伶仃洋海域，是连接香港特别行政区、广东省珠海市、澳门特别行政区的大型跨海通道，是列入《国家高速公路网规划》的重要交通建设项目。港珠澳大桥通过太澳高速公路与广东西部高速公路网相接，形成一个快速便捷的运输通道，使香港、澳门与粤西地区乃至西南地区省份直接相连，对于发挥大珠三角地区的区位优势、拓宽大珠三角的发展腹地、推动区域内产业结构调整、营造区域经济多赢局面、形成综合的竞争实力，具有十分重要的意义。

拟建港珠澳大桥香港侧着陆点位于大屿山散石湾，澳门着陆点为东方明珠，珠海着陆点为拱北。工程采用桥隧组合方案，隧道长 5.99km，桥长 22.36km。全桥共设六处通航孔，其中在伶仃西和铜鼓航道处拟采用海底隧道，隧道出口与桥梁相接处修建两个各长 625m 的人工岛（图 7-1、图 7-2）。

2. 风险评估的必要性

港珠澳大桥工程由桥、隧道、人工岛几部分组成，工程规模大，建设周期长，施工工艺复杂，作业环境差，施工区域多为环境敏感区域，不可预见性因素多，这一系列因素决定了水运工程项目风险难度加大，要识别的项目风险涉及范围广，预测周期长，可能产生的不可预见因素多，在进行风险评估时，风险量的估计和发生概率的估计都比单一项目难，因此，风险识别、评估是该项目管理的重点和难点。

从项目管理者的角度出发，项目设计存在的风险因素主要有：环境风险、进度风险、费用风险、技术风险、管理风险等。

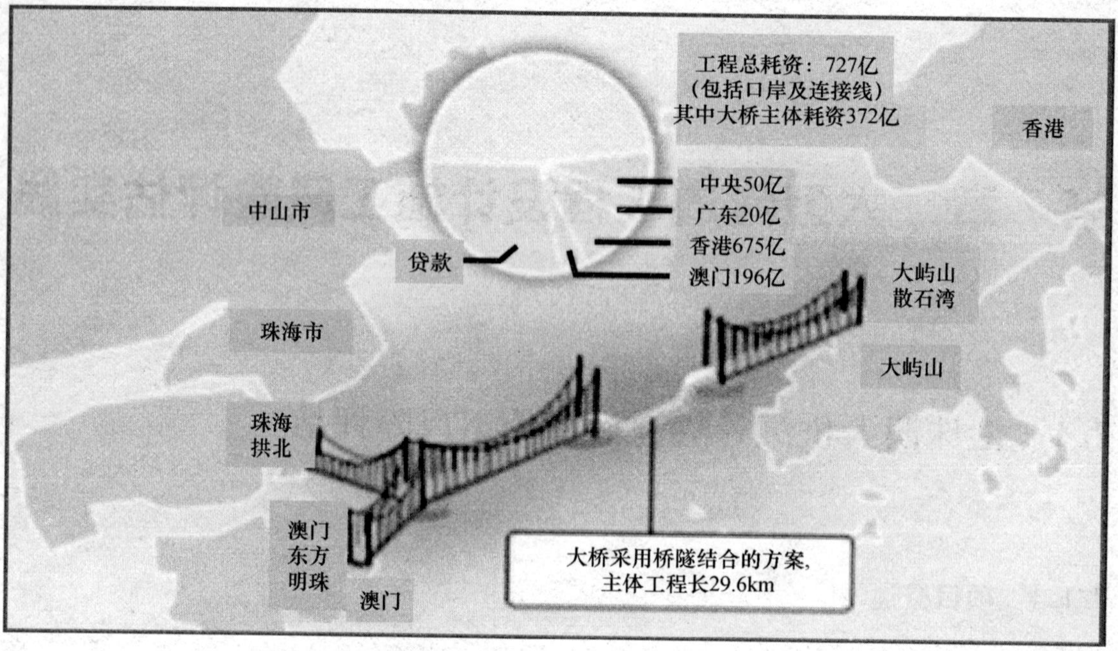

图 7-1　港珠澳项目位置示意图

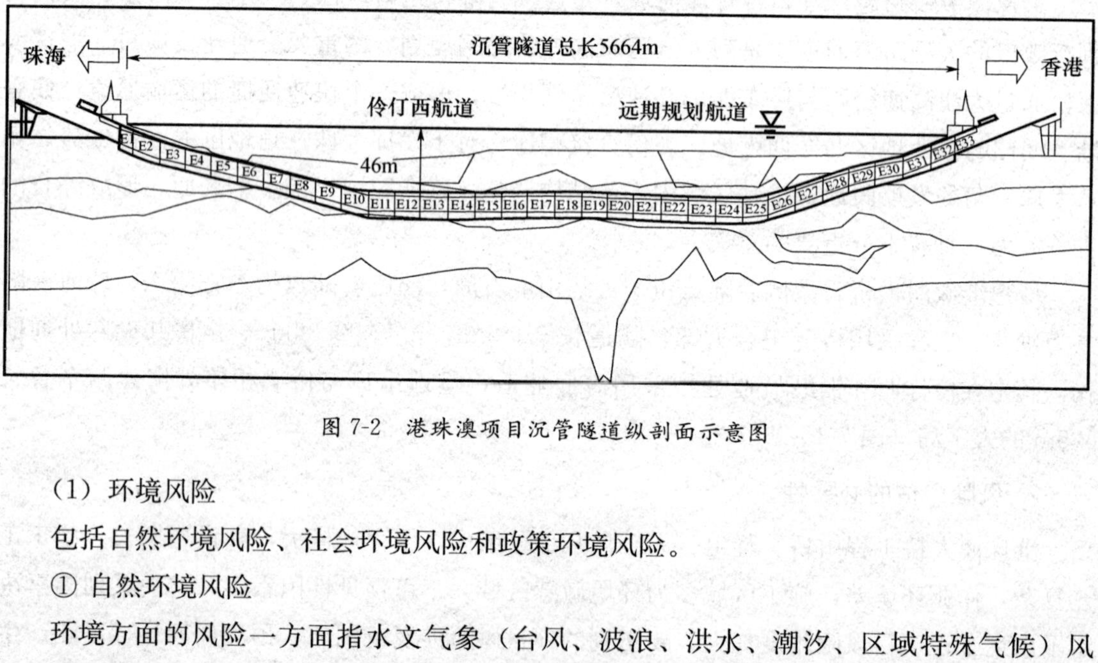

图 7-2　港珠澳项目沉管隧道纵剖面示意图

（1）环境风险

包括自然环境风险、社会环境风险和政策环境风险。

① 自然环境风险

环境方面的风险一方面指水文气象（台风、波浪、洪水、潮汐、区域特殊气候）风险，它们出现的频率、强度和影响范围难以准确预测；另一方面风险是指工程建设对周围水域的水资源、渔业资源、土地、岸线、自然环境等产生的负面影响，从而致使项目不能顺利实施或需要增加工程费用进行治理等。

在该工程的施工期间如采取相关爆炸作业，就要考虑避开白海豚和主要经济类鱼虾的产卵期；再有施工设备、机具和施工船舶的噪声有对海豚产生伤害的风险；沉管隧道和人工岛护岸等工程的基槽挖掘，以及各种泥驳和运载土石方的船舶发生的泥土泄漏都将会引起海水混浊，是否会对海豚及经济类鱼虾产生不利影响，这些都是可能存在的风险。

台风季节，海上大型作业平台的搭建是否有足够的强度，海平面的变化对作业平台的安全影响和工程质量的影响；大雾季节，海上作业的能见度问题，以及航运船只在施工区域的安全通行问题，因为工程规模大、实施周期长，这些都是要详细考虑的风险因素。

② 社会环境风险

项目建设各方对项目管理模式在沟通上的障碍会给项目实施带来风险。此外，社会环境风险还涉及项目实施可能对周边各利益群体的负面影响的协调，例如实施中对于航运的组织、第三方利益的协调问题等。

③ 政策环境风险

工程在融资、大型设备的采购等方面会受到政策的影响，区域发展政策及规划的调整都会对项目的运作带来风险。

（2）进度风险

总承包项目的进度受到设计、采购、施工、试运行等不同阶段的进度影响，因而不同阶段进度风险的把握是至关重要的。

对于设计阶段的方案设计、图纸绘制、设计说明的编写需要技术全面、经验丰富且有相应资质的人员参与实施，以满足设计的进度要求和避免设计中的失误，但必须有一套标准核对表进行程序化管理，对规避设计风险予以保障。该核对表应有“设计方案的提交—审核—批复（或有无异议）”等环节，因为港珠澳大桥工程的沉管隧道和人工岛工程的设计有很多特殊之处，对此更要保证设计成果是经过了核对表的检验并经过了审查才能有效。

由于水上作业工程对自然条件的高度敏感性及施工作业环境的可变性和预测的复杂性，因此制定合理的进度计划尤为重要，应把工程所在地的台风、洪水和分包实施计划、采购风险、资源设备供应风险以及其他足以影响到工程进度的因素都纳入到风险评估范围内。

（3）费用风险

由于大型项目一般采用固定总价合同，在签订合同时据以确定合同价款的依据是业主要求，而非签约后根据完成的初步设计图纸或施工图纸编制的概算和预算费用。这导致承包内容和合同变更难以确定，设计文件的修改意见都可以被业主视为是符合工程预期目的的修缮和优化，已包死的合同价格也难以突破。这往往导致因工程量的变化而造成费用风险。

由于在工程量的估计方面可能存在一定的误差，在项目实施时临时工程设计参数的确定、燃油价格、人工费、材料费、机械台班费和其他各种费率的可能变化都将带来费用风险。

由于气候影响、自然条件变化、施工组织、施工外部社会环境影响等方面的问题，将可能带来工程量增加和工期延长，造成费用增加。

若相应方项目管理水平低，不能利用合同进行风险预防和风险转移，进行工程索赔的意识不强、知识不足、能力不够、条件欠缺等，也是导致费用风险产生的重要原因。

对风险知识、风险评估方法不熟悉，风险管理法规和制度不健全，没有科学合理地办理工程担保和工程保险，这都会直接产生费用风险。

（4）技术风险

水运工程项目有些是在陌生的水域开展，与项目实施密切相关的水文泥砂、地质地貌、气候波浪等资料不全，项目技术复杂，设计参数包括设计标准的确定，施工工艺不成熟，需要进行技术研发，技术和设备的可靠性、施工组织的合理性、施工能力与水平，船机调遣等这些技术方面的风险源都会对项目的顺利建设产生重大的影响。

（5）管理风险

项目管理对项目的成功及效益至关重要，其中：项目领导的组织协调能力、专业素养，项目组织机构及人员的配置能否满足项目成功运作的需要，设计、采购、施工、试运行等不同阶段的协调能否充分发挥项目管理模式的优越性等都是风险也是效益所在。

水运工程涉及规划、海事、港监、环保、航道等政府管理部门，因此项目管理者的政府公关能力也是水运工程项目的风险因素之一。管理风险还包括：项目管理观念滞后带来的风险，比如业主、监理习惯了传统的设计与施工分离，单一进行施工专业承包或施工总承包；对总承包项目管理模式的陌生以及总承包企业缺乏实行总承包的管理机制等，这些问题都有可能造成总承包项目的大量潜在管理风险。

在项目实施过程中，要加强对风险因素的控制，在风险事故发生时执行应急计划，必要时执行替代方案，预想几种可能的权变措施，当实际发生的风险事件后果比预期的严重，上述应急计划、替代方案及权变措施均不足以解决时，应及时重新进行风险分析并制定新的风险管理计划。

定期审查与项目实施有关的重要文件，在项目实施过程中，根据各方面的反馈意见，对已完成的部分工作进行检测并随时监控项目风险，根据项目实施情况，向各方提出风险控制建议。

总之，港珠澳大桥工程规模大，投资高，技术难度强，因此其设计施工的风险也极其显著，实施工程风险管理具有十分的必要性。

7.1.2 设计-施工总承包模式的风险分析

针对港珠澳项目所拟采用的“设计-施工总承包”建造模式，初步判断，其存在着诸如设计时间不足、设计文件资料不全、设计施工团队融合不足、缺乏相关专家等风险，如何对此类风险进行规避和消减，在此结合既有的类似项目经验，对该模式的风险进行认识，着重于风险问题的控制及消减措施分析。

1. 总承包项目的风险特点

复杂性：总承包项目风险管理所要处理的风险问题比设计或施工等单项承包复杂得多，风险量也大得多。因此，总承包项目风险管理的难度必然更大，相应的，其所取得的效益也更显著。

全局性：总承包项目风险管理是承包者从全过程（全局）的观点出发进行的全局性的综合管理，而不是把各阶段或各个过程分割开来进行的项目风险管理。

社会性：总承包项目风险管理所涉及的社会成员（利益相关者）多，相关关系十分复杂，国际工程项目的风险管理尤甚。

多样性：总承包项目风险管理的客体随工程总承包方式的不同而不同，如交钥匙总承包必须面对设计、采购、施工安装和试运行服务全过程的风险；而设计-施工总承包面对的只是设计和施工阶段的风险。

应用“设计-施工总承包”模式，承建商的“可建造性”专门技术及其可利用资源都可以结合于其投标书内，因而节省费用和时间。

“设计-施工总承包”合同进行后，承建商就要完全负责修改设计及其他规定以配合其建造程序表。但相对的好处就是整套的详细资料不需要在开工时就准备好。同时，由于承建商要承担更大的风险及责任，因而其要求索赔的机会也相应减少。引入设计-施工总承包模式，可使工程的品质大为加强，并减少设计人员的投入。

“设计-施工总承包”合同风险在于投标者要投入很大资源，而业主对建造的影响及指导能力也相应减低。“设计-施工总承包”合同中其风险要从以下要点考虑：

（1）国际上已有很多相似工程的设计和施工方法；

（2）容许承建商设计其工程以配合其建造方法；

（3）不同建造形式可以有不同投标价；

（4）投标价将会是设计-施工总承包成本效益的竞争；

（5）中标后细部设计的考虑所遇到的难题。

2. 合同及招标的关键要素

对于该模式的合同要重点掌控的一些环节和要素有：

（1）投标资格预审：极大限度地提高投标者的起点资质，为能遴选高质量的中标者奠定基础；

（2）投标合同文件：款项要明晰，对于考虑不周和未及预料的问题要有明确的解决途径，极大地减少和转移不确定性带来的风险；

（3）业主规定包括下面的几点：

① 合同文件

✧ 协议条约；

✧ 接纳书；
✧ 招标书；
✧ 合约一般条件及其附件；
✧ 业主规定及附件；
✧ 合同特定条件。

② 招标书

✧ 合同格式及标价文件；
✧ 建造商技术计划，包括施工图则等；
✧ 设计规格；
✧ 建造规格；
✧ 质量及安全；
✧ 环境影响评估；
✧ 美学及环境考虑；
✧ 有关设计、建造性及维修说明；
✧ 合约一般条件。

③ 履行合同的要素控制

✧ 充分及详细的初步计划；
✧ 尽早获得工程所需征地；
✧ 清楚识别工作范围；
✧ 招标前之全面现场勘测；
✧ 工程对营造商有吸引力；
✧ 有机会令营造商可以利用其独特技术；
✧ 有专门技术的设计师；
✧ 有机会令设计师和营造商发挥创新之处；
✧ 有其他交替工程解决方案；
✧ 全面及详细的业主规定；
✧ 充足及详细的投标资格预审；
✧ 限制通过投标资格预审之数目；
✧ 要充分及详细地估计营造商之技术计划；
✧ 设计校阅程序细节要清楚；
✧ 预留合理时间展开工程设计；
✧ 政府内部应有一套快速响应制度来处理部门间的问题及事项；
✧ 营造商及设计师应对国内及国际的建筑行业、法律及建筑法规熟悉；
✧ 有合理建造期限；

✧ 营造商对“设计-施工总承包”构思的经验。

3. 总承包项目风险评估的过程

总承包项目风险的识别难度大，原因是要识别众多阶段的风险，涉及范围广，预测时限长，可能产生的变化大。因此，风险识别便成了总承包项目风险管理中最具特点，也是重点和难点之过程。

总承包项目风险评估时，风险量的估计和发生概率的估计都比单项承包难，即可预测风险和不可预测风险多。因此要特别注意收集风险评估的依据和定性方法的应用。

总承包项目风险管理规划的特殊性在于对风险应对方法有针对性地选择决策上。该决策的正确性与合理性既对风险控制的效果产生直接影响，又隐含着巨大的经济意义。

总承包项目风险监控中需要编制大量附加的风险应对计划。这是因为在项目实施的过程中必然会遇到大量未曾预料到的风险因素，或风险因素的后果比已预料的更严重，使事先编制的计划不能奏效，必须重新研究应对措施，即编制附加的风险应对计划。

4. 经济风险分析及相应措施和对策

从一般规律分析，总承包项目的风险来源广，风险因素多，识别总承包风险必须抓住重点。总承包项目风险识别的重点是经济风险，且所有风险均可导致经济结果。

（1）经济风险分析

对经济风险产生的原因进行分析，主要有以下方面：

① 经济观念滞后带来的风险；

② 业主行为的不规范造成的经济风险；

③ 建设市场中的大量违法操作屡禁不止，激烈的竞争对承包企业的巨大压力，总承包企业对签订高质量的合同、利用合同进行经营、利用合同进行风险预防和风险转移的能力不足，进行工程索赔的意识不强、知识不足、能力不够、条件欠缺等，是导致经济风险产生的重要原因；

④ 总承包企业对风险管理知识、风险管理方法不熟悉，风险管理法规和制度不健全，工程担保和工程保险体制迟迟没有完善，既是产生经济风险的原因，也是对风险管理乏力的表现。

（2）经济风险相应措施和对策

对于设计-施工总承包模式，除了要在组织结构上达到要求，更主要的是要在软件建设上满足要求。包括：具有满足工程总承包要求的人力资源，强大的市场竞争能力，合格的设计能力，完善的项目管理体系，强有力的技术支持能力，在国内外市场中采购机械设备、成套设备和建设物资的能力，足够的工程总承包协调能力，善于利用社会中介组织的能力，应对风险能力等。

提高风险意识。要深刻认识风险对工程总承包项目的危害性，工程总承包项目风险源的大量性，大部分风险的可预测性和可管理性，超前分析，认真识别，可靠评估，科学、慎重地进行风险管理规划、决策、控制和监督。

提高法律意识。依法竞争，依法签约和索赔，依法维权，依法经营，依法抵御风险，依法进行融资和结算等。

实施人才战略，进行大学习，向员工灌输国际工程项目管理知识、建造师知识、风险管理知识、合同管理知识、经济知识、金融知识、保险与担保知识、经营管理知识等，使企业具备复合型人才和高级项目管理人才。

制定工程总承包项目管理规范，编制工程总承包项目管理手册，建立项目自身的风险管理体系。

7.1.3 本项目沉管隧道风险评估综述

1. 本项目风险点

港珠澳大桥工程在伶仃西和铜鼓航道处为海底隧道段，隧道全长 5.99km，采用沉管法实施，隧道线路长、埋深较大、沉放管段多、环境条件复杂，人工岛设计建造、干坞设计施工、管段制作及裂缝控制、管段接头防水、超深基坑及岸壁围护结构设计施工、管段浮运沉放和隧道防震防灾等方面存在较多难点和风险。港珠澳项目沉管隧道工程示意图如图 7-3 所示。

图 7-3 港珠澳项目沉管隧道工程示意图

本工程区域的灾害性天气系统主要包括热带气旋、暴雨、龙卷风、雷击及短时雷雨大风等，其中热带气旋的强度强、频率高、灾害重，是影响工程设计、建设和营运最具威胁的自然灾害之一。另外，气象条件会对工期及安排产生影响，为保证安全，应做好台风及出航的天气预报工作，同时避免在夜间出航。

2. 本项目风险评估特点

港珠澳大桥岛隧工程项目规模大，工程投资高，涉及深基坑、地基处理、高边坡防护、航道护岸、耐久性混凝土、航道疏浚、管段浮运、沉放与对接等多个工程类别，各工序协调工作量大，各单位工程所包含的子项目繁多，交叉作业频繁，对工程质量、进度、安全和组织协调工作等有很高的要求，在工艺可行性研究、设计、实施及项目管理方面均存在一定风险。

经过研究与总结，本项目的风险评估工作主要有如下特点：

（1）需要有强大的技术经验支撑

鉴于工程的重要性和复杂程度，有必要组织有关方面经验丰富的专家对工程中存在的重大风险源进行研究讨论，以应对工程各阶段可能出现的风险，尤其在设计阶段，应引入风险规避的概念，以降低工程建设的总体风险。

（2）系统化、流程化管理

为了涵盖整个项目不同阶段的需要，有必要形成一个整体的风险评估体系，并制定规范的管理流程。

（3）全程动态化控制风险

风险评估的整项工作应是一动态过程，在适当的阶段进行反馈、检讨，并对有关管理工作做相应的调整。

（4）信息化作业

为掌握工程实施过程中各类参数的变化情况，有必要设置严密的信息化检测系统，并实现信息网络化，及时反馈指导实施。

3. 本项目风险对策

风险对策是风险评估实施阶段的重要组成部分，考虑的是风险处理的准备工作和实施计划，从广义上可以分为风险规避、风险降低、风险分担和风险保留 4 个方面，具体到细节方面可包括谁批准行动计划、负责实施计划的单位、计划的具体内容、行动所需的资源、制定计划的负责人员、行动计划时间表、行动完成时间等。

（1）风险规避

（在可能的条件下）通过不开始或中断可能导致风险的活动来避免风险。

（2）风险降低

改变风险发生的可能性，或者降低风险发生的负面结果的可能性。

（3）风险分担

在共同同意的情况下，通过引入另外的单位来承担或者分担部分风险。分享风险的机制包括运用合同、保险或者在组织结构上与别的公司联合组织成新的机构以降低风险和责任。大体而言，引入别的单位分担风险将带来一定的财政支出，比如引入保险商需要支付保险费。

（4）风险保留

在风险被改变或者分享之后，仍然会有一部分残留风险被保留下来。在缺省条件下，风险也会被保留下来，比如当确认风险的机制发生错误，或者分享风险与其他风险处理的措施失效时，风险将被保留下来。对于这些保留下来的风险，往往不再有紧急预案。

7.1.4 本项目风险评估准则

1. ALARP 原则

ALARP 原则即可实施的合理的最低风险原则，英文全称为 As Low As Reasonably Practicable，是隧道工程项目中在保证工程可合理实施的前提下将风险降到最低范围的原则。港珠澳项目沉管隧道工程应用 ALARP 原则如图 7-4 所示。

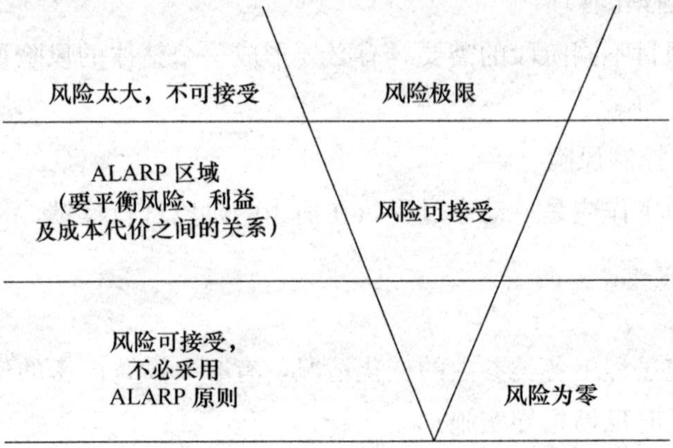

图 7-4 港珠澳项目沉管隧道工程应用 ALARP 原则示意图

2. 风险评价矩阵

本项目中风险评估与管理研究所采用的风险评估方法和评价准则，均参照国际隧道协会（ITA）2004 年制定的《隧道风险评估指南》和原建设部发布的《地铁及地下工程风险管理指南》。下面分别以表格的形式给出风险发生概率、后果损失、风险评估矩阵及风险接受准则标准，见表 7-1、表 7-2。

表 7-1 港珠澳沉管项目应用的风险评估矩阵

风险		事故损失				
		可忽略	需考虑	严重	非常严重	灾难性
		1	2	3	4	5
发生概率	A：$P<0.01\%$	1A	2A	3A	4A	5A
	B：$0.01\%\leqslant P<0.1\%$	1B	2B	3B	4B	5B
	C：$0.1\%\leqslant P<1\%$	1C	2C	3C	4C	5C
	D：$1\%\leqslant P<10\%$	1D	2D	3D	4D	5D
	E：$P\geqslant 10\%$	1E	2E	3E	4E	5E

表 7-2　港珠澳沉管项目应用的风险管理接受准则

等级	风险	接受准则	控制对策
Ⅰ级	1A，2A，1B，1C	可忽略的	不必进行管理、审视
Ⅱ级	3A，2B，3B，2C，1D，1E	可容许的	引起注意，需常规管理审视
Ⅲ级	4A，5A，4B，3C，2D，2E	可接受的	引起重视，需防范、监控措施
Ⅳ级	5B，4C，5C，3D，4D，3E	不可接受的	需高层决策，需采取控制措施减轻、预警措施
Ⅴ级	5D，4E，5E	拒绝接受的	立即停止，需整改、规避或预案措施

7.1.5　设计风险评估

1. 设计成果风险评审

根据设计文件中关于风险设计的相关内容，有关设计成果风险的评审如下：

（1）隧道横断面设计

隧道横截面采用矩形断面，初步设计阶段尺寸为：宽约 38m，高约 11m，顶板厚 1.8m，满足车行限界、建筑限界、施工误差和内装修空间的需要，能够满足拖运时管段稳定的需要以及管段沉放和后期运营期间的抗浮需要。

（2）隧道埋深设计

隧道埋深最深达水下 25m，增大了作用于矩形管段结构顶面的竖向水土荷载，本项目三车道大跨度顶板能够满足超常竖向荷载对结构承载能力和刚度的要求。

（3）管段防水设计

节段（22.5m，初步设计阶段）间采用柔性接头，纵向钢筋不连通，通过钢筋混凝土剪力键传递节段间剪力，节段间传递纵向弯矩，在管廊内侧设置 Omega 密封条，同时设置可膨胀性密封条，以作为更换 Omega 密封条时的临时止水；管段（22.5m×8＝180m）间采用传统柔性接头，GINA 密封垫和内侧 Omega 密封条，外墙、板设立钢剪力键，内墙设钢筋混凝土剪力键传递节段间剪力；防水形式采用混凝土自防水（不考虑外包防水）。

（4）管段最终接头处理

最终接头处理设计采用水下浇筑，即在接头的外部密封面板完成后，将接头内部的水抽出，在接头处从隧道内浇筑混凝土最终将接头封住，形成刚性连接，经过初步评估，该方法能够保证所有管段接头之间保持柔性连接，以适应地基沉降和抗震设防的要求，同时防水性能很好。

（5）基槽基础地基加固

E1、E32 段采用钻孔灌注嵌岩桩，E2、E3、E31、E30 段采用打入桩（PHC），E4～E22 段采用换填至砂顶层，E23～E29 段采用 SCP 处理至砂层顶，设计采用的地基处理方法能够满足地基承载能力、变形及抗震要求。

2. 设计遗留风险及防范措施

设计方案虽然在技术、经济、环保、工期及风险等综合方面具有一定的优势，但仍然遗留一些设计风险，对于此类风险务必应加以重视和考虑，并制定相应的防范措施，达到有效控制风险的目的。以下列出的为设计遗留风险及其相应的防范措施。

（1）沉管隧道结构体系抗力的可靠性

风险点：沉管结构不能满足大埋深荷载和差异荷载作用下的要求，结构存在安全隐患。

防范措施：充分考虑隧道结构各种工况下的最不利受力断面，选用合理的结构设计验算方法和设计参数对所有工况下的结构进行验算，确保其能满足受力要求。

（2）沉管隧道浮力设计

风险点：抗浮安全系数不够，影响隧道的稳定与质量。

防范措施：考虑管段回填覆盖及未回填覆盖两种工况下的抗浮安全系数，确保管段抗浮满足要求。

（3）沉管隧道结构体系抗震设计

风险点：隧道结构不能满足抗震要求，影响隧道稳定与使用寿命。

防范措施：抗震设计的重点在于加强构造措施，以增强结构的连续性，适应地震中地层施加的变形，在覆土厚度变化处及下卧层地层急剧变化处需设置变形缝，以适应地震对隧道结构产生的不均匀沉降。

（4）沉管隧道地基基础抗震设计

风险点：地基基础不能满足抗震要求，影响隧道稳定与安全。

防范措施：根据隧道所在的地质情况及当地的抗震要求，选取合理的基础处理方式，以加强基础的抗震性能，减少差异沉降。

（5）节段间接头抗震设计

风险点：节段间接头抗震性能不佳，影响隧道整体的质量。

防范措施：节段间的接头部位在结构上为相对薄弱环节，需充分考虑在地震作用下接头的承载能力和水密性。

（6）沉管隧道防水系统的可靠性

风险点：混凝土管段自防水性能欠佳，影响隧道防水性与耐久性；节段接头防水处理不当，隧道质量与运营存在安全隐患。

防范措施：通过试验研究合理选用管段混凝土用料，严格控制混凝土入模温度及坍落度等，选用合适的防水涂料，做好隧道横向、纵向施工缝及最终接头缝的防水设计；根据实际工况条件，综合考虑温度变化、加工精度、管段基础沉降变化、地震及应力松弛对止水带防水性能的影响，合理设计止水带的构造形式和固定方式。

（7）岛隧连接段混凝土管段的性能

风险点：岛隧连接段混凝土管段的结构稳定性、抗震与防水性能相对薄弱，强化措施不到位将影响隧道的质量与使用。

防范措施：综合考虑岛隧连接段的地质、水文情况和连接要求等因素，对该连接段的管段在抗震、防水及结构方面做特殊设计。

（8）高强混凝土厚板的裂缝控制

风险点：大体积混凝土浇筑后产生较多裂缝，甚至贯穿，影响隧道的质量与安全。

防范措施：优化混凝土级配，减小水灰比，尽可能降低混凝土入模温度，分层浇筑，加强振捣与养护，尽可能延缓后浇带浇筑时间。

7.1.6　施工工艺风险评估

在可研阶段，主要是针对工程施工中需要解决的问题选择合理的工艺来进行处理，由于不同工艺在工期、质量、安全及造价等方面有各自不同的风险及特点，因此，对施工工艺进行风险评估具有十分重大的意义。

1. 风险汇总表（表 7-3）

表 7-3　施工工艺风险汇总表

序号	风险类型	风险源/风险点	发生概率	损失后果	风险等级	风险防范措施摘要
1	沉管管段预制场	固定干坞：没有合适的建造位置；建造时间较长，可能会占用工期，影响工程进度，且投资较大	A	3	二级	根据干坞选址原则、工程地质、水文地质条件，以及浮运航道条件，合理选择干坞的建造位置、形式与尺寸，抓紧时间施工，为沉管管段施工创造条件
		移动干坞：对设备选择要求很高，需要有合适尺寸、足够刚度和承载能力的半潜驳船；要求有足够数量的半潜驳船，施工工期长，造价太高；船上预制管段的精度控制存在难度	A	3	二级	根据管段预制所需的基本设备要求合理选择设备，同时考虑对工期及工程造价的影响，加强对管段制作精度的控制
2	沉管管段预制	钢壳管段的焊缝是结构强度与防水的薄弱环节，采用钢壳管段需要增加隧道的沉埋深度，将会增长现场引道斜坡的长度，增加工程量及造价	B	3	二级	加强焊缝质量检验，对于焊缝质量欠佳的位置需做好补强措施
		管段尺寸的控制精度要求很高，同时大体积混凝土浇筑易产生裂缝	B	3	二级	采用高精度模板、合理的配合比及先进浇捣工艺和养护等措施对管段尺寸及混凝土裂缝进行严格控制

续表

序号	风险类型	风险源/风险点	发生概率	损失后果	风险等级	风险防范措施摘要
3	管段舾装	舾装设备繁多，可能会发生漏装或安装不满足设计及水上操作的要求	C	3	三级	做好舾装设备的统计与分类管理工作，严格按照设计与操作要求进行安装，并做好复核及相应的设备调试工作
4	基槽开挖	选择的开挖设备性能不佳，成槽效果不理想，不能满足基槽开挖的要求；基槽开挖过程中出现边坡塌陷，造成基槽偏差；水下爆破威胁水上船只、人员及白鳍豚的安全	C	4	四级	根据地质条件选择合适的基槽开挖设备；基槽开挖过程中避免边坡开挖太陡，同时做好开挖同步监测工作；合理布置炮点，保证水中船只、人员及白鳍豚的安全距离
5	管段浮运	配备的拖轮总马力不够，管段受托运阻力影响较大	C	3	三级	对管段浮运将遇到的情况、在现场的特定条件下的隧道管段的特性、在航行水道中可资利用的空间进行综合考虑，在此基础上制定合适浮运方案，选择相应种类和能力的拖船，并考虑将定位系统成果提交给作业指挥者的方式
6	管段沉放	管段沉放方法选择不合理，影响管段顺利沉放，严重时甚至威胁管片沉放安全	C	4	四级	管段沉放方法的选定需综合考虑管段的结构计算、在施工状态下的受力状况、着力点的布置、干舷及抗浮系数
7	管段对接与接头处理	管段对接误差较大，影响隧道整体质量与安全；接头处理不当，造成隧道渗水	C	4	四级	综合考虑工程进度、投资、质量及安全要求，合理选择管段最终接头的位置及接头处理工艺
8	基础处理	基础处理方法选择不当，使得隧道运营阶段的后期沉降较大，影响隧道的质量与安全	C	4	四级	结合隧道建造当地的地质、水文条件，综合对比各种基础处理方法的优缺点及适用性，选择合理的基础处理方法
9	基槽回填	施工机具选型不当影响施工质量及效率；石料粒径及回填厚度不满足回填要求；回填施工产生偏压，导致沉管段偏移	C	3	三级	根据管段所在的位置选定回填及覆盖物的组成材料，根据工程区域水域深度及回填定位的要求选择合适的施工机具，在基槽回填时须左右对称施工；回填材料必须选用符合设计要求、级配良好、不含对隧道防水性能产生危害物质的材料，并进行相关的测试和取样

续表

序号	风险类型	风险源/风险点	发生概率	损失后果	风险等级	风险防范措施摘要
10	岛壁结构	抛石斜坡：面临水深、浪高、流急和地基软弱等不利的自然条件，特别是在软弱的地基情况下，抛石斜坡堤满足地基承载力和整体稳定的要求难度较大	C	3	三级	详细研究土样勘察资料，综合考虑复合地基因素，对各段岛壁及地基的整体稳定均作考虑；按照《港口工程地基规范》（JTS 147－1－2010）对岛壁与地基进行施工期和正常使用期的稳定验算；按照《港口工程地基规范》（JTS 147－1－2010）对地基的沉降进行计算；对于软基，可考虑设计采用抛石挤淤处理
		预制RC圆沉箱：设计经验少，工程实用的计算方法有些还不完全具备，计算繁琐，给此结构的大范围推广带来一些不利影响	C	4	四级	圆沉箱壁受弯矩很小，基本上可按构造配筋；作为整体稳定计算抗倾和抗滑时，近似按墙面为平面进行计算是偏于安全的；圆沉箱前沿底部受力面积较小，应力比较集中，设计时必须加大外趾，以满足地基应力的要求
11	地基处理	存在施工质量不易控制、造价偏高、处理深度有限等问题，造价高、工程性能造价比不高是挤密砂桩的不足的一面；处理后的地基，承载力和抗剪强度较低；此外，压（打）桩过程中会产生挤土效应，若控制不当，会对已施工的桩产生不利影响	C	4	四级	挤密砂桩因挤土而引起的桩周土位移可采用圆孔扩张理论来分析，工艺设计的时候可考虑这一点
12	基坑围护	地下连续墙：在一些特殊的地质条件下施工难度很大，可能出现相邻槽段不能对齐和漏水的问题；地下连续墙如果用作临时的挡土结构，比其他方法的费用要高些；在城市施工时，废泥浆的处理比较麻烦	C	4	四级	地下连续墙的施工主要分为以下几个部分：导墙施工、钢筋笼制作、泥浆制作、成槽放样、成槽、下锁口管、钢筋笼吊放和下钢筋笼、下拔混凝土导管浇筑混凝土、拔锁口管

续表

序号	风险类型	风险源/风险点	发生概率	损失后果	风险等级	风险防范措施摘要
12	基坑围护	排桩	C	3	三级	在设计时应注意地勘报告中的勘察条件，考虑气候和墙顶、墙脚区域使用性质等因素变化引起场地的水文、土质变化；地下设施定位和施工时，必须首先查明周围现有构筑物、设施、地下管线等隐蔽工程的分布和使用、受力条件；对边坡、挡土墙等支挡结构，必须重视施工及使用期间的监测工作
		钢管桩：长度长、断面较小，长径比较大，单一的一根桩承载力和刚度都很低	C	3	三级	在设计小口径钢管组合桩时除要考虑待治理岩土体的性质和下滑力的大小及方向外，还应考虑钢管组合桩自身的埋置深度、桩的强度、断面尺寸、桩间距（横向和纵向）和桩之间的组合方式等因素，同时还应考虑相邻两桩中心间距与桩径之比、入岩深度与桩径之比
13	岛隧结合	隧道侧端部采用格形钢板桩圆筒挡土：格形钢板桩围堰可在岩基或非岩基上，当为非岩基时如砂卵石地基，其中不能含大量的漂砾或孤石，否则会造成大量板桩锁口破裂，在这种情况下，钢板桩是不适宜的；格体直径和高度，受钢板桩锁口允许拉力限制，一般只能用于14～20m以下；填料本身的抗剪强度不足以及填料与钢板桩之间的抗滑力不够导致的格体的抗剪稳定性不够；钢板桩的锁口由于受到填料的侧压力而引起拉力	C	3	二级	除了按水工建筑物一般要求核算抗滑、抗倾覆稳定及地基强度外，尚需核算格体轴线垂直平面上的抗剪稳定性和钢板桩锁口的抗拉强度等
		隧道侧端部采用沉箱挡土：沉箱式挡土结构一般而言其工程费较高，且对地基承载力的要求更大，对地基的不均匀沉降更为敏感	C	4	四级	充分研究土壤土样勘察资料，综合考虑复合地基因素，工艺设计时需严格考虑地基承载力及沉降问题

2. 风险分析与防范

（1）沉管管段预制场

沉管隧道管段主要有两种基本类型：一种为钢壳管段，一种是混凝土管段。

① 钢壳管段预制

制作钢壳管段主要是在隧址附近的船坞制作钢壳，然后拖到隧道施工现场附近进行舾装，再拖至施工现场后灌注混凝土。

② 混凝土管段预制

制作混凝土管段主要采用干船坞的方式，即在隧址附近的岸边修建大型的干船坞，在干船坞中浇制混凝土管段，管段造好后浮运至施工现场沉放。干船坞在排水后继续制作下一批管段。在丹麦和瑞典的斯热桑得隧道在干船坞里还建造有一条混凝土管段生产的流水线工厂，管段造好后在干船坞里连接成管段。

对于沉管隧道混凝土管段预制场，根据其构造形式主要有以下两种类型：

a. 固定干坞

固定干坞包括临时性干坞和永久性干坞，临时性干坞宜在隧址附近或轴线岸上段建造临时干坞预制管段，在完成管段预制任务后拆除；永久性干坞可重复进行使用，为多条隧道预制管段的干坞。

存在的风险：没有合适的建造位置；建造时间较长，可能会占用工期，影响工程进度，且投资较大。

风险控制措施：根据干坞选址原则、工程地质、水文地质条件，以及浮运航道条件，合理选择干坞的建造位置、形式与尺寸，抓紧时间施工，为沉管管段施工创造条件。

b. 移动干坞

修造或租用大型半潜驳船作为可移动式干坞，在移动干坞上完成管段的预制，然后利用拖轮将半潜驳船拖运至隧道附近已建好的港池内下潜，实现管段与驳船的分离，再将管段浮运至隧道位置完成沉放安装工作。

存在的风险：对设备选择要求很高，需要有合适尺寸、足够刚度和承载能力的半潜驳船；要求有足够数量的半潜驳船，施工工期长，造价太高；船上预制管段的精度控制存在难度。

风险控制措施：根据管段预制所需的基本设备要求合理选择设备，同时考虑对工期及工程造价的影响，加强对管段制作精度的控制。

（2）沉管管段预制

沉管隧道主要有两种基本类型：一种是钢壳管段隧道，一种是混凝土管段隧道。早期修建的沉管隧道多为钢壳管段，随着水力压接法和管段防水等关键技术的进步，钢筋混凝土管段逐渐取代了钢壳管段，近几十年修建的沉管隧道大多以钢筋混凝土管段为主。

① 钢壳管段

第一座钢壳管段沉管隧道是20世纪初在北美建成的。钢壳管段沉管隧道是钢壳与混凝土的组合结构，钢壳可作为防水层并在结构上有明显作用，混凝土主要承受压力和作为承载物，并且也有助于结构上的需要。由于钢壳具有弹性特点，因此完工的钢壳管段沉管隧道成为一个具有柔性的整体结构。全世界修建的钢壳管段沉管隧道大多在北美，香港的红磡海底隧道亦为钢壳管段的沉管隧道，日本也修建了几座，欧洲采用的不多。

存在的风险：钢壳管段的焊缝是结构强度与防水的薄弱环节，采用钢壳管段需要增加隧道的沉埋深度，将会增长现场引道斜坡的长度，增加工程量及造价。

风险控制措施：加强焊缝质量检验，对于焊缝质量欠佳的位置需做好补强措施。

② 混凝土管段

沉管混凝土隧道最早出现在欧洲。半个世纪以前，在荷兰的鹿特丹建成了第一座欧洲的沉管隧道，此后，这种施工方法得到了极大的简化和优化。现今全世界约建成了四十多座混凝土管段沉管隧道。混凝土管段沉管隧道大多数在欧洲，其中约有一半在荷兰。亚洲的日本、中国也修建了几座混凝土管段沉管隧道。

存在的风险：管段配筋过于紧密影响混凝土浇筑，管段尺寸的控制精度要求很高，同时大体积混凝土浇筑易产生裂缝。

风险控制措施：采用高精度模板、合理的配合比及先进浇捣工艺和养护等措施对管段尺寸及混凝土裂缝进行严格控制。

（3）管段舾装

舾装指管段浮运、沉放、对接水上操作时安装在管面的临时设备，如测量塔、人孔、调校漂浮管段平衡的缆柱、绞车、吊点等设备。

管段舾装分为一次舾装和二次舾装。一次舾装于管段预制阶段安装，二次舾装根据施工组织安排于沉放前安装。

一次舾装包括：

① 管段外部：GINA橡胶带、第一节测量塔、第一节人孔井、吊点、拉合座、系缆柱、导缆孔、端封门、人孔封门、GINA橡胶带保护装置、灌砂口须安装保护盖、端封门上鼻托梁或端部顶面导向梁（或槽）；

② 管段内部：压载水箱、进气管和进、排水管路系统，管内临时照明系统，管内临时通风系统、水箱顶部施工走道。

二次舾装包括：

① 管段外部：测量塔（指挥台、绞车、测量标志）、人孔井、钢浮箱；

② 管段内部：垂直千斤顶、垂直千斤顶液压控制系统。

存在的风险：舾装设备繁多，可能会发生漏装或安装不满足设计及水上操作的要求。

风险控制措施：做好舾装设备的统计与分类管理工作，严格按照设计与操作要求进行安装，并做好复核及相应的设备调试工作。

（4）基槽开挖

沉管隧道基槽开挖，应配备各类大型挖泥船，对于开挖来说，人们所熟悉的技术例如戽斗式挖泥机、带切泥头或吸泥头的吸泥机或挖泥机、带抓斗的起重机都是可以选择的。切泥头挖泥机是对要浚挖的泥土进行混搅成浆后吸走，如使用浮放管路排泥时，这种挖泥机的垂直运输是封闭的，而且最后的水平运输也是封闭的，这样对环境的影响就比较小。戽斗式挖泥机在垂直运输泥土时，以及当泥土卸进驳船中供水平运走时产生的溢出都会对环境造成污染。与戽斗式挖泥机一样，带抓斗的起重机对环境也有同样不利的影响。

目前一些大型挖泥船的主要技术性能见表 7-4。

表 7-4 各类大型挖泥船技术性能表

耙吸式挖泥船	舱容量 10000m³ 以上	挖深 35m 以上
绞吸式挖泥船	装机功率 10000kW 以上	挖深 30m 以上，可挖 40MPa 以上岩石
抓斗式挖泥船	抓斗 20m³/60t 以上	挖深 50m
冲岩船	冲锤 40t	冲深 50m

另外，在遇到坚硬岩性地层，挖泥船无法进行直接开挖时，可进行爆破处理。

存在的风险：选择的开挖设备性能不佳，成槽效果不理想，不能满足基槽开挖的要求；基槽开挖过程中出现边坡塌陷，造成基槽偏差；水下爆破威胁水上船只、人员及白鳍豚的安全，影响香港到珠海及澳门的水上交通。

风险控制措施：根据地质条件选择合适的基槽开挖设备；基槽开挖过程中避免边坡开挖太陡，同时做好开挖同步监测工作；合理布置炮点，保证水中船只、人员及白鳍豚的安全距离。

（5）管段浮运

浮运是指将沉管管段从预制场地运输至管段沉放位置的过程。

浮运方式受航道条件、浮运距离、水文和气象等多种因素控制，主要有以下两种施工方案：

① 拖轮浮运方案；

② 绞车拖运、拖轮顶推方案。

存在的风险：配备的拖轮总马力不够，管段受托运阻力影响较大；台风及波浪会严重影响管段的浮运安全，同时浮运会受到海上交通的限制。

风险控制措施：对管段浮运将遇到的情况、在现场的特定条件下的隧道管段的特性、在航行水道中可资利用的空间进行综合考虑，在此基础上制定合适的浮运方案，选择相应种类和能力的拖船，并考虑将定位系统成果提交给作业指挥者的方式。

（6）管段沉放

沉放是指通过增加压水舱内的水产生负浮力，使管段下沉，并初步调整其位置和高程的施工过程。

根据不同的自然条件、航道条件、沉管本身的规模和设备条件，沉管隧道管段的沉放方式主要有吊沉法、杠吊法、骑吊法、拉沉法，管段沉放施工中用的最普遍的是浮箱吊沉法及方驳杠吊法。一般管段宽 25m 以上的大中型管段，多采用浮箱吊沉法，小型管段则以方驳杠吊法较为合适。

沉放方法主要有以下三种方案：

① 双驳船吊挂沉放方法；

② 自抬式吊挂沉放方法，国外称为 SEP（Self Elevated Platform）工法；

③ 起重船吊挂沉放方法。

隧道管段的沉放是这种工程任务中最危险的部分。或许是因为参加这项工作的人们已知道其危险，所以尽管到目前为止已沉放了数百节的隧道管段，却很少发生事故或失败。巨型隧道管段的沉放是在相对困难的条件下进行的，因为那里的大多数作业是在无法直接观察的情况下完成的。因此，作业的关键是尽可能使作业简单，尽量多地利用水的自然能力。

存在的风险：管段沉放方法选择不合理，影响管段顺利沉放，严重时甚至威胁管段沉放安全。

风险控制措施：管段沉放方法的选定需综合考虑管段的结构计算、在施工状态下的受力状况、着力点的布置、干舷及抗浮系数。

（7）管段对接与接头处理

对接是指将沉放于水下的管段精确调整位置和高程后，安装止水装置，使正在沉放管段与已经沉放的管段或岸上段连接贯通的施工过程。

管段对接包括水下管段对接和水下最终接头对接或岸上最终接头对接。接头的施工应保证具有良好的水密性及符合要求的平纵面设计位置。

管段的水下对接采用水下压接法完成，该法是利用静水压力压缩 GINA 止水带，使其与被对接管段的端面间形成密闭隔水效果，水下对接的主要工序包括对位、拉合、压接内部连接、拆除端封墙等工序。

当最后一节管段与上一节管段连接时，在最后被安放的管段的另一末端边缘将出现一道空隙，该空隙将用现浇混凝土封闭，称为最终接头。

管段沉放有两种组织方式：一是沉放从一侧岸上段开始，逐节沉放管段，向另一侧岸上段延伸；二是沉放从两侧岸上段同时开始，向河（海）道中延伸。由于管段是一个体积庞大的箱体结构，为了保证能够顺利沉放，最后一节管段与岸上段主体结构或另一侧沉放的管段之间必须留有一定空隙，这是管段沉放工艺所必须的。

沉管隧道最终接头的处理可分为岸上干式施工和水下施工两种方式。

① 岸上干式施工工艺流程（图 7-5）

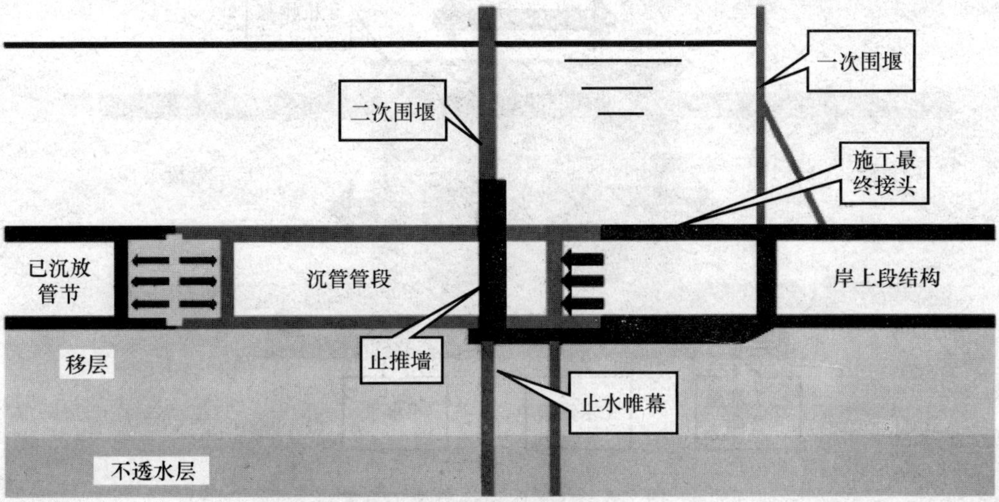

图 7-5　最终接头岸上干式施工示意

岸上干式施工是一种传统的接头处理方式，其施工步骤为：

a. 岸上段施工结构，在岸上段结构上施作一次围堰；

b. 顺序沉放管段到最终接头位置；

c. 在最后一节管段底部施作止水帷幕，在管段侧边施作止推墙（抵抗第四步抽水后管段间的巨大推力），在管段顶上施作二次围堰；

d. 抽排一次围堰与二次围堰之间的水；

e. 在干环境下绑扎钢筋、浇筑混凝土，完成最终接头。

岸上接头临时工程多、施工工序多、工程工期长。其中第三步为了施作止推墙，岸上段的围护结构必须采用地下连续墙施工，而不能采用放坡开挖，工程造价很高。管段下的止水帷幕施工质量不易控制，会给最终接头的施工带来安全风险。

② 水下施工最终接头的工艺流程（图 7-6）

水下施工最终接头是近年来逐渐成熟起来的施工工艺，我国仅在上海外环隧道施工中采用过这种方法。其施工步骤为：

a. 在接头位置事先进行基础处理，铺设底部的止水钢板；

b. 从两岸向江中顺序将管段沉放到最终接头位置；

c. 潜水员水下安装管段之间的钢推杆；

d. 潜水员水下安装管段两侧和顶部的止水钢板，达到初步止水效果；

e. 操作人员进入管段内部，将四面的止水钢板焊接，达到永久止水效果；

f. 抽排最终接头之间的水；

g. 在管段内部绑扎钢筋、灌注混凝土，完成最终接头施工。

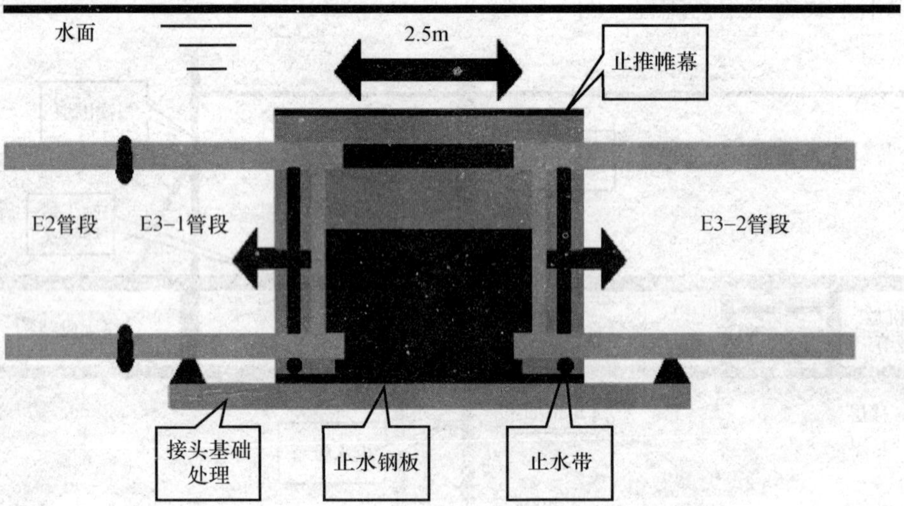

图 7-6　水下最终接头施工示意

存在的风险：管段对接误差较大，影响隧道整体质量与安全；接头处理不当，造成隧道渗水。

风险控制措施：综合考虑工程进度、投资、质量及安全要求，合理选择管段最终接头的位置及接头处理工艺。

(8) 基础处理

基础处理的方式有多种，各有优缺点，经综合比较，在粉质黏土、粉质黏土夹砂及砂层地层中，基础处理采用喷砂法；在淤泥或淤泥质黏土地层中，基础处理采用打入预制桩＋砂浆灌囊法。

主要比较过程见表 7-5。

表 7-5　基础处理后填法各种方法分析对比

方法	基本工艺原理	优点	缺点	适用性	应用举例
灌砂法	管段沉放完毕后，从工程船舶上通过导管在沉管管段侧面向管段底部灌填粗砂，构成纵向垫层	不需专用设备，施工方便	不能使矩形断面管段底面中部充填密实	底宽较小的钢壳圆形、八角形或花篮形管段	美国早期的沉管隧道，阿根廷 Parana 隧道等
喷砂法	主要是在水面上用砂泵将砂、水混合料通过深入管段底面的喷管向管段底部喷注，以满填其空隙，喷砂所筑的垫层厚一般为 1m	在喷砂开始前，可利用吸砂设备将基槽底面上的回淤土清除干净，适用于宽度较大的沉管隧道	喷砂台架影响通航，且设备费用昂贵，对砂子粒径要求较严，增加了费用	在欧洲用的较多，适用于宽度较大的沉管隧道	德国 Elba 河隧道（宽 41.5m），比利时斯海尔德隧道（宽 47.85m）

续表

方法	基本工艺原理	优点	缺点	适用性	应用举例
灌囊法	先在基槽底铺一层砂、石垫层，管段底事先系扣上囊袋一并下沉；管段沉放后，从工程船舶上向囊袋内注混合砂浆，直至管段底面以下的空隙全部充填为止	混合砂浆的强度要求不高，适用于宽度较大的隧道	囊袋较贵，安装工艺、水上作业和潜水作业复杂，现已基本上被压浆法取代	适用于宽度较大的沉管隧道	瑞典 Tingstad 隧道最初采用，日本的衣浦港隧道
压浆法	是在灌囊法基础上进一步改进和发展而来的。压浆法是从管段内部，用通常的压浆设备，经预埋在管段底板上带单向阀的压浆孔，向管段底部空隙压注混合砂浆	不干扰航道，不受水深、流速和潮汐等水文条件影响；施工设备易得，投资少；与管段的底部结合紧密，可防止沉降	对砂浆的强度、流动性、和易性及泌水性都有较高的要求	注浆浆液凝固后不液化，在可能发生地震或有其他动载作用的情况下尤为适合	日本东京港第一航道水底公路隧道；东京港 Daini-kono 隧道；东京多摩川隧道；中国宁波甬江隧道
压砂法	与压浆法相似，是在管段底板上预先设置压砂孔，沉放后通过压砂孔向基础压注砂水混合物	对粒径的要求比喷砂法低；价格便宜；不干扰航道；不受水深、流速、潮汐等水文条件影响	对基槽中回淤的要求严格	较广泛，荷兰应用最多	荷兰 Vlake 隧道；中国黄沙-芳村珠江隧道；澳大利亚悉尼港湾隧道

(9) 基槽回填

管段沉放完成后，要对已就位的管段在基础两侧及顶部进行逐段回填处理。

回填及覆盖的项目主要包括管段锁定抛石，一般基槽回填，面层抛石覆盖及设置防锚带，其中面层抛石覆盖是为了缓冲管段可能受到的意外锚击，防锚带的设置是为了防止船舶走锚对管段的破坏。

覆盖施工多采用港工一般的施工方法，主力施工机具为船舶，主要的自然影响因素为大风、大浪、暴雨、迷雾的影响，需综合考虑水上、陆路交通、船舶避风条件、材料供应和潮位观测及测量系统控制等施工条件。

存在的风险：施工机具选型不当影响施工质量及效率；石料粒径及回填厚度不满足回填要求；回填施工产生偏压，导致沉管段偏移。

风险控制措施：根据管段所在的位置选定回填及覆盖物的组成材料，根据工程区域水域深度及回填定位的要求选择合适的施工机具，在基槽回填时须左右对称施工；回填材料必须选用符合设计要求、级配良好、不含对隧道防水性能产生危害物质的材料，并进行相关的测试和取样。

（10）岛壁结构

人工岛的岛壁结构可供选择的方案有抛石斜坡式及预制 RC 圆沉箱，以下为两种工艺的风险点及相应的防范措施。

① 抛石斜坡式

存在的风险：面临水深、浪高、流急和地基软弱等不利的自然条件，特别是在软弱的地基情况下，抛石斜坡堤满足地基承载力和整体稳定的要求难度较大。

防范措施：详细研究土样勘察资料，综合考虑复合地基因素，对各段岛壁及地基的整体稳定均作考虑；按照《港口工程地基规范》（JTS 147－1－2010）对岛壁与地基进行施工期和正常使用期的稳定验算；按照《港口工程地基规范》（JTS 147－1－2010）对地基的沉降进行计算；对于软基，可考虑设计采用抛石挤淤处理。

② 预制 RC 圆沉箱

存在的风险：设计经验较少，工程实用的计算方法有些还不完全具备，计算繁琐，给此结构的大范围推广带来一些不利影响。

防范措施：设计时，需注意以下几点：

a. 圆沉箱为曲壳结构，受力条件好，可以做得很薄，根据计算经验，圆沉箱壁受弯矩很小，基本上可按构造配筋，一般设计采用壁厚 0.30m 左右．主要是考虑刚度、耐久性和混凝土浇筑的需要；

b. 圆沉箱的背面为曲面，曲面承受的水平力方向性差，它的主动土压力在理论上比库仑土压力小，但计算复杂，目前尚无实用方法，作为整体稳定计算抗倾和抗滑时，近似按墙面为平面进行计算是偏于安全的；

c. 圆沉箱前沿底部受力面积较小，应力比较集中、设计时必须加大外趾，以满足地基应力的要求。

综合比较，抛石斜坡工程量小、工艺简单，建议考虑采用抛石法筑堤工艺。

（11）地基处理

人工岛的地基处理可供选择的方案有部分开挖＋砂桩及大开挖＋砂桩，以下为两种工艺的风险点及相应的防范措施。

① 部分开挖＋砂桩

a. 淤泥土层全部挖除，换填成中粗砂；

b. 淤泥质黏土层打设挤密砂桩；粉质黏土层打设排水砂桩。

② 大开挖＋砂桩

a. 淤泥土层和淤泥质黏土层全部挖除，换填成中粗砂；

b. 粉质黏土层和黏土层打设排水砂井。

存在的风险：存在施工质量不易控制、造价偏高、处理深度有限等问题，造价高、工程性能造价比不高是挤密砂桩的不足的一面；处理后的地基，承载力和抗剪强度较低；此外，压（打）桩过程中会产生挤土效应，若控制不当，会对已施工的桩产生不利影响。

防范措施：挤密砂桩因挤土而引起的桩周土位移可采用圆孔扩张理论来分析，工艺设计的时候可考虑这一点。

各种地基处理工艺的优缺点比较见表 7-6。

表 7-6　各种地基处理工艺的优缺点比较

地基处理工艺	优　点	缺　点
换填垫层	施工工艺成熟，方法简便快捷，造价较低，可迅速提高地基承载力	换填厚度越大，造价越高；不适合处理软土层较厚、埋深大的地基，地下水位高、易渗水路段抽排水费用高
塑料排水板堆载或超载预压	施工工艺成熟，方法简便，造价低，可有效消除主固结沉降	工期长，若堆载高度太大则会显著增加造价；难以有效解决地基次固结沉降
塑料排水板（袋装砂井）真空预压	可一次加载，省去分级加载和卸载的时间，预压时间少于堆载预压，可有效消除主固结沉降，适合大面积区域软基处理，不存在弃土问题	工序要求高，尤其是止水帷幕和真空封膜要保证密封，造价稍高于堆载预压；难以有效解决地基次固结沉降
水泥喷粉桩	工艺成熟，进度快，工期较短，可有效消除主、次固结沉降	淤泥有机质含量、塑性指数较大时，处理效果不好；处理深度通常小于 18m；造价较高
钉形水泥土双向搅拌桩	工期短，水泥土拌和效果优于普通搅拌桩，处理深度较大，对于提高承载力和减少工后沉降效果优于普通水泥搅拌桩	造价高于普通水泥搅拌桩，属于新专利技术，目前没有写入国家规范，且掌握此项工艺的施工单位不多，不易操作
动力排水固结	地基土在较短时间内完成大部分固结沉降，成为超固结土，大大降低工后沉降并迅速提高承载力；此外，还可实现对地基的预震作用，有效地消除砂土液化；该法还有利于地下管线的开挖	施工程序复杂；降水和排水措施必须得到保障；水塘路段须采取额外措施以保证处理效果；处理深度一般不大于 10m；对周边环境影响较大
碎石桩	工期短，工艺成熟，有较好的抗液化性能；利于孔隙水消散	造价昂贵；对于十字板剪切强度很低的淤泥质土，成桩困难，桩径较难控制，承载力提高幅度小；工后沉降不易控制
挤密砂桩	兼有挤密、置换和排水固结的作用；可有效处理易液化地基；造价比碎石桩低；工期较排水固结法短	处理淤泥质地基需结合堆载预压，且需控制好置换率；不适合高承载力要求地基
CFG 桩（水泥粉煤灰碎石桩）	进度快，可达到较大的加固深度（大于 20m），显著提高软基承载力和减少沉降	造价较高，淤泥质地基采用何种成桩工艺（排土或挤土）有争议；淤泥质地基慎用

（12）基坑围护

人工岛的基坑围护方案为地下连续墙、排桩＋支撑系统，以下为该工艺的风险点及相应的防范措施。

① 地下连续墙

存在的风险：在一些特殊的地质条件下：如很软的淤泥质土（含漂石的冲积层和超硬岩石等），施工难度很大；如果施工方法不当或地质条件特殊，可能出现相邻槽段不能对齐和漏水的问题；地下连续墙如果用作临时的挡土结构，比其他方法的费用要高些；在城市施工时，废泥浆的处理比较麻烦。

防范措施：地下连续墙的施工主要分为以下几个部分：导墙施工、钢筋笼制作、泥浆制作、成槽放样、成槽、下锁口管、钢筋笼吊放和下钢筋笼、下拔混凝土导管浇筑混凝土、拔锁口管。

a. 导墙

导墙是地下连续墙施工的第一步，它的作用是挡土墙，是建造地下连续墙施工测量的基准，储存泥浆，它对挖槽起重大作用。主要有以下几个问题：

a）导墙变形导致钢筋笼不能顺利下放。出现这种情况的主要原因是导墙施工完毕后没有加纵向支撑，导墙侧向稳定不足发生导墙变形。解决这个问题的措施是导墙拆模后，沿导墙纵向每隔 1m 设二道木支撑，将二片导墙支撑起来，导墙混凝土没有达到设计强度以前，禁止重型机械在导墙侧面行驶，防止导墙受压变形。如导墙已变形，解决方法是用锁口管强行插入，撑开足够空间下放钢筋笼。

b）导墙的内墙面与地下连续墙的轴线不平行。由于导墙本身的不垂直，造成整幅墙的垂直度不理想。导墙的内墙面与地下连续墙的轴线不平行会造成建好的地下连续墙不符合设计要求。解决的措施主要是导墙中心线与地下连续墙轴应重合，内外导墙面的净距应等于地下连续墙的设计宽度，净距误差小于导墙内外墙面垂直误差。以此偏差进行控制，可以确保偏差符合设计要求。导墙开挖深度范围内均为回填土，塌方后造成导墙背侧空洞，混凝土方量增多的解决方法：首先是用小型挖机开挖导墙，使回填的土方量减少；其次是导墙背后填一些素土而不用杂填土。

b. 接头的设计与分析

地下连续墙单元槽段依靠接头连接，这种接头通常要满足受力和防渗要求，还要施工简单。按使用接头工具的不同可分为接头管（锁口管）、接头箱、隔板、工字钢、十字钢板以及改进接头——凹凸型预制钢筋混凝土楔形桩接头等几种常用型式（表 7-7）。

表 7-7　地下连续墙常用接头型式

常用型式	特　点
接头管连接	这是国内外迄今使用最多的一种非刚性接头型式，其优点是用钢量少、造价低，但一次性投入较多，对起吊设备及时间控制要求较高，且存在整体刚度和渗漏问题，三山街站使用的就是这种接头型式
接头箱连接	这种方法是在接头管旁再附一个敞口接头箱，可使两相邻槽段的水平钢筋搭接，变成刚性接头
隔板	隔板是用钢板作为单元槽段浇筑混凝土的堵头，这种接头既可以使钢筋在接头保持连续，也可以不连续（非刚性接头），可根据设计要求和施工条件而定
工字钢接头	工字钢既是承受垂直方向的力矩与水平剪力的主要构件，也是两槽段之间的结合构件，可当作由工字钢支承的简支梁来设计，这种接头在非常靠近大型建筑物而槽段长度较短的情况下是有效的
十字钢板接头	十字钢板可连接左右墙体而成为刚性接头
凹凸型预制钢筋混凝土楔形桩接头	渗流途径长，折点多，抗渗性能好；凹凸型楔形接头使平面外抗剪能力得到较大的提高；施工难度小，操作方便，易保证质量

对以上六种常用连续墙接头的各种性能分析比较如下：

a）传递力：刚性接头好，非刚性接头不能传递弯矩，仅能传递轴力和剪力；

b）接头造价（用钢量）：接头管（箱）低（但一次性投入大），工字钢、隔板、十字钢板和预制接头桩高；

c）施工工艺：凹凸型预制接头桩最易，异形工字钢和接头管（箱）较易，隔板和十字钢板接头最复杂；

d）安装接头工艺：凹凸型预制接头桩、隔板和异形工字钢接头最易，接头箱和十字钢板最复杂；

e）接头制作工艺：凹凸型预制接头桩和接头管最易，隔板最复杂；

f）止水效果：如果认真施工，均可满足防渗要求，接头管和工字钢接头的自防水效果比其他几种接头稍差，设计上采用预制钢筋混凝土凹凸型楔形桩接头是有效的、成功的。

从施工工艺简单、难度小、易保证质量、施工投入小方面考虑，应优先选用预制钢筋混凝土凹凸型楔形接头。结合地质条件，如果连续墙建在淤泥等流塑软土层中，则应先用刚性接头（隔板、接头箱、十字钢板）；如果是含水砂层和黏土层，地下水位又高，则应优选预制钢筋混凝土凹凸型楔形接头和异形工字钢接头；对于自稳能力较好的风化岩等地质，则用接头管即可。

c. 建筑地下连续墙施工技术要点

a）修筑导墙

导墙是地下连续墙成槽之前修筑的临时结构，其作用是挡土墙、作为施工测量基准、储存泥浆、承重（如导墙形式为倒L型）等。因挡土、承重，使其容易变形、移位。控制措施有：导墙底、外侧回填土分层夯实，拆模后沿导墙纵向每隔1m左右加设上、下两道木支撑，在导墙混凝土强度达到设计强度并加好支撑之前，禁止任何重型机械和运输设备在旁边行驶。另外，导墙混凝土等级多为C20，浇筑时注意捣实质量。作为施工测量基准，控制地下连续墙轴线、标记槽段划分、控制地下连续墙标高。要求导墙中心线与地下连续墙轴应重合，根据施工经验，内外导墙净距应等于地下连续墙的设计宽度加40～60mm，净距误差小于5mm，导墙内外墙面垂直。以此偏差进行控制，可以确保偏差符合设计要求。导墙可储存泥浆，稳定槽内液面，防止泥浆漏失，阻止雨水等地面水流入槽内。

b）泥浆制作

地下连续墙护壁泥浆的配制方法有：制备泥浆、自成泥浆、半自成泥浆。制作过程要注意以下几个问题：

合理选择泥浆配合比。泥浆制作主要原材料中，膨润土最廉价，纯碱和羧甲基纤维素（CMC）则较为昂贵。配制泥浆时根据原材料的特性，先参考常用的配合比进行试配，经过不断修正最后确定符合规定的配合比，并且要按泥浆的使用状态及时进行泥浆指标的检验。

按泥浆变化情况及时进行泥浆处理。泥浆处理的对象因成槽方法而异，对泥浆循环成槽，要处理成槽过程中含有大量土渣的泥浆和浇筑混凝土所置换出来的泥浆；对于直接出渣成槽方法，在成槽过程中无需进行泥浆处理，而只处理浇筑混凝土置换出来的泥浆，其中分为土渣的分离处理（物理再生处理）和污染泥浆的化学处理（化学再生处理）。

c）钢筋笼制作

钢筋笼的制作是地下连续墙施工的一个重要环节，在施工过程中，钢筋笼的制作与进度的快慢有直接影响。进度是由许多因素影响的，一般碰到的主要有：施工时场地条件不允许设置两个钢筋制作平台；钢筋笼制作速度决定了施工进度，要保证一天一幅的施工进度，一定要两个施工平台交替作业。焊接质量问题也是钢筋笼制作过程里一个比较突出的问题。

d）下锁口管

槽壁不垂直，造成锁El管段位置的偏移，由于机器和人工的原因，槽壁在下部存在两端不垂直的问题，这就造成在下锁口管的时候，锁口管不能按照预先放好的样的位置摆放，影响到这幅墙的宽度及钢筋笼的下放。这时锁口管的后面空当过大，加大了土方回填的工作量，也容易产生漏浆的问题。解决方法是修好左右纠偏的仪器，并且提高操作技术，做好技术交底，在成槽后期的时候有意识地向两边倾斜。锁口管固定不稳，会造成锁口管倾斜。锁口管的固定包括上端固定和下端固定：下端固定主要通过吊机提起锁口管一段高度使其自由下落插入土中使其固定，这个工作除了一次漏做外，总体而言质量还是比较好的，这种固定方法使锁口管的下端一般不会产生大的位移；上端固定一般是通过锁口管与导墙之间的缝隙之间打入导木枕，并用槽钢斜撑来解决。

② 排桩

排桩结构形式及适用范围见表 7-8。

表 7-8　排桩结构形式及适用范围

结构形式		适用范围
排桩结构	稀疏排桩	土质较好，地下水位低或降水效果好
	连续排桩	土质差，地下水位高或降水效果差
	框架式排桩	单排桩刚度不能满足变形要求
组合排桩结构	排桩加挡板	排桩桩距较大，利用挡板传递土压并有一定防渗作用
	排桩加水泥搅拌桩	以水泥搅拌桩互搭组成平面代替挡板传递土压力，具有较好防涌效果
	排桩加水泥防渗墙	地下水位较高的软土地区
排桩或组合排桩加锚杆结构		开挖深度较大，排桩或组合排桩结构强度无法满足要求
地下连续墙结构		与地下室墙体合一，防渗性强，施工场地较小，开挖深度大
沉井结构		软土地区
重力式挡土墙结构		具有一定施工空间，软土地区

存在的风险：排桩支护适用于土质较好、地下水位较低的工况，在软土中常不能形成土拱，并且防水性较差。

防范措施：

a. 支挡结构作为永久性结构时，在设计时应注意地勘报告中的勘察条件，考虑气候和墙顶、墙脚区域使用性质等因素变化引起场地的水文、土质变化，原有参数发生变化，甚至计算公式不再适用。对于其他类似的地基基础设计时也应注意这一点。

b. 地下设施定位和施工时，必须首先查明周围现有构筑物、设施、地下管线等隐蔽工程的分布和使用、受力条件，并和有关专业充分协商，切不可盲目施工或设计。

c. 对边坡、挡土墙等支挡结构，必须重视施工及使用期间的监测工作，严格按有关规范规定的方法、项目、时间进行监测，发现安全隐患及时处理，避免小隐患变成大险情甚至酿成灾难，同时，处理难度和费用也将成倍甚至几十倍、几百倍增加。

③ 钢管桩

存在的风险：钢管桩材料的抗压、抗剪、抗拉强度很高，但由于钢管长度长、断面较小，长径比相对较大，单一的一根桩承载力和刚度都很低，只有通过组合使其成为一个整体以后才能发挥很好的挡土、抗滑作用；钢管桩施工完成后埋于地下，钢管桩孔内和四周被水泥浆包裹，不易腐蚀；钢管桩在地下与外界隔绝处于密闭状态，可以不考虑腐蚀问题。

防范措施：在设计小口径钢管组合桩时除要考虑待治理岩土体的性质和下滑力的大小及方向外，还应考虑钢管组合桩自身的埋置深度、桩的强度、断面尺寸、桩间距（横向和纵向）和桩之间的组合方式等因素，同时还应考虑相邻两桩中心间距与桩径之比、入岩深度与桩径之比。

（13）岛隧结合

人工岛的岛隧结合方案为筑岛完成后具备与预制沉管的对接条件，隧道侧端部采用格形钢板桩圆筒挡土，或者隧道侧端部采用沉箱挡土。以下为两种工艺的风险点及相应的防范措施。

① 隧道侧端部采用格形钢板桩圆筒挡土

存在的风险：

a. 格形钢板桩围堰可在岩基或非岩基上，当为非岩基时如砂卵石地基，其中不能含大量的漂砾或孤石，否则会造成大量板桩锁口破裂，在这种情况下，钢板桩是不适宜的；

b. 格体直径和高度，受钢板桩锁口允许拉力限制，一般只能用于14～20m以下；

c. 填料本身的抗剪强度不足以及填料与钢板桩之间的抗滑力不够导致的格体的抗剪稳定性不够；

d. 钢板桩的锁口由于受到填料的侧压力而引起拉力。

防范措施：除了按水工建筑物一般要求核算抗滑、抗倾覆稳定及地基强度外，尚需核算格体轴线垂直平面上的抗剪稳定性和钢板桩锁口的抗拉强度等，如图7-7所示。

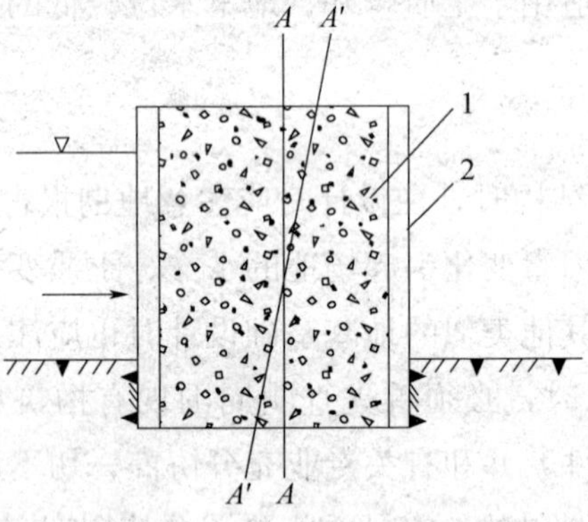

图7-7　格体挡水时变位示意图

1—钢板桩；2—填料

② 隧道侧端部采用沉箱挡土

存在的风险：沉箱式挡土结构一般而言其工程费较高，且对地基承载力的要求更大，对地基的不均匀沉降更为敏感。

防范措施：充分研究土壤土样勘察资料，综合考虑复合地基因素，工艺设计时需严格考虑地基承载力及沉降问题。

边坡稳定工程一般都以修坡方式或挡土墙来处理，但在修坡范围受到限制或采用一般挡土墙在施工时，因基础开挖而可能引起塌方时，可采用沉箱式挡土结构来处理，此方式可配以预应力岩锚以增加其稳定效果。

沉箱式挡土结构系以人工挖掘方式建造（其直径一般在 1.0～2.5m 之间），而后于沉箱内插入钢筋笼后浇灌混凝土，使成为实心之钢筋混凝土柱，并配置成列形成沉箱式挡土结构，沉箱内径、间距依土压大小而定，若在钢筋混凝土挡土结构前方必须开挖时，沉箱间之空隙可打钢筋混凝土板，使其成为完全连续挡土墙，由于此类型挡土墙所受之土压力通常较大，常须加设预力地锚以增加其稳定性。

依经验利用沉箱处理坡地方式，可概括分为四种等级，第一级为滑动深度小于 10m 的小型整治工程，第二级为滑动深度介于 10m 至 20m 的中型整治工程，第三级为滑动深度介于 20m 至 30m 的大型整治工程，第四级为滑动深度超过 30m 的超大型整治工程，基于工程材料强度与工程费用限制，深度小于 30m 的稳定处理方有其经济上效益，而大于 30m 整治由于工程所费不菲，除非基于特殊情况限制，否则成本均很高昂。

3. 可行性研究阶段风险评估总结

可研阶段的风险评估汇总表中共列出的 13 项主要的风险类型，经过初步评估，二级风险共有 2 项，分别为沉管管段预制场及沉管管段预制；三级风险共有 3 项，分别为管段舾装、管段浮运和基槽回填；其余 8 项为四级风险，主要包括：基槽开挖、管段沉放、管段对接与接头处理、基础处理、岛壁结构、地基处理、基坑围护和岛隧结合等。

具体风险事件统计结果如图 7-8 所示。

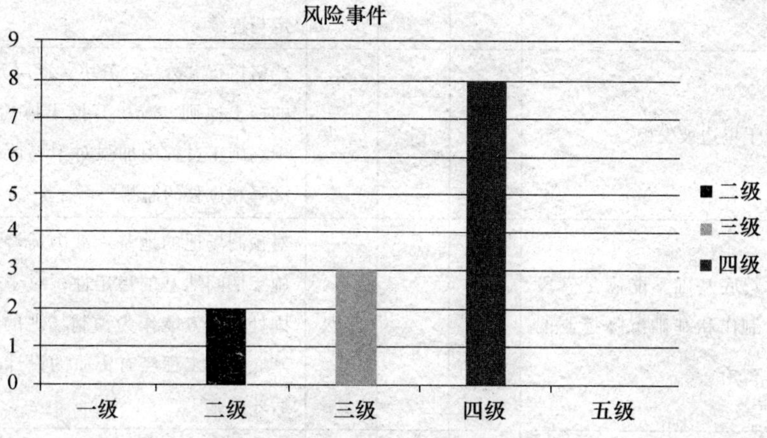

图 7-8　可研阶段风险事件统计图

7.1.7　施工阶段风险评估

港珠澳大桥岛隧项目工程规模大，涉及深基坑施工、高边坡防护、航道护岸、耐久性混凝土、航道疏浚、管段浮运、沉放与对接等工程类别，涉及专业类别及工法多，各工序协调工作量大，各单位工程所包含的施工项目繁多，对施工质量、进度、安全和组织协调工作等有很高的要求，因此，必须对施工过程进行系统化的风险评估，全程动态控制，防患于未然，以确保本工程优质、高效的建成。

风险点及防范措施汇总见表 7-9。

表 7-9　港珠澳大桥沉管隧道风险点及防范措施汇总表

序号	风险类型	风险源/风险点	发生概率	损失后果	风险等级	风险防范措施摘要
1	干坞施工	干坞选址不当	B	3	二级	干坞地址须距离隧址较近，且干坞附近的航道具备浮运条件，以便管段浮运和缩短运距；干坞附近应具备浮存系泊若干节预制好管段的水域；选择具备适合建造干坞的工程地质和水文地质条件，且交通运输（包括水上、陆地）方便，具有良好的外部施工条件
		隔水帷幕施工质量欠佳	C	3	三级	严格控制施工参数，确保加固效果，同时需考虑防汛要求；为了保证加固结构整体受力性能，施工时必须确保有连续性，且不允许出现施工冷缝
		降水水位达不到设计要求	B	4	三级	根据现场抽水试验确定土层的水力参数进行设计，合理布置降水井的数量和位置；设置水位观测孔及一定数量的备用井点，确保降水的稳定与连续
		干坞边坡失稳	B	4	三级	严格执行“分层、分块、逐层开挖、按需降水”的挖土原则，减小开挖土体后暴露的临空面；干坞施工过程中加强对干坞地表和各平台处的沉降和位移的监测
		坞底基础不能满足管段制作和基础沉降控制的要求	B	4	三级	对预制场地的地基承载力需经过验算，以保证施工期间地基的稳定性；对于软弱地基尚需加固处理后方能作为预制场地的基础；软弱地基基底加固工程经有资质的设计单位设计并批准后才能施工
2	沉管管段预制	模板和支架系统的刚度及承载能力不能满足要求	B	4	三级	选择大刚度的模板与支架系统，确保在垂直和水平方向均有足够的刚度和承载力，同时减小变形，对控制管段的施工精度有利；管段底板及顶板的底模需与支架系统相匹配
		大体积混凝土浇筑产生裂缝	C	4	四级	优化混凝土级配，减小水灰比，采用掺粉煤灰和减水剂的“双掺”技术；控制原材料，降低混凝土水化热峰值，减少混凝土压缩，提高混凝土抗拉强度及极限拉伸

续表

序号	风险类型	风险源/风险点	发生概率	损失后果	风险等级	风险防范措施摘要
2	沉管管段预制	管段制作精度控制不佳	B	4	三级	施工前，针对设计提出的混凝土重度要求，对管段实际采用的水泥、砂石料以及外加剂等进行多组试验，采用大刚度模板和支架，对管段尺寸进行预控
		养护措施不当	B	3	二级	不同部位采用不同的养护方法，要求保温保湿效果良好，要求在管段两端封口挂土工布帘，对外侧墙混凝土，尽量延迟拆模时间，拆模后需继续保温保湿养护，养护时间不少于 14d，底板及顶板混凝土的外表面需注意保温保湿养护使用草袋、土工布、蓄水等方法，养护期 14d 以上
		管段防渗措施不到位	B	3	二级	管段混凝土配比中添加特密施外掺剂，以达到抗渗等级要求，施工中以接头防水为重点，采用多道防水、综合治理的方法来实现防渗；所有施工缝交接面均用混凝土界面剂处理
3	管段舾装	GINA 止水带安装欠妥	B	3	二级	安装 GINA 止水带应遵循“先两端，后中间”的原则，将 GINA 止水带角点位置与端钢壳角点位置对准，先固定四只角点，再逐步分段拧紧螺栓
		端封门制作质量欠佳	B	3	二级	对于钢端封门钢面板吊装时应采取措施防止钢面板发生不可恢复的变形；钢面板与端面预埋钢板焊接时，应采取有效措施减少由于焊接高温对端面混凝土结构的不利影响
		垂直千斤顶不能满足使用要求	B	3	二级	内置式或外置式千斤顶预埋件应准确安装就位，内置式千斤顶预埋件构件之间的焊缝质量等级满足要求
		压载水箱漏水	C	3	三级	严格按设计文件进行钢结构施工，确保其水密性；管段内排水系统安装后要进行调试
		钢塔架与垂直井存在问题	B	3	二级	垂直井与钢塔架之间必须可靠连结，垂直井本身亦应焊好，防止漏水，同时垂直井与管段顶面的连接处须确保水密性要求；钢塔架和垂直井的高度应考虑历史最高水位、波浪高及富余量，以防进水

续表

序号	风险类型	风险源/风险点	发生概率	损失后果	风险等级	风险防范措施摘要
4	基槽开挖	基槽开挖存在严重超挖和不足	C	3	三级	开挖作业应分层分段进行；做好基槽开挖的测量工作；基槽开挖分为粗挖和精挖；基槽开挖时应进行现场的监控量测来精确定位定深
4	基槽开挖	水下爆破存在安全隐患	C	3	三级	如果遇到坚硬岩性地层，挖泥船无法进行直接开挖时，可进行爆破处理，采用多台钻机一排同时作业，上下的炮孔应该错开；采用分段装药，电网络起爆；施工时应尽量减少爆破次数，以保护环境；保证爆破水下冲击波对水上船只、水中游泳人员以及潜水作业人员的最小安全距离
4	基槽开挖	基槽淤泥清理效果不佳	B	4	三级	基槽开挖后如有回淤，在管段沉放前须清淤，清淤采用定点、分层施工，同时防止淤泥沉积
4	基槽开挖	基槽开挖与清淤影响航道的通畅和安全	C	3	三级	做好水域现状及通航密度的调查与研究工作，合理设计临时航道；抛泥浮管直线布设，减少弧线，排泥口也采用抛锚船固定，配合清淤船同步移船，减少对航道的影响
5	管段浮运	管段存在起浮障碍	B	4	三级	保证管段底部与干坞顶的材料匹配利于进水，以使浮水渗入克服相互之间的粘结力；对起浮水的质量加以控制，水中的黏粒颗粒含量不能超标，以防黏性颗粒进入干坞顶面与沉管底之间粘结在一起，导致浮力欠缺
5	管段浮运	管段在出坞过程中偏离航道较大	B	3	二级	管段出坞之前，对出坞航道重新进行清淤扫浅，确保水深，保证管段出坞安全；浮运路线如遇到水流较急及浮运方向与水流流动方向不一样时，拖船需提供额外的拖力以保持管段稳定性
5	管段浮运	管段浮运搁浅	B	4	三级	事先做好实地调查，仔细选择好浮运路线，浮运前应对浮运路线下的水深进行测量；在考虑潮汐及各季节水位变化的情况下，浮运时管段底部各处离江底不应少于0.5m
5	管段浮运	管段浮运过程中发生碰撞	B	5	四级	管段浮运过程中，加强对管段尾部偏移的控制，到达临时系泊位置后，依次将系泊锚块上的主系泊缆和副系泊缆与管面的滑车连接；严格按照航运部门的要求，规范沉管段在其停泊水域处的各种规定，如锚碇、设航标灯等

续表

序号	风险类型	风险源/风险点	发生概率	损失后果	风险等级	风险防范措施摘要
6	管段沉放	管段下沉障碍	B	3	二级	管段沉放的前两天，需对基槽进行全面细致的验收，保证沉管就位时无任何障碍，验收的方法是派潜水员到水下摸查，对影响沉放的浅点，均由潜水员进行清理，若有淤积，则应清除；对基槽碎石上有可能沉积的树枝、垃圾等，沉放前都需派潜水员认真进行扫除
		端封门进水事故	B	5	四级	钢端封门钢面板吊装时应采取措施防止钢面板发生不可恢复的变形；钢面板与端面预埋钢板焊接时，应采取有效措施减少由于焊接高温对端面混凝土结构的不利影响；钢面板应根据施工工艺分块吊装、焊接，分块焊接要求采用对接焊，焊缝强度不得低于钢板本体强度，且满足水密性的要求
		管段发生复浮	C	4	四级	施工设计时，对施工阶段各节管段的最小抗浮系数选取需考虑材料重度所带来的误差；施工设计阶段必须对沉管混凝土重度及其配筋率使用准确数据，计算其钢筋混凝土重度，同时对江水不同深度的重度（特别是基槽开挖后及沉放前）进行实测
		管段沉放轴线偏差较大	B	4	三级	选择合理的管段沉放日期及时机；合理选择定位锚碇系统；在分段下沉的过程中，依次调整管段的纵坡及横坡，并要求潜水员仔细检查两端封墙之间的实际距离以及端钢壳间的相对位置关系
7	管段对接与接头处理	管段对接接头漏水	C	3	三级	做好对接前的准备工作，包括杂物清除、安装拉合千斤顶、设备调试及位置微调等；设计及施工时充分考虑钢端壳的坡度及平整度大小；对接时，在拉合作业之前、之后均须由潜水员检查 GINA 橡胶止水带的接触情况，拉合之后和压接之后均须测量复核
		最终接头施工质量欠佳	C	4	四级	事先对预留合拢段基础进行抛碎石整平，并放置好底封板，为最终接头的实施做好准备；最后一节管段沉放后，应对两管段的轴线及高程偏差进行水下测量；在两管段钢筋混凝土墙之间预定位置安置支撑顶梁；保证最终接头的支模系统在竖直方向有足够的刚度和承载力

续表

序号	风险类型	风险源/风险点	发生概率	损失后果	风险等级	风险防范措施摘要
8	基础处理	基础灌砂不足导致沉管过度沉降或灌砂太多导致管段被永久抬高	C	4	四级	在每一节管段沉放作业后，根据沉放前所测量的基槽深度以及沉放后管段底部高程，估算出该管段的灌砂量，以供实际灌砂作业时参考；灌砂作业时，对压力进行监测，以判断砂盘的形成情况；在管内安装测量仪器，监测管段标高变化，并派潜水员探摸确定灌砂效果
		管段的地基及基础产生过量沉降	C	4	四级	采用砂流工艺，压注掺有熟料的砂料，确保地基满足基底承载和抗震要求；所有沉管管段沉放时，根据具体位置预留沉降量；全部接头采用半柔半刚接头并设置竖向剪切键，以抵抗不均匀沉降
9	基槽回填	管段回填及覆盖抛石不当，致使管段单侧受力产生平移	C	4	四级	回填层应具有良好的透水性；在基槽回填时要左右对称施工，防止产生偏压而导致沉管段的偏移；回填材料必须选用符合设计要求、级配良好、不含对隧道防水性能产生危害物质的材料，并进行相关的测试和取样
10	岛壁结构	抛石斜坡结构施工：护面块体的移位、受损及稳定性	C	4	四级	至少应有60%以上的块体的垂直杆件在堤坡下方，这样块体的抗倾力矩较大；混凝土护面块体一般不需配置钢筋；堤头段内外两侧的护面块体的稳定性要比堤身外坡为差
		挡浪墙施工：结构的浇筑、施工偏差、裂缝的限制	C	3	三级	上部结构施工应在沉箱沉降、位移基本稳定后进行；卸荷板的安装应在沉箱后的棱体回填结束，且沉降稳定后进行；为方便胸墙混凝土施工时模板的支护，可以在沉箱预制时预留孔洞或预埋圆台螺母；当胸墙体积较大时，应根据混凝土的浇筑能力和潮位采用分段、分层浇筑的方法；浇筑胸墙混凝土时，应保持混凝土在水位以上进行振捣；底层混凝土初凝前不宜受水淹没，否则应采取措施防止淘刷

续表

序号	风险类型	风险源/风险点	发生概率	损失后果	风险等级	风险防范措施摘要
11	防冲护底结构	防冲护底结构的破损	C	4	四级	监测人工岛使用期间的地形和水流流速，如实测水流流速超过设计依据的水流流速，或人工岛周围冲刷深度大于 3m 的情况出现，需要及时抛填块石或采取其他防护措施；护底的作用是防止堤前的地基土壤被冲刷，造成护面层和抛石棱体的下滑或局部坍塌，从而影响堤的稳定性；护底块石层的厚度和宽度，以及在护底块石层下铺设碎石层的厚度是实际工程中一般采用的数值；对沙质海底，护底层的宽度和厚度是以有关文献的研究成果为基础给出的
12	地基处理	挤密砂桩施工质量控制	B	3	二级	施工前准备工作；现场工艺性试验桩；施工工序控制；质量控制；挤密砂桩质量检测
		振冲处理的施工质量控制	B	3	二级	试验确定振冲处理的各种施工参数；振冲法加固的振冲器应根据振冲工艺、加固地基的特性和设计要求合理选定，起重机具可采用履带式起重机、轮胎式起重机、自行井架式专用起重机，起重能力需满足施工要求；振冲密实法分加填料和不加填料两种工艺
13	陆域形成	陆域吹填施工	C	3	三级	吹填工程施工前应进行工前测量，并在吹填区内设置一定数量的标尺和沉降杆；吹填船的泵送能力应根据吹填料级配、管线长度和工程施工强度等进行经济性、合理性比较确定；水上吹砂管线的布设应根据水流、风向，平滑布设，尽量远离航道且不宜过长，并用锚坠子锚定，水陆链接处设置软管；吹填应分层进行，吹填速率及分层厚度应满足设计要求，吹填管口距围堰坡脚要有一定的距离，必要时经试吹确定
14	岛隧衔接的构造措施	岛隧衔接部分施工	C	4	四级	岛隧连接部位施工时，根据不同结构特点和设计技术要求，选择合理的施工顺序；隧道人工岛段施工时，可根据地质条件选用地下连续墙等支护和止水工艺；隧道暗埋段施工时的支护体系应根据开挖深度和水文地质条件进行专业设计；暗埋段施工完毕并达到设计强度后，周边回填材料及其密实度应满足设计要求

1. **风险分析和防范**

(1) 干坞施工

风险点 1：干坞选址不当

风险现象及危害性：影响管段出坞及浮运。

风险控制措施：

① 干坞地址须距离隧址较近，且干坞附近的航道具备浮运条件，以便管段浮运和缩短运距；

② 干坞附近应具备浮存系泊若干节预制管段的水域；

③ 选择适合建造干坞的工程地质和水文地质条件，且交通运输（包括水上、陆地）方便，具有良好的外部施工条件。

风险点 2：隔水帷幕施工质量欠佳

风险现象及危害性：水流渗入影响基坑稳定。

风险控制措施：

① 严格控制施工参数，确保加固效果，同时需考虑防汛要求；

② 为了保证加固结构整体受力性能，施工时必须确保有连续性，且不允许出现施工冷缝。

风险点 3：降水水位达不到设计要求

风险现象及危害性：影响基坑的开挖和坑底稳定性。

风险控制措施：

① 根据现场抽水试验确定土层的水力参数进行设计，合理布置降水井的数量和位置；

② 设置水位观测孔及一定数量的备用井点，确保降水的稳定与连续；

③ 现场配备备用发电机，以保证停电时可连续进行降水。

风险点 4：干坞边坡失稳

风险现象及危害性：易造成安全事故，同时影响工程进度。

风险控制措施：

① 严格执行“分层、分块、逐层开挖、按需降水”的挖土原则，减小开挖土体后暴露的临空面；

② 干坞施工过程中加强对干坞地表和各平台处的沉降和位移的监测，并应用角点效应的概念，采用角点效应比分析干坞变形和变形速率，以判断基坑的稳定性；

③ 当实测的变形量或变形速率比计算值大 10%～20%时，即报警并采取稳定边坡措施。

风险点 5：坞底基础不能满足管段制作和基础沉降控制的要求

风险现象及危害性：影响管段制作质量。

风险控制措施：

① 对预制场地的地基承载力需经过验算，以保证施工期间地基的稳定性；

② 对于软弱地基尚需加固处理后方能作为预制场地的基础；

③ 软弱地基基底加固工程经有资质的设计单位设计并批准后才能施工。

（2）沉管管段预制

风险点 1：模板和支架系统的刚度及承载能力不能满足要求

风险现象及危害性：对管段结构的养护、防渗和起浮有不利影响。

风险控制措施：

① 选择大刚度的模板与支架系统，确保在垂直和水平方向均有足够的刚度和承载力，同时减小变形，对控制管段的施工精度有利；

② 管段底板及顶板的底模需与支架系统相匹配，中隔墙采用钢模的同时还需配对拉螺栓，并在底板、顶板及隔墙加腋处采取加强措施。

风险点 2：大体积混凝土浇筑产生裂缝

风险现象及危害性：影响管段防水性能及承载能力。

风险控制措施：

① 优化混凝土级配，减小水灰比，采用掺粉煤灰和减水剂的"双掺"技术；控制原材料，降低混凝土水化热峰值，减少混凝土压缩，提高混凝土抗拉强度及极限拉伸；

② 加冰拌和，尽可能降低混凝土入模温度，入模温度控制在比环境温度高 5℃范围之内；

③ 采用施工工艺将管段分节，减少温度收缩应力；

④ 改善基础对结构地板的约束边界条件，坞底采用碎石起浮层及 18mm 九夹板作为底模，减少基底对混凝土底板的约束作用；

⑤ 尽可能减少结构底板与外侧墙混凝土浇筑时间差，减少新老混凝土之间的收缩差；

⑥ 在外侧墙中埋设冷却管，在混凝土升温阶段通水带走混凝土水化热量，减少混凝土最大温升；

⑦ 采用竹胶板模板，改善混凝土表面热交换条件，延迟拆模时间，减小混凝土降温速率；

⑧ 混凝土分层浇筑，加强振捣；

⑨ 加强养护，采用的主要养护手段有：顶、底板蓄水养护，外侧墙喷淋、浇水养护，内孔保湿保温养护，冬季保温养护等；

⑩ 尽可能延缓后浇带浇筑时间。

风险点 3：管段制作精度控制不佳

风险现象及危害性：影响管段的顺利起浮和沉放对接质量，还直接影响沉管管段的运营使用要求。

风险控制措施：

① 施工前，针对设计提出的混凝土重度要求，对管段实际采用的水泥、砂石料以及

外加剂等进行多组试验，以保证混凝土实际重度可以稳定在设计要求的范围内；

② 混凝土生产设备的称量系统需经常进行保养和检定，确保各种材料称量的准确性，使混凝土质量保持稳定；

③ 在施工中，对每次混凝土浇筑都进行出站及现场精确计量，并作混凝土重度检测；

④ 采用大刚度模板和支架，并对由于混凝土荷载产生的变形进行理论计算，在实际施工时，结合理论计算数值和现场实测数据反馈，对管段尺寸进行预控；

⑤ 在施工中加强扎筋、立模、浇捣等各道工艺的控制，对材料的实测尺寸进行信息化管理。

风险点 4：养护措施不当

风险现象及危害性：造成混凝土管段产生裂缝。

风险控制措施：

① 对于底板及顶面的上表面，养护条件相对较好，在混凝土浇捣完毕并完成收水后，即可覆盖土工布浇水潮湿；待混凝土终凝之后，在板表面蓄水养护；

② 中隔墙的养护方法是在拆模 2d 后覆土工布并喷水保湿养护；

③ 外侧墙的养护方法是在工期允许的条件下，适当推迟混凝土拆模时间，可在混凝土浇筑 7d 内带模养护；拆模后，继续保温保湿养护，养护时间不少于 14d；

④ 为避免管段内出现“穿堂风”现象，内模拆除后在内孔两侧孔口处采用土工布挂帘法封盖，阻止空气流动，减少内孔的水分散失，并经常在管内及外侧墙内表面浇水，保持管内相对湿度大于 85%以上；

⑤ 在自然气温条件下（高于 5℃），对于一般性混凝土应在浇筑后 10～12h 内（炎热时可缩短至 2～3h），即用麻袋、芦席、草帘、锯末或砂进行覆盖，并及时浇水养护以保持混凝土具有足够润湿状态；

⑥ 管段混凝土养护时间均不少于 14d，顶板和侧墙的养护时间还可适当延长；

⑦ 混凝土在养护过程中，如发现遮盖不好、浇水不足，以致表面泛白或出现干缩细小裂缝时，须立即仔细加以遮盖，加强养护工作，充分浇水，并延长浇水日期，加以补救；

⑧ 在已浇筑的混凝土强度达到 1.2MPa 后，在其上允许人员来往和安装模板与支架；

⑨ 当气温在 5℃（含－5℃）以下，不可进行混凝土浇筑施工，新老混凝土相接的施工缝处的混凝土（外侧墙及中隔墙）必须在 0℃以上浇筑；如老混凝土的表面处在露天状态 0℃以下，必须采取保温措施提高表面温度至 0℃以上方可进行混凝土浇筑；

⑩ 加强养护，要求保温保湿效果良好，要求在管段两端封口挂土工布帘，对外侧墙混凝土，尽量延迟拆模时间，拆模后需继续保温保湿养护，养护时间不少于 14d，底板及顶板混凝土的外表面需注意保温保湿养护，使用草袋、土工布、蓄水等方法，养护期 14d 以上。

风险点 5：管段防渗措施不到位

风险现象及危害性：影响管段防水性能，甚至发生管内渗水。

风险控制措施：

① 管段混凝土配比中添加外掺剂，以达到抗渗等级要求，施工中以接头防水为重点，采用多道防水、综合治理的方法来实现防渗；

② 后浇带施工缝可采用预埋钢边橡胶止水带及膨胀腻子条止水；外侧墙管段底向上 2.30m 处设置连续水平施工缝，施工时预埋 4mm 厚、30cm 宽的“I”形镀锌钢止水钢板；

③ 所有施工缝交接面均用混凝土界面剂处理，施工缝处防渗漏措施分两种：在管段内侧涂刷渗透型防渗结晶剂，管段外侧刷环氧树脂；

④ 端钢壳与管段混凝土相接处设全断面注浆管，交界面外侧涂刷环氧-聚氨酯涂料，覆贴一层玻璃纤维层（二涂一布）的加强防水层，谨防渗漏水“短路”；

⑤ 管段顶板涂刷渗透型防渗结晶剂，并加强保湿养护。

（3）管段舾装

风险点 1：GINA 止水带安装欠妥

风险现象及危害性：影响管段防水性能，给隧道质量及安全带来隐患。

风险控制措施：

① 端面为钢筋混凝土结构，应确保预埋螺栓孔的位置精度，并对螺栓孔加以严格保护；

② 端面为端钢壳的，应在安装 GINA 止水带前在端钢壳上钻孔，钻孔时可用样板钻孔或进行配钻；

③ GINA 止水带在储藏过程中应按照厂家的储藏和运输程序进行；

④ 在起吊安装 GINA 止水带前，应在管段端部安装保护装置，具体装置严格按照相关设计图纸；

⑤ 安装 GINA 止水带应遵循“先两端，后中间”的原则，将 GINA 止水带角点位置与端钢壳角点位置对准，先固定四只角点，再逐步分段拧紧螺栓；

⑥ 安装 GINA 止水带时，对每个螺栓施加预紧力后，应将螺栓、垫块连同压块互相点焊，螺栓安装前应上防锈油；抗剪块、压块应上漆，漆种与端钢壳相同。

风险点 2：端封门制作质量欠佳

风险现象及危害性：影响管段沉放质量与安全。

风险控制措施：

① 对于混凝土端封门，端封墙与管段顶板接缝处浇筑的混凝土，应采取特殊措施来保证混凝土浇筑质量，例如配制微膨胀混凝土等；保证 H 型钢与封墙内表面紧密贴合；封门破除时应采用机械切割方式，不得损伤管段永久结构；

② 钢端封门钢面板吊装时应采取措施防止钢面板发生不可恢复的变形；钢面板与端

面预埋钢板焊接时，应采取有效措施减少焊接高温对端面混凝土结构的不利影响；钢面板可根据施工工艺分块吊装、焊接；分块位置宜设置在 H 型钢中心位置，不得设置在相邻两根 H 型钢之间的跨中位置，离管段孔口边缘 1.2m 以上；分块焊接要求采用对接焊，焊缝强度不得低于钢板本体强度，且满足水密性的要求。

风险点 3： 垂直千斤顶不能满足使用要求

风险现象及危害性： 影响微调校正。

风险控制措施：

① 内置式或外置式千斤顶预埋件应准确安装就位，水平精度≤2mm，竖向活塞筒中心线与其设计误差≤0.085°；

② 内置式千斤顶预埋件构件之间的焊缝质量等级：止水钢板与活塞筒之间、最终封孔钢板与预埋件之间的焊缝质量等级为一级，其它为二级；密封装置要严格按设计文件进行安装，确保水密性要求；

③ 垂直千斤顶的最大有效行程不小于 500mm；

④ 内置式千斤顶，其液压站设置在管段内；外置式千斤顶，其液压站设置在工作船上，其在水中连接油管要注意保护。

风险点 4： 压载水箱漏水

风险现象及危害性： 影响管段顺利下沉。

风险控制措施：

① 严格按设计文件进行钢结构施工，确保其水密性；

② 管段内排水系统安装后要进行调试。

风险点 5： 钢塔架与垂直井存在问题

风险现象及危害性： 垂直井与管段顶面连接处水密性不够，造成漏水，影响物资运送、进人及测量，同时存在安全隐患。

风险控制措施：

① 垂直井与钢塔架之间必须可靠连结，垂直井本身亦应焊好，防止漏水，同时垂直井与管段顶面的连接处须确保水密性要求；

② 钢塔架和垂直井的高度应考虑历史最高水位、波浪高及富余量，以防进水；

③ 建议每个钢塔架建一个垂直井，以防其中一个垂直井发生漏水或涌水，人们可在另一个垂直井中迅速撤离。

（4）基槽开挖

风险点 1： 基槽开挖存在严重超挖和不足

风险现象及危害性： 影响管段沉放质量，易产生不均匀沉降。

风险控制措施：

① 开挖作业应分层分段进行；在基槽端面，应分二层或三层逐层开挖；在平面沿隧

道纵轴方向，划分若干段，分段分批进行；

② 做好基槽开挖的测量工作，按里程控制平、纵、横向坐标，精度要达到设计要求；

③ 当基础处理采用后填法时，基槽开挖应考虑管段沉放时设置临时支座，临时支座一般为钢筋混凝土垫块或桩基；

④ 基槽开挖分为粗挖和精挖，粗挖为基槽底面以上 2m 至河床顶面的部分，精挖为剩余部分；可根据挖泥船的形式和性能来决定工序；

⑤ 避免基槽边坡开挖太陡，导致边坡塌陷形成基槽偏差；

⑥ 基槽开挖后会显著降低工程水域的水流速度，造成基槽内沉积物的增多及基槽周围河床形状的改变；要求基槽的实际开挖深度要加大，预留出一定的富余量；基槽超挖标高，应以设计标高为基准进行控制；

⑦ 基槽开挖过程中为了防止泥砂对海域的污染，可对基槽开挖过程中进行泥砂流失的控制；在开挖区域，如有条件应设置拦幕；

⑧ 若采用绞吸挖泥船时，可以根据地质情况将铰刀转速、分段长度及开挖深度降低到一定范围；

⑨ 基槽开挖时应进行现场的监控量测来精确定位定深；可采用 GPS-RTK 定位定深系统对船舶进行三维定位，系统以平面和剖面的图形数据形式将泥斗位置和深度显示在监控屏幕上，指导操作者挖泥作业；

⑩ 在基槽开挖过程中，需要重复参照陆上测量基准控制点校核进行基槽定位，并进行基槽定位复核；水下基槽的检测方法可选用测深仪法和多谱勒声纳扫描仪法；检测时，如有质量不合格点，应按检测要求，加倍检测次数。

风险点 2：水下爆破存在安全隐患

风险现象及危害性：易对周边环境造成破坏性伤害。

风险控制措施：

① 如果遇到坚硬岩性地层，挖泥船无法进行直接开挖时，可进行爆破处理，采用多台钻机一排同时作业，上下的炮孔应该错开；采用分段装药，电网络起爆；施工时应尽量减少爆破次数，以保护环境；

② 炸礁船定位用导标和后方交会测点相结合的方法，由一端至另一端分段排炮，排与排之间应该错开，设置一定的船位距离；

③ 保证爆破水下冲击波对水上船只、水中游泳人员以及潜水作业人员的最小安全距离；

④ 爆破作业必须满足对白海豚的保护要求。

风险点 3：基槽淤泥清理效果不佳

风险现象及危害性：影响管段出坞安全及沉放质量。

风险控制措施：

① 基槽开挖后如有回淤，在管段沉放前须清淤，基槽清淤可采用绞吸船和抛锚船联

合组船的方案，利用抛锚船的移位控制绞吸船的船位和清淤点的定点；清淤点的平面位置可采用高精度的DGPS仪器控制；

② 清淤采用定点、分层施工；施工过程中采用回声测深仪检测，吸完一遍检测一次，往复清淤多遍，直至要求的水样比重和水深度；清淤标准可参照《重力式码头设计与施工规范》执行；

③ 在最后的扫浅施工中，挖泥船根据水深检测图上的浅点位置，移船至相对应的位置定点扫浅，以确保底部无浅点、达到设计质量要求；

④ 防止淤泥沉积的对策：对隧道穿越的河流进行详细的水文勘测，如水的流速、潮汐的变化和水流中泥砂的含量等；合理组织基槽开挖及沉管浮运沉放工序，减少基槽暴露时间；在管段沉放期间有淤泥沉积时，要用专用设备清除，也可在管段底部安置防淤泥进入的裙板。

风险点4：基槽开挖与清淤影响航道的通畅和安全

风险现象及危害性：对临时航道的通畅及安全造成影响。

风险控制措施：

① 做好水域现状及通航密度的调查与研究工作，合理设计临时航道；

② 抛泥浮管直线布设，减少弧线，排泥口也采用抛锚船固定，配合清淤船同步移船，减少对航道的影响。

（5）管段浮运

风险点1：管段存在起浮障碍

风险现象及危害性：干坞内灌水达到预定高度时管段无法起浮。

风险控制措施：

① 保证管段底部与干坞顶的材料匹配利于进水，以使浮水渗入克服相互之间的粘结力，根据以往经验，干坞顶面用一定厚度的碎石层，沉管底面用6～8mm钢板设计，能使起浮水进入沉管底面；

② 对起浮水的质量加以控制，水中的黏粒颗粒含量不能超标，以防粘性颗粒进入干坞顶面与沉管底之间粘结在一起，导致浮力欠缺；

③ 做好管段混凝土重度及配筋率的计算和校核工作，确保起浮系数满足实际要求；

④ 若管段出现起浮障碍的情况，可在管段顶或侧面挂浮箱等来加大起浮力。

风险点2：管段在出坞过程中偏离航道较大

风险现象及危害性：影响工程进度及管段的安全。

风险控制措施：

① 管段出坞之前，对出坞航道重新进行清淤扫浅，确保水深，保证管段出坞安全；

② 加强对管段尾部偏移的控制，确保管段沿着出坞航道中心线浮运；

③ 浮运路线如遇到水流较急及浮运方向与水流流动方向不一样时，拖船需提供额外

的拖力以保持管段稳定性；

④ 管段出坞过程中，测量人员利用全站仪不间断地测量管段的位置，以便指挥管段的出坞作业，确保管段在整个绞移出坞过程中沿着出坞航道进行。

风险点 3：管段浮运搁浅

风险现象及危害性：影响工程进度及管段的安全。

风险控制措施：

① 事先做好实地调查，仔细选择好浮运路线，浮运前应对浮运路线下的水深进行测量；

② 在考虑潮汐及各季节水位变化的情况下，浮运时管段底部各处离江底不应少于 0.5m。

风险点 4：管段浮运过程中发生碰撞

风险现象及危害性：沉管段与干坞壁等其他物体之间发生碰撞事故，导致沉管管段撞坏。

风险控制措施：

① 管段浮运过程中，加强对管段尾部偏移的控制，到达临时系泊位置后，依次将系泊锚块上的主系泊缆和副系泊缆与管面的滑车连接；

② 针对大型管段拖运，由相关单位制定周密详细的航道交通管制方案，合理设置封锁线，以确保管段浮运万无一失；

③ 严格按照航运部门的要求，规范沉管段在其停泊水域处的各种规定，如锚碇、设航标灯等；

④ 浮运路线如遇到水流较急及浮运方向与水流流动方向不一样时，拖船需提供额外的拖力以保持管段稳定性；

⑤ 在浮运线路的上下游各安排 1 艘警戒船，加强安全巡逻。

（6）管段沉放

沉放是沉管施工过程中最危险的阶段，原因是沉放在水下施工，难度较大，同时为避免对船舶航行的影响等，要求作业时间短。管段沉放施工需要综合考虑管段尺寸、水流速度和方向、深浅以及以往的施工经验等，同时，潮汐对管段施工也有很大的影响。

沉放作业分为 3 个阶段进行，即初次下沉、靠拢下沉和着地下沉。在沉放前，应对气象、水文条件等进行监测、预测，确保在安全条件下进行作业。

风险点 1：管段下沉障碍

风险现象及危害性：江底基槽内沉积着具有一定稠度的淤泥，导致下沉困难。

风险控制措施：

① 管段沉放的前两天，需对基槽进行全面细致的验收，保证沉管就位时无任何障碍，验收的方法是派潜水员到水下摸查，对影响沉放的浅点，均由潜水员进行清理，若有淤

积，则应清除；

② 对基槽碎石上有可能沉积的树枝、垃圾等，沉放前都需派潜水员认真进行扫除。

风险点 2： 端封门进水事故

风险现象及危害性： 管段在下沉过程中，随着管段的不断下沉，两端封门受到的水压力越来越大，在端封门强度不能满足要求时会发生爆裂，致使河水大量涌入管段内而发生管段急速下沉的大事故。

风险控制措施：

① 钢端封门钢面板吊装时应采取措施防止钢面板发生不可恢复的变形；

② 钢面板与端面预埋钢板焊接时，应采取有效措施减少由于焊接高温对端面混凝土结构的不利影响；

③ 钢面板应根据施工工艺分块吊装、焊接，分块焊接要求采用对接焊，焊缝强度不得低于钢板本体强度，且满足水密性的要求。

风险点 3： 管段发生复浮

风险现象及危害性： 管段准确就位后，重新浮起，影响隧道防水性能及质量。

风险控制措施：

① 施工设计时，对施工阶段各节管段的最小抗浮系数选取需考虑材料重度所带来的误差；

② 施工设计阶段必须对沉管混凝土重度及其配筋率使用准确数据，计算其钢筋混凝土重度，同时对江水不同深度的重度（特别是基槽开挖后及沉放前）进行实测。

风险点 4： 管段沉放轴线偏差较大

风险现象及危害性： 管段轴线偏差较大，影响隧道质量及使用功能。

风险控制措施：

① 在满足整体施工进度安排和占用水域安排的前提下，根据潮位预报，选择合理的管段沉放日期及时机，尽量保证沉放作业的最后阶段在平潮期内进行，以确保管段对接安全，提高管段对接精度；

② 选择合理的定位锚碇系统，锚块应在测量指导下精确定位铺设，且铺设以后，应进行拉力测试，确保管片沉放满足标准要求，同时需考虑对航道的影响；

③ 在分段下沉的过程中，依次调整管段的纵坡及横坡，并要求潜水员仔细检查两端封墙之间的实际距离以及端钢壳间的相对位置关系；

④ 若沉放后发现实际轴线与设计轴线偏差超过设计允许值，可采用“顶头摆尾”的轴线调整方法，即通过撑开压缩的 GINA 橡胶止水带来实施；为了撑开橡胶止水带需要使用多个千斤顶，待撑开量达到要求后，在两管段之间设置临时钢支撑代替千斤顶，限制管段轴线回到原先位置，撑开量、千斤顶吨位通过计算决定，等到管段覆盖结束后再撤除临时钢支撑。

（7）管段对接与接头处理

风险点 1：管段对接接头漏水

风险现象及危害性：影响整体隧道的防水质量及耐久性。

风险控制措施：

① 做好对接前的准备工作，包括杂物清除、安装拉合千斤顶、设备调试及位置微调等；

② 设计及施工时充分考虑钢端壳的坡度及平整度大小，以减小 GINA 止水带的压接难度，保证 GINA 止水带的压接质量；

③ 采用 GINA 止水带及 OMEGA 止水带双道止水措施，其中 Ω 形的二次密封橡胶止水带在接头内部固定，应做到易检查、易维修、易拆卸，且应能承受接头的长期位移；

④ 采用超声波探测装置（水下三维系统）配合陆地上的引导系统，以及时掌握管段的绝对位置与状态（管段摆动与否），以及正沉放管段与已沉放管段之间的相对位置（端面间距离、方向、纵横断面的倾斜等），进而安全、正确并以最短时间实现管段的沉放与对接，避免沉放过程中管段的碰撞和 GINA 橡胶止水带损伤等事故发生；

⑤ 对接时，在拉合作业之前、之后均须由潜水员检查 GINA 橡胶止水带的接触情况，拉合之后和压接之后均须测量复核；

⑥ 拉合之后，若发现连接误差超过容许值，可用拉合千斤顶及设在新沉管段后端支座上的垂直千斤顶进行微调校正，但在压接之后不符合精度要求的，靠千斤顶难以进行微调校正，此时只能灌水返工，重新微调、压接。

风险点 2：最终接头施工质量欠佳

风险现象及危害性：造成各节管段产生回缩，GINA 止水带因此伸长，影响整条沉管隧道水中段的施工质量。

风险控制措施：

① 事先对预留合拢段基础进行抛碎石整平，并放置好底封板，为最终接头的实施做好准备；

② 在最后一段管段沉放时，潜水员需进行大量、多次检查，以确认位置正确，保证沉放安全、成功；

③ 最后一节管段沉放后，应对两管段的轴线及高程偏差进行水下测量，以确定底封板上橡胶止水带相对于管段的具体位置，同时清除底封板上的淤泥及杂物，检查橡胶止水带，清理两管段上封板所覆盖的位置；待底封板上橡胶止水带在管段底部的具体位置符合要求后，均匀收紧各螺杆上的螺母，使底封板上的橡胶止水带紧贴住两管段底部，以保证防水效果；

④ 在两管段钢筋混凝土墙之间预定位置安置支撑顶梁，以防止最终接头排水后管段之间的 GINA 止水带回弹造成管段位移；

⑤ 采用螺栓拉紧使侧封板及顶封板上的橡胶止水带紧贴住管段两侧预定位置，并通过封板相互之间的导向结构坐落在预定位置，进而使封板上的橡胶止水带形成一个整体，达到止水效果；

⑥ 由潜水员对所有封板的位置进行重新检查测量，之后排出预留合拢段空间内的水，利用水压使封板上的橡胶止水带进一步压缩，确保预留合拢段的空间水密性，然后由潜水员检查橡胶止水带压缩的情况，并将封板上的所有螺栓收紧；

⑦ 保证最终接头的支模系统在竖直方向有足够的刚度和承载力，合理安排混凝土结构施工，包括顶板内布料管的布置、截止阀的安装、排气管的布置以及浇筑高度的控制与顺序等；

⑧ 在最终接头施工中，纵向施工缝可采用遇水膨胀止水条和预埋注浆管两道防水措施，同时需考虑到底板与外侧墙、顶板与外侧墙形成的水平施工缝。

（8）基础处理

风险点 1：基础灌砂不足导致沉管过度沉降或灌砂太多导致管段被永久抬高

风险现象及危害性：管段过度沉降或抬高导致管段开裂，影响隧道质量和安全。

风险控制措施：

① 在每一节管段沉放作业后，根据沉放前所测量的基槽深度以及沉放后管段底部高程，估算出该管段的灌砂量，以供实际灌砂作业时参考；

② 灌砂作业时，对压力进行监测，以判断砂盘的形成情况；

③ 在管内安装测量仪器，监测管段标高变化，并派潜水员探摸确定灌砂效果；通过潜水员探摸与管内测量相结合来控制灌砂作业，基本可以保证灌砂基础的质量。

风险点 2：管段的地基及基础产生过量沉降

风险现象及危害性：沉降过量会造成接头开裂乃至管内进水，以及运行线路不平顺等不良后果。

风险控制措施：

① 采用砂流工艺，压注掺有熟料的砂料，确保地基满足基底承载和抗震要求；

② 所有沉管管段沉放时，根据具体位置预留沉降量；

③ 全部接头采用半柔半刚接头并设置竖向剪切键，以抵抗不均匀沉降。

（9）基槽回填

风险点：管段回填及覆盖抛石不当，致使管段单侧受力产生平移

风险现象及危害性：管段受力不均，产生侧移，影响运营线路。

风险控制措施：

① 回填层应具有良好的透水性；

② 在基槽回填时要左右对称施工，防止产生偏压而导致沉管段的偏移；

③ 回填材料必须选用符合设计要求、级配良好、不含对隧道防水性能产生危害物质

的材料，并进行相关的测试和取样；

④ 选择回填材料时要考虑地震工况下液化问题；水域范围内，要防止不被水流冲失；

⑤ 应配置专用工程船舶进行深水水域的各类回填材料施工。

（10）岛壁结构

风险点 1：抛石斜坡结构施工

风险控制措施：

① 对随机安放扭工字块体，难以达到全部块体保持垂直杆件在堤坡下方，但至少应有 60%以上的块体的垂直杆件在堤坡下方，这样块体的抗倾力矩较大，否则在波浪作用下将会有一些块体沿坡滚动；

② 混凝土护面块体一般不需配置钢筋；空隙率大、消浪性能好的长细型混凝土块体，特别是杜洛斯（扭工字）块体，在各自的设计波浪作用下，块体越大，其内应力就越大，因此，大块体比小块体更容易断裂；根据对国内外实际工程块体应用情况的综合分析，20t 以上的扭工字块体和 40t 以上的四脚锥体应采取适当措施，增加块体的抗拉能力，如配置钢筋或调整腰杆粗细等；

③ 浆砌块石护面层的破坏，主要由于堤身的不均匀沉降，而使护面层开裂，或由于在波浪作用下护面层后水位上升，而在退波时因泄水不畅，致使护面层在水压作用下局部掉落，并逐渐发展，因此浆砌块石护面层应设置变形缝和排水孔；标准条文中提出的数值要求是总结实际工程的经验得出的；

④ 堤头段内外两侧的护面块体的稳定性要比堤身外坡为差，这主要是因为越过堤头的波浪破碎水流将直接把护面块体从堤坡上向外推，而不同于波浪对堤身护面块体的作用；堤头处理的办法，一般采用加大护面块体的重量，或放缓坡度而使护面块体的重量不变；堤头段的护底块石可比照堤身段适当加强；

⑤ 一般在防波堤建成后，堤根部分将很快被泥沙淤浅，波浪作用将逐渐减弱，但如在岩石海岸上建堤，岩岸较陡，堤根水深较大，则有可能由于波浪在海岸上的反射，造成堤根段波能集中，此时应考虑适当的加强措施；如果有专门的模型试验研究测出堤根段反射后的波高时，则可按实测的情况考虑加强。

风险点 2：挡浪墙施工

风险控制措施：

① 上部结构施工应在沉箱沉降、位移基本稳定后进行；

② 卸荷板的安装应在沉箱后的棱体回填结束，且沉降稳定后进行；

③ 为方便胸墙混凝土施工时模板的支护，可以在沉箱预制时预留孔洞或预埋圆台螺母；

④ 当胸墙体积较大时，应根据混凝土的浇筑能力和潮位采用分段、分层浇筑的方法；

⑤ 浇筑胸墙混凝土时，应保持混凝土在水位以上进行振捣；底层混凝土初凝前不宜

受水淹没，否则应采取措施防止淘刷；

⑥ 胸墙的施工允许偏差应符合表 7-10 的规定：

表 7-10　胸墙尺寸允许偏差

序号	项目	允许偏差（mm）
1	前沿线位置	20
2	临水面平整度	20
3	顶面高程	+20 0
4	顶面平整度	10
5	相邻段临水面错牙	10
6	临水面、变形缝处侧面的竖向倾斜	5‰H
7	预留孔洞位置	20

⑦ 根据分层、分段要求留置的施工缝应符合下列要求：

a. 施工缝的位置应在混凝土浇筑前确定，并宜留在结构受剪力较小的部位，并应做成水平缝和垂直缝；

b. 在埋有块石的混凝土中留置水平施工缝时，应使埋入的块石外露一半，增强新老混凝土的结合；

c. 垂直施工缝的端头模板如果有钢筋穿过，孔洞处应做好止浆措施。

⑧ 在施工缝处继续浇筑混凝土时，应符合下列要求：

a. 已浇筑的混凝土，其抗压强度不应小于 1.2MPa；

b. 已硬化的混凝土表面，应清除水泥薄膜和松动石子以及软弱混凝土层；

c. 浇筑混凝土前，应用水充分湿润老混凝土表面，但低洼处不得留有积水；垂直缝应刷一层水泥浆，水平缝应铺一层厚度为 10～30cm 的水泥砂浆；水泥净浆和水泥砂浆的水灰比应小于混凝土的水灰比。

⑨ 混凝土浇筑过程中，应避免发生离析现象；混凝土自高处倾落时，其自由倾落高度不得超过 2m；必要时可采用串筒、斜槽、溜管或振动溜管下落等措施；

⑩ 有附着性海生物滋长的海域，应注意其对水下混凝土接茬部位质量的危害，可采取缩短浇筑间隔时间或避免在其生长旺季施工；

⑪ 浇筑面层混凝土时，应有防浪、防雨措施；浇筑斜面混凝土时，应从低处开始，逐渐向高处浇筑；必要时应在底部加挡板，避免混凝土向低处流动；连续浇筑高度较大的混凝土构件时，如有泌水，应随浇筑高度的上升分层将水排除；混凝土浇筑至顶部时，宜采用二次振捣及二次抹面，如有泌水现象，应予排除；浇筑混凝土时，应经常检查模板和支架的坚固性与稳定性，防止浇筑混凝土时模板变形或漏浆；

⑫ 混凝土浇筑完毕后应及时加以覆盖，结硬后保湿养护；根据现场的施工条件，宜

采用搅拌船水上浇筑工艺；养护方法应根据施工区域自然条件及构件外型选定，宜采用塑料薄膜包裹覆盖或土工织物洒水养护，也可采用养护剂；养护时间必须符合相关标准规定的要求；混凝土强度达到设计要求后方可拆除承重模板；非承重模板的拆除应根据气候和养护条件以拆模时不损坏构件为原则。

（11）防冲护底结构

风险点：防冲护底结构的破损

风险控制措施：

① 监测人工岛使用期间的地形和水流流速，如实测水流流速超过设计依据的水流流速，或人工岛周围冲刷深度大于 3m 的情况出现，需要及时抛填块石或采取其他防护措施；

② 护底的作用是防止堤前的地基土壤被冲刷，造成护面层和抛石棱体的下滑或局部坍塌，从而影响堤的稳定性；护底块石层的厚度和宽度，以及在护底块石层下铺设碎石层的厚度是实际工程中一般采用的数值；对沙质海底，护底层的宽度和厚度是以有关文献的研究成果为基础给出的。

（12）地基处理

风险点 1：挤密砂桩施工质量控制

风险控制措施：

① 施工前准备工作：

a. 根据实际编制实施性施工组织设计（施工技术方案、质量计划），编制中力求考虑周到、措施得力、便于操作，并上报监理工程师批复；

b. 拆除障碍物，平整场地；该路段先采用吹填砂，吹填一段挤密一段，吹填至标高 3.5m 时平整场地，然后进行挤密砂桩施工；

c. 根据设计文件要求，布设桩位、桩间距及安排桩的分布形式；若有灌注桩和构造物基础，施工前必须完成砂桩；在灌注桩两侧布设桩位时，应预留钻孔灌注桩施工位置，预留净距约为 140cm；本标段砂桩桩径 ϕ40cm，桩距 1.5m，桩位在平面上呈正三角形，这些在布桩图上均应标明清楚；

d. 机械设备及材料的选择，应根据地段的地基、砂桩桩径及桩长情况，选择合适的机械设备。

② 现场工艺性试验桩：

a. 实际施工之前，进行了桩试验，以便根据现场实际确定各项技术参数，如成桩时间、压放砂量、工艺确定等，确保大面积施工质量；

b. 针对性选择试桩位置，既要考虑软土厚度，又要顾及地质特点，关键是必须选择有代表性的位置，每处不少于 5 根；

c. 试桩时施工方、监理方均应派员在场，做好详尽的现场记录；成桩 30d 后进行单桩承载力、单桩复合地基承载力试验及桩身密实度检测（采用重Ⅱ型动力触探法），并分析单桩承载力与贯入量 30cm 时锤击数的关系；试桩完成后必须提交试桩报告，重点阐述桩身密实度、桩长、荷载试验情况（含荷载 P-沉降 S 曲线，沉降 S-时间 t 曲线），总结评价施工工艺、施工质量、加固效果。

③ 施工工序控制：

挤密砂桩施工工艺应按以下程序进行：整平原地面→机具定位→桩管沉入→加料压密→拔管→机具移位。

a. 对桩位进行编号，以成桩先后为序，注明于布桩图上，然后在场地上放线，用木桩定位，按序号施工避免张冠李戴；

b. 导管必须高出设计桩长 3～5m，桩头活页平底式；

c. 桩架就位后，应该调整导杆的竖直度，提升桩管，将桩头活页闭合；

d. 加压并开动振动锤，将钢管沉入至设计要求深度；

e. 在桩管内灌满水，为使砂料呈饱和水状态；

f. 应按桩孔体积和砂在中密状态时的干密度计算其实际灌砂量，然后按 1.35 松方系数估算用料量，一次上足或分两次投料；亦可超量投砂，即增加投砂量，当桩管全部拔出地面时，仍剩余一些砂料；

g. 边振边均匀缓慢拔出桩管，直至桩管全部拔出；一般情况下，拔管 1m 控制在 30s 内，每拔起 0.5m 停拔续振动 20s；

h. 在孔口部位进行反插；

i. 移动机具，至下一桩施工；

j. 施工完毕后，整平场地，测量标高，整理施工记录。

④ 质量控制：

挤密砂桩施工不当或技术要领把握不住，极易留下质量隐患，严重影响处理效果。

a. 若灌砂量不足，砂的含水率不佳或加水量不足，就会引起成桩桩身密实度不足，引起疏松现象，因此要严格控制投砂量，桩管内的加水量必须充足；

b. 沉桩时桩管竖直度不够，或受邻桩振冲影响，容易引起已成砂桩倾斜，因此成桩时要经常校正桩管竖直度，相邻桩应间隔跳跃施工，避免相互间振动影响；

c. 桩底空松或桩底端料少或无料会引起短桩，沉管时遭遇局部硬土层或孤石，处理不当也会造成桩长不够；如果遇到土层或孤石，处理方法最好是即时停机，在桩位旁边试打，确定硬土层范围，然后考虑变更在领位桩；拔管前必须灌满砂料，并留振 1min；

d. 三次投料不合理，反插深度和次数有误会都会引起砂桩缩径，必须改变投料量比例，改变反差深度和次数以满足要求；

e. 断桩是施工中常见病害，造成的原因有反插深度有误、塌孔、卡管活页打不开等；要严格按工艺性试桩提供的技术参数及成桩步骤控制拔管高度和拔管进度，否则易出现断桩，不能保证桩身的连续性；

f. 卡管为成桩中常见现象，要整修活页，使活页开启灵活打开。

⑤ 挤密砂桩质量检测：

考虑到群桩的相互挤密作用，挤密砂桩的检验工作放在施工的后期进行，有关规定见表 7-11。

表 7-11　挤密砂桩施工允许误差

项次	项目	单位	允许误差	检查方法和频率
1	桩距	mm	±150	抽查 2%
2	桩长	mm	不小于设计	抽查施工记录
3	桩径	mm	不小于设计	抽查 2%
4	竖直度	%	1.5	抽查施工记录
5	灌砂量	m^3	不小于设计	抽查施工记录

a. 挤密砂桩要求桩体的砂呈密～密实状态，检测的方法一般用动探Ⅱ型，检测频率控制在 2%以内；

b. 动探Ⅱ型检验挤密砂桩的标准，以每贯入 30cm 的锤击数不小于标准值为合格；鉴于标准值随深度的变化而变化，可结合本路段地质特点确定合格标准；

c. 分别做单桩承载力和单桩复合地基承载力静载试验，试验频率视工程时大小而定。

风险点 2：振冲处理

风险控制措施：

① 试验确定振冲处理的工艺、效果及振点布置、水压、振密电流和留振时间等各种施工参数；

② 振冲法加固的振冲器应根据振冲工艺、加固地基的特性和设计要求合理选定，起重机具可采用履带式起重机、轮胎式起重机、自行井架式专用起重机，起重能力需满足施工要求；

③ 振冲密实法分加填料和不加填料两种工艺：

a. 加填料的振冲密实施工宜采用以下工艺：

a）成孔贯入时水压可用 200～600kPa；水量可用 200～400L/min；

b）振冲器下沉速度宜控制在 1.0～2.0m/min，达到设计深度后应将水压和水量降至孔口有一定量回水且无大量细颗粒带出的程度；

c）将填料堆于护筒周围，填料应在振冲器振动下依靠自重沿护筒周壁下沉至孔底；

d）在电流升高到规定的控制值后，应将振冲器上提 0.3～0.5m，如此反复进行，至全孔完成；

e）记录每个振点的振冲器经各深度的水压、电流、留振时间和填料情况等。

b. 不加填料的振冲密实施工工艺可参照加填料的工艺，宜采用大功率振冲器，为避免造孔中塌砂将振冲器抱住，下沉速度宜快，造孔速度宜为8～10m/min；如遇振冲器贯入困难，可增加辅助水管，加快下沉速率。

④ 振冲桩施工完毕后应将顶部预留的松散桩体挖除，如无预留应将松散桩体压实；

⑤ 振密孔施工顺序宜沿直线逐点逐行进行；

⑥ 振冲桩的施工质量检验可采用单桩载荷试验，检验数量为桩数的0.5%，且不少于3根；

⑦ 振冲施工后应间隔一定时间方可进行复合地基的效果检测；对砂土地基，间隔时间可取2～3周；

⑧ 振冲处理后的地基竣工验收时，承载力检验应采用复合地基载荷试验，检测数量不应少于总桩数的0.5%，且单体工程不应少于3点；

⑨ 对不加填料振冲加密处理的砂土地基，竣工验收承载力检验应采用标准贯入、动力触探、载荷试验或其他合适的试验方法；检验点应选择在有代表性或地基土质较差的地段；检测数量为振冲点数量的1%，总数不少于5点；

⑩ 检测效果不达标时，应补振或采取有效的补救措施。

（13）陆域形成

风险点：陆域吹填施工

风险控制措施：

① 吹填工程施工前应进行工前测量，并在吹填区内设置一定数量的标尺和沉降杆；

② 吹填料的运输可采用大型的驳船，吹填设备可根据施工进度要求和管线布设采用大型的吹填船进行；

③ 吹填船的泵送能力应根据吹填料级配、管线长度和工程施工强度等进行经济性、合理性比较确定，必要时可增设接力泵站；

④ 水上吹砂管线的布设应根据水流、风向，平滑布设，尽量远离航道且不宜过长，并用锚坠子锚定，水陆链接处设置软管。管线设夜间信号灯，管子锚应设锚漂；

⑤ 陆上吹砂管的入口应远离排水口，以延长泥浆流程；管线的间距、走向、干管与支管的分布应根据施工现场情况、影响施工因素的变化及时调整；

⑥ 水上吹砂管线与陆上吹砂管线的连接应根据地形和水位变幅选择适当的连接方式，连接处要牢固可靠，防止因水位变动出现管段严重扭曲和渗漏；

⑦ 应根据工期、工程量、吹填料运距等配备合适的吹填和运输船舶数量；

⑧ 吹填区排水口门的布设应根据吹填区的地形水文条件、吹砂管的布置等确定，排水口的形式可采用埋管式或溢流堰式以利于泥沙的沉淀，其排水量应进行计算；当采用溢流堰式排水口，排水口宜设在吹填区内泥浆不易流到的死角处前沿，同时应远

离吹填管出口及航道；当受条件限制无法直接排水时，可采用排水沟或涵管等结构形式；

⑨ 吹填应分层进行，吹填速率及分层厚度应满足设计要求，吹填管口距围堰坡脚要有一定的距离，必要时经试吹确定；吹填施工期间应进行分层沉降和孔隙水压力监测，以指导施工；

⑩ 为防止吹填区局部聚积成淤泥包，吹填时应经常调整吹填口和排水口门的位置；改变吹填流向；

⑪ 对吹填区平整度要求较高的工程，吹填时应不断变更吹填管出口的位置；吹填管出口之间的距离宜根据吹填料的粗细控制在 20～80m，如仍不能满足平整度要求，可配备陆上土方机械加以平整；

⑫ 吹填高程的施工允许偏差应符合表 7-12 的规定；

⑬ 吹填施工的余水排放应采取增加排放流程及沉淀池等措施，减少污染，满足当地环保要求。

表 7-12　吹填高程允许偏差

序号	项目			允许偏差（m）
1	平均超高高度			≤0.2
2	吹填高程偏差	未经机械整平	粉细砂类土	±1.0
			中、粗砂类土	±1.4
		经过机械平整		±0.4

（14）岛隧衔接的构造措施

风险点：岛隧衔接部分施工

风险控制措施：

① 岛隧连接部位施工时，根据不同结构特点和设计技术要求，选择合理的施工顺序；各承包商在业主、监理的协调下，加强联系，相互支持配合，确定各分项工程的施工顺序和工期要求，合理安排施工流程；

② 岛隧连接部位施工顺序应遵循以下原则：

a. 当隧道采用沉管法施工时，宜先进行沉管钢围堰施工，后进行人工岛相邻段护岸及抛石棱体施工；

b. 当采用盾构的隧道施工方法时，宜先进行水下水泥搅拌桩和搅拌块体施工，待拌合土强度达到设计允许的盾构施工要求时，再进行盾构施工；盾构完成后进行棱体抛填施工；

③ 隧道人工岛段施工时，可根据地质条件选用地下连续墙等支护和止水工艺；支护体系的稳定性必须专门进行设计计算，支护结构渗透系数应满足要求；

④ 隧道暗埋段施工时的支护体系应根据开挖深度和水文地质条件进行专业设计，挡土结构可以采用地下连续墙或钻孔灌注桩的支护方法；

⑤ 地下连续墙施工应满足《港口工程地下连续墙结构设计与施工规程（附条文说明）》（JTJ 303—2003）的要求；钻孔灌注桩施工应满足《港口工程灌注桩设计与施工规程（附条文说明）》（JTJ 248—2001）的要求；

⑥ 暗埋段支撑结构设计与施工，应满足设计和规范规定：

a. 当采用钢筋混凝土支撑时，支撑的施工应按现行国家标准《混凝土结构工程施工质量验收规范》（GB 50204）执行；混凝土达到设计强度后，方可开挖支撑面以下的土方。

b. 当采用钢支撑时应符合以下要求：

a）架设钢支撑应严格按设计要求在不同施工阶段施工，并按设计要求及时对支撑施加预压力；施工时应考虑温度变化对支撑的影响，适当增加安全储备；

b）钢支撑安装必须确保支撑端头与地下连续墙或腰梁“面”接触，禁止出现“点”接触，并垂直于墙面。

⑦ 暗埋段的开挖应满足以下要求：

a. 基坑开挖和支护应严格遵守分层、分段开挖，先撑后挖的原则，严禁超挖；

b. 机械挖土时应布置好挖土机械、车辆的通道，挖土过程中不得碰撞围护结构和工程桩，防止损坏截水帷幕；

c. 开挖时应做好降水与排水措施；

d. 基坑开挖与支撑安装应同基坑支护结构的设计工况相一致；

e. 施工过程中应对基坑、支护结构和周围环境进行观察和监测，当出现异常情况时，应及时采取措施。

⑧ 支撑拆除前，应安装好替代支撑系统，替代支撑的截面和布置应通过计算确定；当需要利用主体结构换撑时，主体结构的混凝土强度达到设计强度后方可进行，并应在主体结构与支护墙之间设置可靠的换撑传力构件；

⑨ 暗埋段施工完毕并达到设计强度后，周边回填材料及其密实度应满足设计要求。

2. 施工阶段风险评估总结

施工阶段的风险评估汇总表中共列出的 14 项主要的风险类型，经过初步评估，二级风险仅有 1 项，为地基处理；三级风险共有 4 项，分别为干坞施工、管段舾装、基槽开挖及陆域形成；其余 9 项为四级风险，主要包括：沉管管段预制、管段浮运、管段沉放、管段对接与接头处理、基础处理、基槽回填、岛壁结构、防冲护底结构和岛隧衔接的构造措施等。

具体风险事件统计结果如图 7-9 所示。

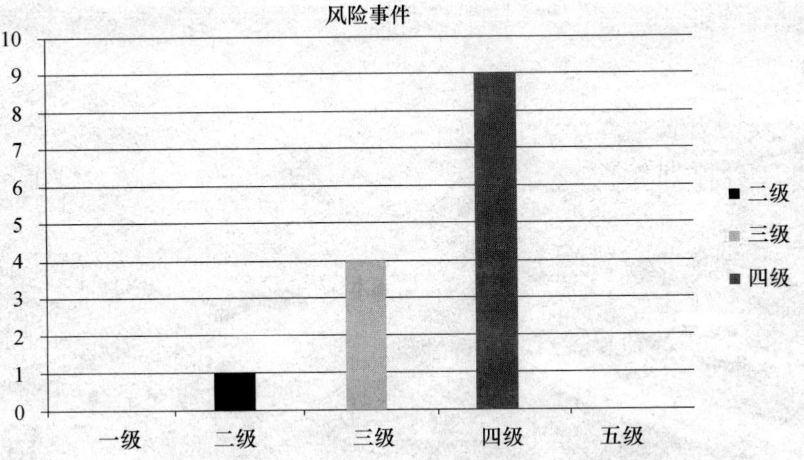

图 7-9　施工阶段风险事件统计图

7.2　上海外滩通道工程施工风险评估

7.2.1　外滩通道项目概况

在上海建设现代化、国际化大都市的大背景下，外滩、小陆家嘴和北外滩三足鼎立，共同构成了上海 CBD 核心区的黄金三角。随着黄浦江两岸开发的不断推进及 2010 年世博会在浦江两岸的举办，对外滩地区的功能更新及风貌传承提出了更高的要求。为了改善外滩地区的环境，促进地区的功能发展，实现社会、经济和环境的可持续发展，上海市建委、市规划局组织了“外滩地区功能发展和综合交通规划”国际方案征集，确定了外滩通道建设的规划依据。

外滩通道在苏州河以南位于黄浦区的沿江发展带上，经过的区域有十六浦地区、历史风貌延伸区、外滩金融贸易区（历史风貌保护区），外滩通道在苏州河北岸位于虹口区的北外滩地区（图 7-10、图 7-11）。

外滩通道的功能是分离外滩地区的过境交通，同时承担部分到发交通。外滩通道服务于中小型客车，通道南起东门路南侧的老太平路，沿中山东二路、中山东一路，从外白渡桥下方穿越苏州河，沿东大名路、吴淞路到海宁路全长 3.3km，设匝道连接延安路高架和北外滩地区。

通道规模为机动车双向 4～6 车道。从福州路到天潼路，外滩通道采用盾构形式，从现状道路下方空间穿越，并从外白渡桥下方穿过苏州河，隧道直径 13.95m，盾构段长 1102m，工作井分别设在福州路南侧和天潼路南侧，天潼路工作井为出发井。外滩通道其

图 7-10　外滩风貌

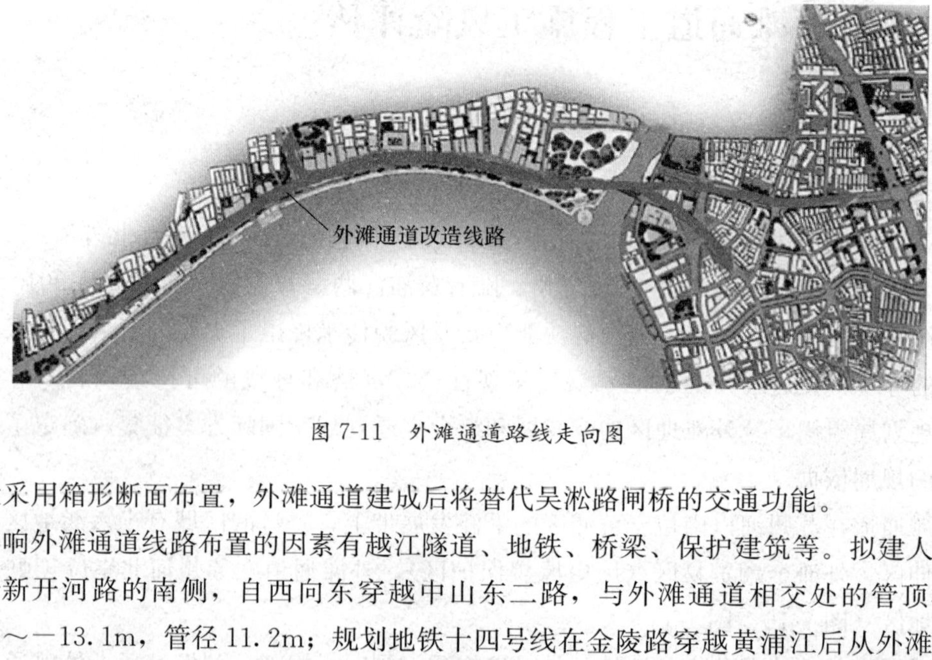

图 7-11　外滩通道路线走向图

余路段采用箱形断面布置，外滩通道建成后将替代吴淞路闸桥的交通功能。

影响外滩通道线路布置的因素有越江隧道、地铁、桥梁、保护建筑等。拟建人民路隧道位于新开河路的南侧，自西向东穿越中山东二路，与外滩通道相交处的管顶标高为－12.1～－13.1m，管径 11.2m；规划地铁十四号线在金陵路穿越黄浦江后从外滩通道下方穿越，管径 6.2m；延安路越江隧道及其复线管顶标高分别为－12.3m 和－14.0m，管径 11.2m；地铁二号线位于南京路，管顶标高为－20.5m，管径 6.2m；外白渡桥桩基桩底标高－12.6m；拟建地铁十二号线，沿长治路、天潼路下穿长治路匝道和天潼路工作井，该区间十二号线为双圆盾构。外滩通道布置还要注意对外滩西侧的历史建筑群，苏州河口的上海大厦、浦江饭店等保护建筑的保护。

外滩地下通道的建设分流了外滩地区的过境交通，缩减了地面道路规模，为地区风貌和环境保护、金融、商业、旅游文化功能的发展创造了条件，外滩通道的建设对改善地区环境，重现外滩风貌；优化区域功能，保持地区活力；改善区域交通，支持沿江地区发展；加强区域联系，构建核心区一体化交通；优化路网布局，提高城市南北交通可靠性均具有极为积极的意义。

7.2.2　外滩通道工程特点和难点

从福州路到天潼路，外滩通道采用盾构形式（图 7-12），施工盾构采用日本三菱公司设计制造的 ϕ14.27m 的土压平衡盾构，这也是国内首次采用的最大土压盾构机。盾构从天潼路工作井出发，并从外白渡桥下穿过苏州河，沿中山东一路推进至福州路工作井。盾构段全长 1102m，共 551 环。隧道衬砌结构外径 13.95m，内径 12.75m，厚 600mm。外滩通道其余路段采用箱形断面布置，主要是明挖为主的长深基坑开挖。整个通道横断面主要分为三种结构形式：圆形隧道横断面、暗埋段矩形横断面、敞开段横断面（图 7-13）。

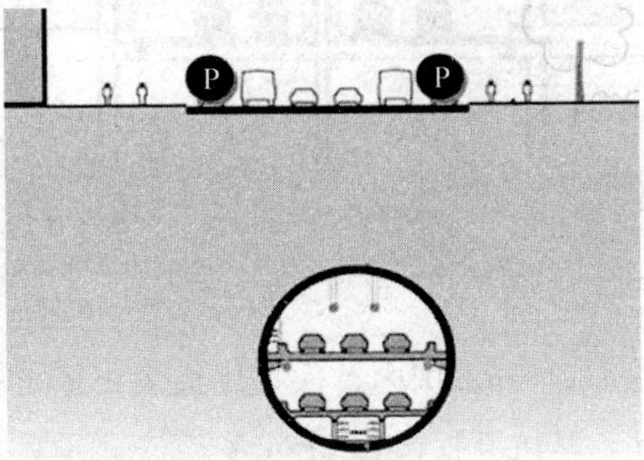

图 7-12　盾构段断面形式图

由于外滩通道位于上海市的繁华市区地带，因此影响其线路布置的因素也复杂多样，主要有越江隧道、地铁、桥梁、保护建筑等。该工程主线纵断面布置从南向北依次上跨拟建人民路隧道、规划中的地铁十四号线、延安东路隧道（南、北线）、地铁二号线，下穿外白渡桥，上跨拟建地铁十二号线。外滩通道与人民路隧道间距 11.1m；距延安东路隧道的间距约 5.8m；福州路工作井的覆土控制不小于 10m；穿越地铁二号线上部覆土为 9m，底部离地铁二号线隧道顶部最小间距为 1.4m；距外白渡桥木桩桩尖 2m。盾构隧道主线最大纵坡为 5%，最小竖曲线半径为 2000m。外滩通道布置还要注意对外滩西侧的历史建筑群，苏州河口的上海大厦、浦江饭店等保护建筑的保护。

1. 工程特点

外滩通道工程作为 2010 年上海世博会配套工程，其显著特点有：

投资高：为重大市政工程项目，投资规模数十亿；

工期紧：2010 年 3 月份满足通车使用要求；

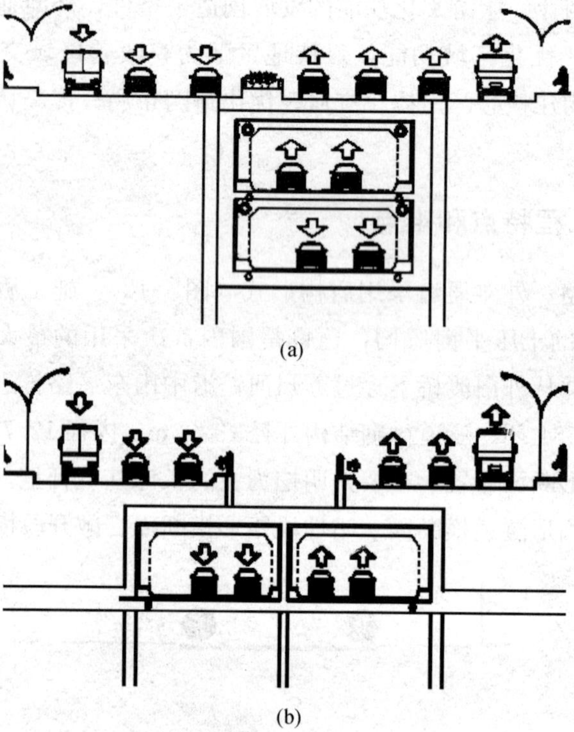

图 7-13 暗埋段断面形式图

断面大：隧道衬砌外径 13.95m，国内首次采用最大直径土压盾构（ϕ14.27m）；

线路长：盾构段 1102m，基坑开挖段长 3km 多；

环保要求高：位于繁华市区，周围有保护建筑、重要管线、交通干道等；

盾构沿线有多处近距离的穿越：保护建筑（上海大厦、浦江饭店）、苏州河、外白渡桥、建筑群、北京路地道、南京东路地道、地铁二号线等。

外滩通道工程"投资高、工期紧、断面大、线路长、周边环境复杂"的特点，也决定了该工程施工的"技术含量高、难度高、风险点多且风险度高"，注重和实施专项的工程风险管理，对工程进度、工程质量与安全以及工程的经济效益有非常积极的意义。

2. 工程难点

外滩通道北段以盾构为主，其显著的难点有：

（1）外滩万国建筑群的保护

如此大直径盾构隧道近距离、浅覆土、高密度施工穿越如此重要的建筑群，在隧道史上相当罕见。

（2）盾构上穿运营中的地铁二号线

本次盾构施工在南京东路与中山东一路交口处上穿正在运营的轨道交通二号线，隧道底部距离轨道交通二号线隧道顶部只有 1.46m，且隧道覆土仅为 8.4m，施工风险极大。

（3）大直径土压平衡盾构出洞

本次盾构外径为 14.27m，相应出洞的洞门面积也接近 $170m^2$，且出洞时盾构坡度达到 5%，盾构的轴线控制以及洞门的防渗漏有相当大的难度。

（4）长距离浅覆土施工

盾构推进过程中有 400m 左右覆土厚度仅为 8.5～9m，约为 $0.6D$，属于极浅覆土盾构施工的范畴。

（5）穿越桩基群

盾构沿线需穿越吴淞江防汛墙方桩、外白渡桥桩基、吴淞路闸桥匝道挡土墙桩基和北京东路、南京东路人行地道板桩。

（6）盾构穿越苏州河

盾构穿越苏州河时河底覆土离隧道顶部最小距离小于 1 倍直径 D，而盾构机直径达 14.27m，故盾构穿越时对于河底土体的防冒顶、防沉，以及盾构盾尾防渗漏都须严格控制。

（7）隧道上浮

根据大型盾构施工经验，施工过程中将使临近盾构工作面的隧道产生“上浮”现象。本工程中将首次在国内使用直径达到 14.27m 的超大型土压平衡盾构，如何有效地控制隧道上浮现象将直接关系到工程的整体质量和安全，必须在施工过程中给予高度的重视。

（8）盾构推进与道路结构同步施工

为确保该工程可以尽快投入运营，缩短整个工程施工工期，在本工程中采取盾构推进与道路结构制作的同步实施。这就要求在实际施工中必须全面优化作业流程，合理安排各道工序，进行时间与空间上的统一协调指挥，减少两者之间的相互冲突，保证盾构推进与道路结构施工能够高效、优质、安全顺利地进行实施。

外滩通道南段主要是深基坑工程，其显著的难点及实际施工中的控制处理措施见表 7-13。

表 7-13　外滩通道南段工程难点及处理措施

项　目	难　点	实际施工措施与控制
障碍物清除	外滩老防汛墙蛮石堤沿通道平行分布，对围护构成障碍； 金陵东路地下自行车道和人行道对外滩主通道构成障碍； 老天文台承台及其桩基对外滩主通道构成障碍； 延安路高架拆除后的承台及其桩基对延安路地下匝道构成障碍	采用大直径旋挖机械进行障碍物清理，然后进行回填处理

续表

项　目	难　点	实际施工措施与控制
环境保护	历史风貌建筑均为20世纪建造，多为独立基础，部分有木桩，距通道最近仅8m； 新天文台在通道结构东侧，距离结构约7m，为短锚桩承台基础； 220kV高压电缆平行于外滩通道东侧5m，在广东路横穿通道结构； 其他市政管线众多，多达19根、8大类管线	开挖前采用隔离桩保护措施，对地基进行加工处理； 高压电缆采用搬移保护处理，规避施工风险； 对管线进行改排，降低施工风险
延安路高架拆除	延安路高架河南中路以东部分须拆除，含钢筋梁的切割吊装和钢筋混凝土箱梁的切割、分离、吊装、外运	合理安排道路翻交，充分利用夜间时间进行大型吊装作业，严密组织和专项方案的缜密考虑，使施工风险得以规避
十六铺地下空间综合开发	外滩通道在十六铺区段将与地下空间、水上旅游中心及公交枢纽等多项工程的建造连成一体，工期场地交通的互相制约给施工造成极大困难	采取分段交错施工，道路分段交错翻交，解决场地不足、工期紧等难题
延安东路隧道保护	外滩通道上跨与既有延安东路隧道成十字交叉，其中外滩通道距北线隧道净距约5.4m，距南线隧道净距约7.225m	密切监测、专项施组，压载抗浮措施、工况严格控制等把风险降到最小
文明施工	工程位于上海城市窗口外滩景观区域，文明施工要求极高	明确落实各分区的文明施工责任，严格要求，定期检查整改，对扬尘、噪声、施工垃圾、污水等进行严格控制，确保文明施工达标
交通要求高	延安路及中山路上最低车道数目的保证	积极配合交通部门进行道路翻交，与交警队通力协作解决交通高峰的拥堵问题
工期要求紧	称为“亚洲第一弯”的延安东路高架外滩下匝道延期拆除及开工日期的推迟对2009年12月31日前全线通车的竣工目标造成相当大的工期压力	方案的合理安排与优化，组织施工的协调配合使得“亚洲第一弯”于2008年2月23日～2008年6月6日顺利实施拆除

7.2.3　外滩通道的工程风险评估

在外滩通道建设的整个过程中，采用了系统的风险评估手段，顺利实现了各个重大风险节点的风险评估工作，确保了工程施工的安全、质量、进度和效益，在此，将外滩通道中所采用的工程风险评估工作情况予以简介。

1. 风险评估系统的构建

在工程前期阶段，业主多次组织召开了工程风险评估的专项会议，针对外滩通道工程风险评估的具体实施目标和计划进行了讨论交流，对工程资料进行收集整理和分析，组织风险评估专家完成《上海外滩通道改建工程风险管理评估顾问服务工作计划》和《上海外滩通道改建工程风险评估工作指南》的编制，业主予以充分肯定。

在计划与指南编制完成的基础上，根据要在外滩通道工程推行“动态的系统化流程管理”的风险评估理念，业主进一步组织风险管理专题会议，施工、监理、咨询等多方单位参加，对“上海外滩通道工程风险管理系统组织架构”进行讨论确定。

随后对外滩通道的工程风险登记册进行编制，并在后续工作中进行补充完善。

2. 动态的施工过程跟进

本着“工程风险评估落实于工程实际，服务于施工现场”的指导思想，在外滩通道的施工建设过程中，通过工程会议及时掌握工程的进度及存在的问题，并安排专家及工程师不定期地进行施工现场的巡察与检查，对发现的问题及时提出风险评估的相关意见并形成报告提交，施工中对此进行了积极的响应和采纳。

对重大节点，如外白渡桥的保护、盾构出洞、穿越保护建筑（浦江饭店、上海大厦）、盾构过苏州河、穿越地铁二号线、延安路高架的拆除与吊装、深基坑开挖与支护、深基坑附近的建筑保护、延安路隧道上方的基坑开挖等，从工程风险的角度，对各个节点进行了关键风险点的识别与分析，给出了相关的风险处理措施意见和建议，积极推行“AAA 预警”机制，强调施工监测及监测数据分析的重要性；充分开展信息化施工管理，对重大工程节点推行专项组织管理小组制度，并实行每天（或每周）固定的“碰头会”，对工程问题进行讨论交流，如外滩南段 3B 区深基坑的开挖、北段盾构的出洞段施工等。

针对外滩通道工程的大型土压盾构施工与大型深基坑开挖的实施情况，适时安排了工程风险管理的专题讲座（表 7-14）。

表 7-14　外滩通道工程风险管理专题讲座

主讲人	主　题	时　间	地　点
×××	项目工程的风险管理	×××	上海外滩通道改建工程指挥部
×××	隧道施工风险评估	×××	上海外滩通道改建工程指挥部
×××	深基坑工程风险评估	×××	上海外滩通道改建工程指挥部
×××	盾构穿越地铁二号线保护和延安路隧道上方基坑开挖保护	×××	外滩通道南段金陵东路

从 2007 年 12 月至 2009 年 10 月，根据工程进展情况，每月定期完成风险管理报告的编制，目前累计共 22 次。每期月报对工程当前的主要风险给予关注，对各个重大节点方案给出专项的风险咨询意见，根据工程需要介绍相关工程案例供本工程参考借鉴。

根据风险管理工作要求，组织会议进行风险管理工作的总结汇报交流，并及时修订下一步的风险管理工作计划和目标。

3. 深基坑工程施工主要风险

外滩通道的基坑工程具有“长、大、深”的典型特点，基坑开挖前的围护结构及地基处理依据各段的自身特点及所处环境要求采用了多种施工工艺：旋喷桩、搅拌桩、钻孔灌注桩、FCEC（全回转清障拔桩）、井点降水、压密注浆等。下面对外滩通道中采用的各种工法分别进行相关施工风险的分析。

（1）旋喷桩加固施工风险分析

外滩通道旋喷桩加固施工风险点分析及咨询意见如下：

风险点 1： 注浆前不进行实验确定工艺参数（如：旋喷速度、提升速度、喷射压力、排量、喷嘴直径等），盲目进行施工

风险现象、危害性： 旋喷速度、提升速度、喷射压力、排量、喷嘴直径是高压喷射注浆的五项重要工艺参数，应在注浆前通过现场试验确定。如不进行试验，随意选用盲目进行施工，会使旋喷体大小不一、强度不足或不均匀，甚至喷浆受阻出现松散、断桩等情况，达不到预期加固效果。

风险控制措施： 注浆前应通过现场试验确定五项工艺参数，施工中应定期检查施工工艺参数的应用情况及施工程序，以确保地基加固质量。表 7-15 为常用旋喷施工主要机具和工艺参数，可供参考。

表 7-15　外滩通道工程旋喷施工主要建议施工参数

项目			单管法	二重管法	三重管法
参数	喷嘴孔径（mm）		φ2～φ3	φ2～φ3	φ2～φ3
	喷嘴个数		2	1～2	1～2
	旋喷速度（r/min）		20	10	5～15
	提升速度（mm/min）		200～250	100	50～150
机具性能	高压泵	压力（MPa）	20～40	20～40	20～40
		流量（L/min）	60～120	60～120	60～120
	空压机	压力（MPa）	—	0.7	0.7
		流量（L/min）	—	1～3	1～3
	泥浆泵	压力（MPa）	—	—	3～5
		流量（L/min）	—	—	100～150
浆液配合比：水：水泥：砂：陶土：碱			（1～1.5）：1：3.5：0.03：0.0009		

风险点 2： 钻孔、沉管倾斜，冒浆

风险现象、危害性： 旋喷设备钻孔困难，并出现偏斜过大及冒浆现象。

产生原因如下：

① 遇有地下障碍物，地面不坚实平整；

② 未校正钻机，垂直度超过 1.5%；

③ 注浆量与实际需要量相差甚多，造成桩体倾斜、松散、强度不足。

风险控制措施：

① 注浆前应在桩位钎探，遇有障碍物，应清除或移桩位；

② 场地要整平压实、钻机架设对钻杆要双向校正，使垂直度控制在 1.5%范围以内；

③ 采用侧口式喷头，减小出浆口孔径，提高喷射压力，使压浆量与实际需要量相当，以减少冒浆量；

④ 采取控制好水泥浆配合比、提升、旋转、注浆等工序；回收冒浆量，应除去泥土过滤后再用。

风险点 3：旋喷高压设备布置离钻机过远

风险现象、危害性：旋喷用高压泵、空压机、泥浆泵距钻机太远（超过 30cm）会使压力损失很大，压力表上的读数往往高于钻机上的压力，旋喷出的固结体会小于试桩值，达不到设计要求。

风险控制措施：旋喷高压设备、注浆设备与钻机的距离应控制不大于 30m；如加固区域面积大，高压设备宜布置在中间，或采取分段施工、移动设备的措施。

风险点 4：注浆浆液搅拌不均，或使用过期、受潮结块水泥拌制浆液

风险现象、危害性：注浆浆液拌制不均匀，使喷出注入桩体的浆液稀稠不一，造成固结体强度不均匀或达不到强度要求；使用过期或受潮结块水泥拌制浆液，将使固结体强度降低或强度不均匀，水泥浆液中的受潮结块颗粒易堵住出浆口，使喷浆不畅受阻，会使加固体疏松，甚至导致断桩。

风险控制措施：

① 浆液应充分搅拌均匀，搅拌时间不少于 5min，或在浆液中添加少量膨润土、陶土粉等稳定剂，减少浆液沉淀；在贮池中配置螺旋打浆设备，不断搅动，防止浆液沉淀；

② 配制浆液应选用新鲜无受潮结块、活性良好、未过期的水泥；如对水泥质量有怀疑时，使用前必须重新检验确定强度等级，按测定强度等级使用，避免使用受潮结块水泥；

风险点 5：注浆压力上不去

风险现象、危害性：注浆时达不到要求的压力，产生原因有：

① 安全阀和管路接头密封圈不严而存在泄漏情况；

② 泵阀损坏，油管破裂漏油；

③ 安全阀的安全压力过低，或吸浆管内留有空气或密封圈泄漏；

④ 栓塞油泵调压不够等，造成注浆压力、浆液流量不够，加固体密实性差。

风险控制措施：应停机检查，经检查排除故障后压力自然上升，并以清水进行调压试验，以达到所要求的压力为止。

风险点 6：注浆压力骤然上升

风险现象、危害性：注浆压力突然升高，产生原因有：

① 喷嘴堵塞；高压管路未清洗净，浆液沉淀或其他杂物堵塞管路；

② 泵体或出浆管路被堵塞，造成浆液供应中断，出现断桩或强度不足。

风险控制措施：应停机检查，首先卸压，如喷嘴堵塞，将钻杆提升，用铜针疏通；其他堵塞应松开接头进行疏通，待堵塞消失后再进行旋喷。

风险点7：注浆压力时高时低、流量时大时小，钻杆旋喷和提升速度不均

风险现象、危害性：注浆压力高低不一，浆液排量忽大忽小，或钻杆旋转、提升速度时快时慢不够均匀，造成旋喷固结体强度不足或不够均匀，降低加固地基承载能力。

风险控制措施：

① 对施工作业程序严加控制，使注浆压力、流量及钻杆旋转、提升速度均匀；如发现压力时高时低，应停机检查，检查安全阀的安全压是否过低，安全阀、泵阀和管路接头处密封圈是否完好，油管是否漏油，吸浆管内是否存有空气，吸浆管密封圈有无泄漏，栓塞油泵调压是否足够等情况；经检查纠正后，压力和流量自然会上升，再用清水进行调压试验正常后重新注浆；

② 如发现压力过高，应立即检查喷嘴、高压管路、泵体和出浆管路有无堵塞，清理故障后重新注浆；

③ 加强钻杆操作控制，使旋转和提升速度保持在规定范围内。

风险点8：不冒浆或冒浆过大

风险现象、危害性：喷浆提升操作时，孔口不见水泥浆冒出，产生原因有：土层中有较大的空隙，使浆液流（漏）失，引起不冒浆。或喷浆提升操作时，孔口冒浆量过大（超过喷入量的20%），产生原因是注浆喷射压力不够，喷嘴孔径过小，提升和旋喷钻杆速度过慢，或有效喷射范围与注浆量不适应而造成冒浆量过大。前者使浆液流到不该加固的空隙处，设计要求加固的土体得不到有效加固；后者则导致浪费大量水泥浆液。

风险控制措施：

① 喷浆提升操作时，要注意观察孔口冒浆情况，若整个孔不冒浆，如属土层空隙较大，可在浆液中掺加适量的速凝剂，缩短固结时间，使浆液迅速凝结而不致流（漏）失；

② 如冒浆量过大，可提高喷射压力；适当缩小喷嘴孔径，加快提升和旋喷速度，调整注浆量控制小于20%以下。

风险点9：固结体顶部下凹

风险现象、危害性：旋喷桩在水泥浆液与土搅拌混合后，由于浆液的析水特性，会产生一定的收缩作用，因而造成在固结体顶部出现凹穴或下陷，导致桩顶部强度降低，在上部荷载作用下会被压碎破坏。

风险控制措施：在旋喷桩施工完毕，将固结体顶部凿去部分，在凹穴部位用混凝土填补或直接在旋喷孔中再次注入浆液；或在旋喷浆液完成后，在固结体的顶部0.5～1.0m范围内，在原位提杆再注浆复喷一次加固。

风险点 10：加固体强度不均、缩颈

风险现象、危害性：旋喷加固体的成桩直径不一致，桩身强度不均匀，局部区段出现缩颈。产生原因有：旋喷设备出现故障（如管路堵塞，串、漏、卡钻等），使喷浆不正常，有时中断施工；拔管、旋转速度及注浆量未能配合好，导致桩身直径大小不均，浆液时多时少；喷射的水泥浆与切削的土粒强制拌和不充分、均匀；桩穿过较硬的黏土层，由于回缩挤压，往往易出现局部缩颈，导致加固体强度降低，承载力不能满足要求。

风险控制措施：

① 应根据设计要求和地质条件，选用合适的旋喷方法；旋喷前，应做压水、压浆、压气试验，检查各部件各部位的密封性和高压泵、钻机的运转情况，一切正常后，始可配浆，保证旋喷连续进行；

② 配浆时应用筛过滤，搅拌池（槽）中的浆液要经常翻拌，防止沉淀；中断喷浆时，应及时压入清水，使泵、注浆管和喷嘴内无残液；

③ 严格控制喷嘴的加工精度、位置、形状、直径等，以保证喷浆效果良好；

④ 根据旋喷固结体的形状及强度要求，调整控制好喷嘴的旋喷速度、提升速度、喷射压力、喷浆量以及浆液的水灰比和稠度；

⑤ 对易出现缩颈部位及底部不易检查处，采用定位旋转喷射（不提升）或复喷的扩大桩径办法。

风险点 11：旋喷体强度达不到设计要求

风险现象、危害性：旋喷体强度不够，不能满足设计要求。产生原因有：使用受潮或过期的水泥，或喷射时水泥浆未搅匀沉淀；喷射时压力、流量不均匀或操作程序不当，钻杆提升和旋转速度不均；或风、水、浆管路、喷嘴轻度堵塞，使气压不稳、喷浆不均，从而使加固体承载力降低。

风险控制措施：

① 水泥应选用新鲜、无结块、活性高的水泥，防止使用过期、受潮的水泥；

② 水泥浆应拌均匀；加强操作控制，使压力、流量、钻杆旋转和提升速度均匀；防止管路和喷嘴堵塞。

外滩通道工程高压喷射注浆地基质量检验标准见表 7-16。

表 7-16　外滩通道工程高压喷射注浆地基质量检验标准表

项	序	检查项目	允许偏差或允许值		检查方法
			单位	数值	
主控项目	1	水泥及外掺剂质量	符合出厂要求		查产品合格证书或抽样送检
	2	水泥用量	设计要求		查看流量表及水泥浆水灰比
	3	桩体强度或完成性检查	设计要求		按规定方法
	4	地基承载力	设计要求		按规定方法

续表

项	序	检查项目	允许偏差或允许值		检查方法
			单位	数值	
一般项目	1	钻孔位置	mm	≤50	用钢直尺量
	2	钻孔垂直度	%	≤1.5	经纬仪测钻杆或实测
	3	孔深	mm	≤20	用钢直尺量
	4	注浆压力	按设定参数指标		查看压力表
	5	桩体搭接	mm	>200	用钢直尺量
	6	桩体直径	mm	≤50	开挖后用钢直尺量
	7	桩身中心允许偏差		≤0.2*D*	开挖后桩顶下500mm处用钢尺量，*D*为桩径

（2）搅拌桩施工风险分析

本次盾构出洞采用深层搅拌桩结合旋喷桩进行加固（图7-14）。搅拌桩加固范围为槽壁向外纵向16m，横向22.5m，深度为地面下3m至工作井底下3m。在槽壁同搅拌桩间60cm夹层间采用高压旋喷桩进行补加固。设计强度要求无侧限抗压强度达到1.0MPa以上。盾构出洞前对井外地基加固进行验收，加固强度达到设计要求后，才能进行出洞施工，否则应采取补加固措施。

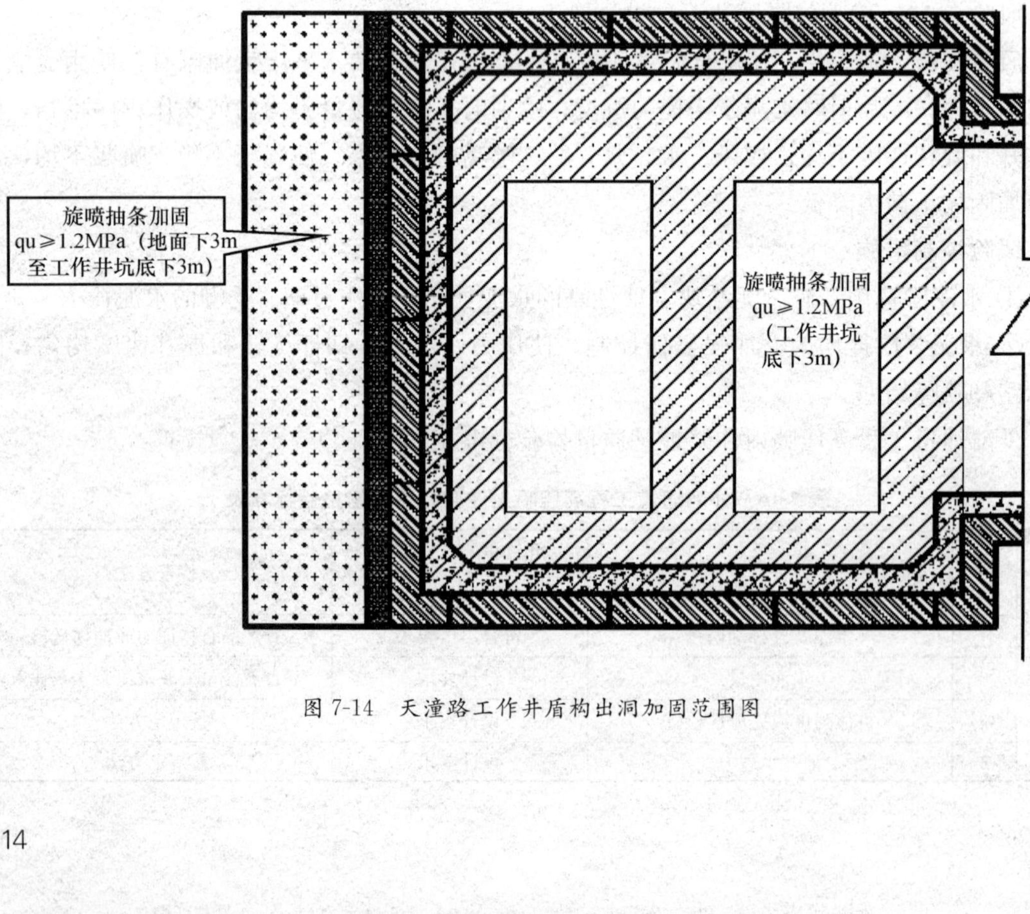

图7-14 天潼路工作井盾构出洞加固范围图

风险点1：不进行成桩试验，随意选用成桩工艺

风险现象、危害性：深层搅拌湿法施工工艺有一喷二搅和二喷三搅两种成桩施工工艺，应通过试验选用。在湿法施工中水泥浆是通过定量泵输送的，转速是恒定的，要进行工艺试验才能确定搅拌机的提升速度，盲目选用搅拌的提升速度，会发生固化浆喷不完或不过喷的现象，使桩身不均匀，达不到地基加固要求。

风险控制措施：根据设计给定的水泥掺入量和水灰比，将一根桩用的水泥浆拌制好，测量其体积，拟定搅拌头提升速度，进行工艺试验，确定用一喷二搅或二喷三搅成桩施工工艺，施工时按试验确定的施工参数和工艺程序认真执行。

风险点2：下沉时抱钻

风险现象、危害性：搅拌头切土下沉时发生被黏土糊住抱钻现象，一般出现在含水量较小的软黏土或硬制黏土层中，由于黏土的粘结力强，钻头在槽中被黏土粘住，钻头外面抱满了黏土，造成刀排不能切削土地，影响钻进。

风险控制措施：

① 施钻时，注意控制钻进速度，不使过快或过慢；

② 当在软黏土层下沉时，宜先将搅拌头用水充分湿润，并在地表加适量湿砂，以降低土的黏性；当在硬制黏土层较密实的粉质土中下沉搅拌头时，可采用“输水搅动→输浆拌和→搅拌”工艺进行操作；

③ 已抱钻，可将钻提出桩孔，消除钻头上的黏土后继续钻进。

风险点3：喷浆不正常

风险现象、危害性：施工中喷浆突然中断。造成原因有：注浆泵、搅拌机出现故障；或喷浆口被堵塞；或管道中被水泥袋纸、水泥结块等杂物堵塞；或水泥浆水灰比、稠度不合适等，使加固地基强度不均，桩出现夹层或断桩。

风险控制措施：

① 注浆泵、搅拌机等在施工中应定期维修、试运转，保证正常使用，喷浆口采用逆止阀（单向球阀），不得倒灌水泥，注浆应选用合适的水灰比；注浆作业连续进行，不得中断，在钻头喷浆口上方设置越浆板，防治堵塞；

② 泵与管路用完后，要清洁干净，并在集江池上部设细筛选过滤，防止杂物及硬块进入管路，造成堵塞。

风险点4：搅拌体不均匀

风险现象、危害性：搅拌体质量不均匀或出现无水泥浆拌和情况。产生原因主要是工艺不合理，或搅拌机、注浆机械操作中发生故障，造成注浆不连续，供水不均匀，使软黏土被扰动，无水泥浆拌和；或搅拌机提升速度不均匀等，导致桩体强度不均，承载力不能满足设计要求。

风险控制措施：施工前应对搅拌机械、注浆设备、制浆设备等进行检查、维修、

试运转，选择合理的成桩工艺；灰浆拌和搅拌时间不少于 2min，增加拌和次数，保证拌和均匀，不使浆液沉淀；采取提高搅拌转数，降低钻进速度，边搅拌，边提升，提高拌和均匀性，控制单位时间内注浆量相等；重复搅拌下沉及提升各一次，以解决钻进速度快和搅拌速度慢的矛盾，即采用一次喷浆二次补浆或重复搅拌的施工工艺。

风险点 5：桩顶疏散，强度较低

风险现象、危害性：桩顶加固体疏散，强度较低。产生原因是表层土被扰动，加固效果差，加固体的薄弱部位易出现疏松层；或由于地基表面覆盖层压力小，在拌和时土体上拱，泥土混入桩顶，不易拌和均匀等，导致桩顶强度低，承受荷载后，会发生侧向挤压破坏。

风险控制措施：在成桩时桩顶标高 1m 内作为加强段，进行一次注浆复搅拌，并适当加掺 10％～15％水泥量；在设计桩顶标高时，应考虑凿除 0.5m，以加强桩顶部位。

风险点 6：桩底出现松散层，强度偏低

风险现象、危害性：搅拌头切土下沉至桩底时，土被搅松散，如桩底不坐浆，提升喷浆，没有足够的水泥浆到达桩底，进行充分搅拌加固桩底，便会在桩底出现松散层，使底端的强度偏低，使建筑物的附加沉降加大。

风险控制措施：

① 在初次下沉至桩底时，在桩底输送一次水泥浆液，在桩底喷浆 30s，后再提升喷浆不提升搅拌头，使水泥浆与底端的松散土体充分拌和，30s 后再提升喷浆，以保证桩底加固密实；

② 在桩底 0.5m 范围内进行二次提升喷浆二次搅拌，确保桩底的强度。

风险点 7：成桩后桩直径达不到设计要求

风险现象、危害性：成桩时，由于搅拌头不断强力切削土层，会使搅拌头上的刀排不断受到磨损，使刀排的直径减小，因而使桩的直径也随之减小，导致成桩后直径达不到设计要求，降低复合地基的承载力。

风险控制措施：成桩的过程中要经常定期量测刀排的直径，刀排直径小于桩直径允许偏差时，应及时加焊，至符合设计要求的桩径时才能施工。

风险点 8：成桩时随意加水助沉

风险现象、危害性：搅拌头预搅土下沉发生困难时加水助沉，使土体中水分加大，管中的水不排空即输送泥浆，导致桩底部分水灰比加大，从而使桩底和桩身的强度大大降低。

风险控制措施：当搅拌头预搅土下沉钻进困难时，可以输入稀水泥浆助沉；如仍不能下沉时，必须用水助沉，则需把助沉水量进行计算，搅拌头沉到桩底后，应将泵管内水排尽，把助沉水量从水泥浆用水量中扣除，使水灰比不变，若扣除助沉水量后，水灰比过

小，喷浆发生困难时，则应适当增加水泥用量，确保桩身强度。

风险点 9：提升喷水泥浆时，压浆泵中断喷浆

风险现象、危害性：提升喷水泥浆时，压浆泵突然中断喷浆，导致搅拌头提升该段长度内缺浆，造成断桩。产生原因有：压浆泵、搅拌机出现故障；或喷浆口被杂物堵塞；压浆泵出口至喷浆口的管路中有杂物，堵塞管道；或喷浆水灰比太小，水泥浆太浓，可泵性差等，造成出现土夹层，降低地基承载力。

风险控制措施：

① 水泥浆搅拌机、压浆泵在每班作业前应进行维修、试运转，确保运转良好；喷浆口上应装单向球阀，使水泥浆不倒灌；在钻头的喷浆口上方设置越浆板，注浆时不中断地连续进行，防止发生堵塞；搅拌、压浆设备、管路用完应清洗干净；搅拌好的浆液应过滤，防止杂物和硬块进入输浆管路，造成堵塞；根据压浆泵的性能，选用可泵性优良的水灰比（一般不小于 0.6），使不堵塞管路；

② 搅拌头提升与压浆泵推送水泥浆要同步，一旦出现断浆，应停止提升，将搅拌头向下回落 0.5m，待恢复供浆后再继续提升喷浆搅拌，防止出现断桩。

风险点 10：压浆泵输浆量不正常、过多或不足

风险现象、危害性：压浆泵输浆计量装置未进行校验和维修，与搅拌头提升的高度和计量装置中反映的数据不一致，使搅拌桩输入的浆液不正常、过多或不足，使搅拌桩强度不足或不均匀，承载力得不到保证。

风险控制措施：

① 定期对压浆泵输出浆液的计量装置进行校验、维修和保养，使处于良好工作状态；对计量系统要保持洁净，用完立即进行清洗，保持管路畅通；

② 对实际输出的浆液量和计量系统反映的数量进行检定、分析，发现问题立即停止使用，查明原因，及时纠正，保证桩体质量。

风险点 11：干法供气不足，管道密封性差

风险现象、危害性：干法喷粉气源不足，气路接头密封不严，出现泄漏现象，会造成管路堵塞、喷粉不畅，使桩体强度不均，降低桩身强度和地基承载力。

风险控制措施：加强供气设备和管路的检查和维护，保证工期充足、气压稳定；管路连接接头逐个进行检查，保持密封性良好，喷粉通畅。

风险点 12：喷粉的提升速度与搅拌头的转速不相适应

风险现象、危害性：喷粉的提升速度与搅拌头的转速不匹配，喷粉提升快，搅拌头旋转慢，会造成喷出的粉体与桩身切削土体得不到充分搅拌均匀，导致桩身强度达不到设计要求。

风险控制措施：应使喷粉的提升速度与搅拌头的转速相适应，喷粉每提升 15mm，搅拌头至少相应旋转一圈，使粉体与土体得到充分搅拌，保证桩身强度。

风险点 13：提钻和喷粉不同步进行，或喷粉中断仍在继续搅拌成桩

风险现象、危害性：提钻和喷粉不同步进行，如先提钻后喷粉，会出现有的桩土体喷不到粉；或灰罐中灰喷完后未发觉，喷粉中断，仍在继续搅拌成桩，都会造成桩体只有搅松的泥土而没有水泥粉体与之水化固结，将会发生断桩现象，造成桩体强度降低，受荷载后会发生较大的附加沉降和结构变形破坏。

风险控制措施：

① 应调好设备使提钻与喷粉同步进行，达到水泥粉体与土体搅拌均匀；

② 单位桩长喷粉量是控制成桩质量的关键，喷粉量随土质情况、桩体强度要求而定（一般为 45～70kg/m），每个工程喷粉量控制应一次大体调定；桩体喷粉要求一气呵成，不得中断；贮灰罐中宜一次装好一根桩的灰，能搅喷完一根桩，防止中断。

风险点 14：含水量低的土喷粉，成桩后不洒水

风险现象、危害性：在含水量低的土层（小于 20%）喷粉作业，由于土中含水量小，水泥水化固结的水分不足，会导致桩体酥松，用手轻拨就会成粉状脱落，桩身强度很低，不能满足复合地基强度要求。

风险控制措施：在含水量低的土层喷粉作业，成桩后应在桩顶部位适当浇水，以补充桩身水化固结需要的水分，保证桩身强度。

风险点 15：桩身喷粉不均匀

风险现象、危害性：作业时按提升速率喷出的水泥粉体不均匀。造成原因有：提升钻杆的速度不均匀；或喷粉管路出现轻度阻塞，导致气压不稳定，使灰流量时大时小，喷粉不匀；或在局部松软的土层中漏灰；遇含水量低的黏土搅不开；或减压阀调定的贮灰罐与喷射管之间存在压差等，从而造成桩身强度不均，地基承载力不能满足设计要求。

风险控制措施：严格控制提升搅拌速度，定时检查电子秤进行监控；防止管路阻塞；遇局部松软土、黏土采取低速钻进、喷灰、搅拌，改变无级变速器、调整输出转速，使喷粉达到均匀。

水泥土搅拌桩地基质量检验标准见表 7-17。

表 7-17　水泥土搅拌桩地基质量检验标准表

项	序	检查项目	允许偏差或允许值		检查方法
			单位	数值	
主控项目	1	水泥及外渗剂质量	设计要求		查产品合格证书或抽样送检
	2	水泥用量	参数指标		查看流量计
	3	桩体强度	设计要求		按规定办法
	4	地基承载力	设计要求		按规定办法

续表

项	序	检查项目	允许偏差或允许值		检查方法
			单位	数值	
一般项目	1	机头提升速度	m/min	≤0.5	量机头上升距离及时间
	2	桩底标高	mm	±200	测机头深度
	3	桩顶标高	mm	+100 −500	水准仪（最上部 500mm 不计入）
	4	桩位偏差	mm	<50	用钢直尺量
	5	桩径		<0.04D	用钢直尺量，D 为桩径
	6	垂直度	%	≤1.5	经纬仪
	7	塔楼	mm	>200	用钢直尺量

(3) 地下连续墙施工风险分析

地下连续墙作为一项建造深基础工程和地下构筑物的技术，具有墙刚度大，强度高，可挡土、承重、截水、抗渗和耐久性好、变形小等特点，可在狭窄场地条件下施工，对周围建筑地基无扰动，振动小，噪声低，施工安全。地下连续墙多用于建造高层建筑的深基础、地下室、逆作法施工支护、围护结构等。外滩通道工程中地下连续墙施工也是一个很重要的部分，因此下面针对地下连续墙的一些风险情况进行讲述分析。

① 地下连续墙常规风险点

地下连续墙的施工技术、施工机具设备较为复杂，质量要求严，因此在施工中要精心作业，严格控制从挖槽、钢筋笼制作与吊放、混凝土浇筑到锁头管拔除等风险发生，以确保工程顺利进行和施工质量。下面对地下连续墙的常规风险点加以总结。

a. 挖槽施工（槽段开挖）

风险 1：出现钻机卡槽（卡钻）

风险、危害性：钻机在成槽过程中被卡在槽内，难以上下扫孔，或不能提出槽外。产生原因有：中途停止钻进，未及时将钻机提出地面，泥渣沉积在挖槽机具周围，将钻具卡住；或槽壁局部塌方，将钻机埋住，或钻进过程中遇地下障碍物被卡住，从而影响施工进行。

防治措施：钻进中注意不定时的交替紧绳、松绳，将钻头慢慢下降或空转，或上、下反复扫孔，扩大孔径，避免泥渣淤积堵塞造成卡钻；中途停止钻进，应将潜水钻机提出槽外；钻进中要适当控制泥浆密度，防止塌方；挖槽前应探明障碍物并及时处理，在塑性黏土中钻进或槽孔出现偏斜弯曲，应经常上下扫孔纠正。

风险 2：槽壁出现漏浆或渗漏

风险、危害性：在成槽过程中，槽内的浆位迅速下降，出现大量泥浆突然向外漏失。产生原因有：挖槽遇多孔的砂砾石地层或裂隙等，泥浆大量渗入孔隙；或泥浆质量差，未能在槽壁形成良好的泥皮，以致不能阻止泥浆大量泄漏；或遇到透水性强或有地下水流动的土层。

防治措施：

a）遇多孔的砂砾石地层或裂隙发育地层，应停止使用大功率吸力泵，并往导槽内输送尽量多的密度较大的稠泥浆；

b）配制优质泥浆，适当提高泥浆的黏度和密度，使槽内泥浆保持正常液面；

c）适当控制槽孔内水头高度，不要使压力过大。

风险 3：导墙破坏或变形

风险、危害性：导墙出现坍塌、不均匀下沉、裂缝甚至倒塌等情况。产生原因有：导墙强度及刚度不足；地基发生坍塌或受到冲刷；或导墙内侧没有设置支撑。

防治措施：

a）按要求施工导墙；导墙内钢筋应连接；适当加大导墙深度，加固地基；墙周围设排水沟；导墙内侧加设支撑；施加荷载分散设置，使受力均匀；

b）已破坏或变形的导墙应拆除，并用优质土（或掺入适量水泥、石灰）回填夯实，重新建导墙。

风险 4：出现槽壁塌坍（塌孔）

风险、危害性：在槽壁成孔、下钢筋笼和浇筑混凝土时，槽段内局部孔壁塌坍，出现水位突然下降，出土量增加，而不见进尺，以及钻机负荷显著增加等现象。产生原因有：遇软弱土层或流砂土层；护壁泥浆选择不当，泥浆密度不够，不能形成坚实可靠的护壁；地下水位过高，泥浆液面标高不够；或泥浆配制不合要求，质量不符合要求；单元槽段过长，或地面附加荷载过大；或下钢筋笼，浇筑混凝土间隔时间过长，地下水位过高，槽壁受冲刷；或在软土地基，土的抗剪强度很低，易发生塌孔等，从而导致钻进困难或无法钻进。

防治措施：在软弱土层或流砂层钻进，应采取慢速钻进，适当加大泥浆密度，控制槽段内液面高于地下水位以上；成槽应根据土质情况选用合格泥浆，并通过试验确定泥浆密度；在松软砂层中钻进，应控制进尺，不要过快或空转过长；槽段成孔后，紧接着放钢筋笼并浇筑混凝土，尽量不使其搁置时间过长；单元槽段一般不超过两个槽段，注意地面荷载不要过大；降低地下水位，减少冲击和高压水流冲刷。

风险 5：槽孔出现偏斜（歪曲）

风险、危害性：槽孔向一个方向偏斜，垂直度超过规定数值。产生原因有：钻进中遇较大孤石或局部坚硬土层；或在有倾斜度的软硬地层交界倾斜处钻进；下钻时，一侧为已浇筑混凝土墙，常使槽孔向土一侧倾斜；或成槽钻削顺序不当，钻压过大等。

防治措施：

a）钻机使用前机架底座应保持水平，并安设平稳；遇较大孤石、探头石，应辅以冲击钻破碎；在软硬岩层交界处及扩孔较大处，采取低速钻进；尽可能采取两槽段成槽，间隔施钻，合理安排掘削顺序，适当控制钻压，使钢绳处于受力状态下钻进；

b）查明钻孔偏斜的位置和程度，一般可在偏斜处吊住钻机上下往复扫孔，使钻孔正直；偏差严重时，应回填砂黏土到偏孔处以上，待沉积密实后，再重新施钻。

b. 钢筋笼制作与吊放

风险 1：钢筋笼尺寸不准确或变形

风险、危害性：钢筋笼制作尺寸偏差过大或扭曲变形。产生原因有：钢筋笼制作未在平台上放样成形，使各部尺寸不一，或运输时扭曲变形散架，无法吊放安装就位；或钢筋笼尺寸大，刚度差，未设纵向钢筋桁架及斜向拉筋加固；或吊点不当，在运输和吊放时，因刚度不足而造成扭曲变形等，从而造成安放困难。

防治措施：

a）钢筋笼制作应在平台上放样成形，在平整地面或平台上绑扎，用卡板控制尺寸，安排好绑扎次序，使钢筋笼尺寸一致，偏差控制在允许范围以内；

b）钢筋笼除结构受力筋外，一般应加设纵向桁架和主筋平面内的水平与斜向拉条，并与闭合箍筋点焊成骨架，并按要求设置吊点，使有足够的刚度；

c）吊点应均匀，绑扎点应不少于 4 点，对尺寸大的两槽段钢筋笼应不少于 6 点绑扎，使受力均匀，以避免变形。

风险 2：钢筋笼难以放入槽孔内

风险、危害性：成槽后，吊放钢筋笼被卡或被搁住，难以全部放入槽孔内。产生原因有：槽壁凹凸不平或倾斜过大，或弯曲；或钢筋笼尺寸偏差过大，纵向接头处产生弯曲；或钢筋笼刚度不够，吊放时产生变形等，从而造成吊放困难，需要返工修整。

防治措施：

a）保持槽壁面平整、垂直，并在成孔过程中反复扫孔；

b）严格控制钢筋笼外形尺寸；钢筋笼接长时，先将下段放入槽孔内，保持垂直状态，悬挂在槽壁上部导墙上，再将上节垂直对正下段后，进行焊接，要求两人同时对称施焊，以免焊接变形使钢筋笼产生纵向弯曲；

c）钢筋笼应按要求加设纵向钢筋桁架及斜向拉筋加固，使有足够的刚度，不致产生过大变形，每侧与设计槽壁间应有 20mm 空隙，以利于下钢筋笼。

风险 3：钢筋笼出现上浮

风险、危害性：槽段浇筑混凝土时，钢筋笼上部被托出槽孔外，出现上浮情况。产生原因有：钢筋笼重量太轻，槽底沉渣过多，被托浮起；或下钢筋笼后，没有将钢筋笼固定在槽壁导墙上，将钢筋笼压住；或混凝土浇灌导管埋入深度过大或混凝土浇筑速度过慢，钢筋笼被挤托起上浮，从而造成修整困难。

防治措施：

a）做好清槽工作，使槽底沉渣厚度控制在允许范围以内；

b）在导墙上设置锚固点固定钢筋笼，以阻止上浮；

c）加快混凝土浇筑速度，控制混凝土浇灌导管最大埋深不超过 6m。

c. 混凝土浇筑与拔锁口管

风险 1： 导管浇筑混凝土提升过快或过晚

风险、危害性： 导管浇筑混凝土提升速度过快或提升过缓过慢、过晚。前者易造成混凝土出现脱空现象，泥浆卷入混凝土内，形成泥浆夹层，降低强度，影响墙体整体性，引起渗漏；后者会造成导管拔不出来，给施工带来困难。

防治措施： 导管应随浇灌随时提升，浇灌时，利用不停浇灌及导管出口混凝土的压力差，使混凝土面逐渐均衡上升，槽内混凝土面上升速度应控制不大于 2m/h；导管不能作横向运动，否则会使泥渣、泥浆混入混凝上内；采用多根导管浇灌混凝土时，各导管处的混凝土面高差不宜大于 0.3m；导管提升速度应与混凝土的上升速度相适应。

风险 2： 导管埋入混凝土槽段内拔不出

风险、危害性： 混凝土浇灌一定高度后，提升导管，已埋入混凝土内部分提不动，拔不出来。造成原因有：混凝土浇灌间隔时间太长，没有及时上下活动导管，致使导管与混凝土粘牢拔不出来；或钢筋笼上一些钢筋未焊接牢固，吊放和浇灌混凝土时被碰撞散开，将导管卡住；或导管在混凝土中的埋入深度过大、摩阻力太大等，从而造成拔管困难，处理费工费时。

防治措施：

a）尽可能缩短浇灌间歇时间，如必需间歇时，要把导管提升到最小插入深度，同时经常活动导管，以防止与混凝土粘接；

b）发现钢筋笼散开，影响导管插放活动时，应立即纠正补焊牢固；

c）经常测定槽段内混凝土上升面高度，并据此确定导管在混凝土中的插入深度，一般导管埋入混凝土内不大于 3.0m。

风险 3： 接头锁口管拔不出来

风险、危害性： 浇筑地下连续墙接头处的锁口管抽（顶）拔不出来。产生原因有：锁口管本身弯曲，或安装不直，与槽壁及混凝土之间产生很大的摩阻力，致使锁口管拔不出来；或顶拔锁口管的千斤顶顶力不够；或拔管时间未掌握好，混凝土已经终凝，摩阻力增大，混凝土浇筑时未经常上下活动锁口管，从而造成拔管困难，需用大吨位起重机抽拔，费工费时，增加费用。

防治措施：

a）精心加工制作锁口管，控制制作精度（垂直度）；吊放时必须垂直插入，控制垂直度偏差；

b）拔管装置能力应大于 1.5 倍摩阻力；

c）锁口管抽拔要掌握好时机，可根据同条件养护试块达到自立强度的硬化时间来确定顶拔锁口管的时间；

d）如槽壁弯曲倾斜，使锁口管无法垂直插入，应修整槽壁，符合要求后，再吊放锁口管；

e）治理方法：如锁口管顶拔不出，应辅以大吨位起重机协助抽拔。

风险 4：混凝土浇筑发生绕流

风险、危害性：地下连续墙浇筑单元槽段混凝土时，流动的混凝土有时会在其重力及侧压力的共同作用下，绕过接头管侧面缝隙流入到相邻尚未开槽或已成槽的槽段，这一现象通称为“绕流”。产生绕流的原因有：槽壁垂直度不能满足要求，接头管吊入槽内摆正后与槽壁之间存在空隙；或接头管多次上下就位，钢筋笼吊放困难，碰落槽壁土体，造成与槽壁间产生缝隙；或成槽过程中，槽壁土体产生局部塌方等。

防治措施：

a）精心操作，确保接头处成槽时的垂直度偏差不大于 1/200，接头管摆放垂直并靠壁无缝隙，以防止混凝土绕流；

b）控制护壁泥浆物理力学指标和泥浆液面高度，防止槽段塌方；

c）钢筋笼的加工尺寸与形状应考虑到吊入时的施工便利，防止吊放钢筋笼时擦伤槽壁。钢筋笼外观应横平竖直，有一定刚度，两侧纵筋间宜增加钢筋桁架，纵筋主平面内宜加设剪刀撑。保护层宜用薄钢板焊于钢筋笼上，以免擦伤槽壁面；

d）已发生绕流，可在相邻段的绕流混凝土结硬前继续下一槽段开挖，这时混凝土强度很低，混凝土易于随挖槽一起排出；若绕流混凝土已经结硬，则可用地质钻机等先在混凝土上凿孔，削弱其整体性，再用抓斗将混凝土抓出。

d. 墙体缺陷

风险 1：墙体出现夹层

风险、危害性：混凝土浇筑后，地下连续墙体混凝土内存在泥夹层。产生原因有：浇筑管摊铺面积不够；部分角落浇筑不到，被泥渣填充；或浇筑管埋置深度不够，泥渣从底口进入混凝土内；或导管接头不严密，泥浆渗入导管内；或混凝土未连续浇筑，首批混凝土初凝失去流动性，导致在混凝土中夹有泥渣，形成夹层；或导管提升过猛，导管底口超出原混凝土面底口，涌入泥浆，或混凝土浇筑时局部塌孔等，从而造成强度及整体性降低，引起渗漏。

防治措施：

a）采用多槽段浇筑时，应设多个浇筑管同时浇筑；导管埋入混凝土深度应为 1.2～4m，导管接头应采用粗螺纹，设橡胶圈密封；首批灌入混凝土量要足够充分，使其有一定的冲击量，能把泥浆从导管中挤出，同时始终保持快速连续进行，中途停歇时间不超过

15min，槽内混凝土上升速度不应低于 2m/h，导管上升速度不要过猛；采取快速浇筑，防止时间过长塌孔；

b）遇塌孔，可将沉积在混凝土上的泥土吸出，继续浇筑，同时应采取加大水头压力等措施；如混凝土凝固，可将导管提出，将混凝土清出，重新下导管，浇筑混凝土；混凝土已经凝固出现夹层，应在清除后采取压浆补强方法处理。

风险 2：墙体出现酥松、混凝土强度达不到要求

风险、危害性：墙体表面出现酥松、剥落、混凝土强度较低，达不到设计要求。产生原因有：导管法水中浇筑混凝土操作不良，混入大量泥浆，使混凝土质量变坏，强度降低；混凝土配合比不当，含泥量大，杂质多，和易性差；或水泥过期或受潮结块，缺乏活性，因而使混凝上强度降低；或槽壁土层松软，受流动水的冲刷作用使混凝土受到污染，出现酥松、剥落；从而造成承载力达不到设计要求，需进行加固处理。

防治措施：

a）采用导管法水中浇筑混凝土，要精心操作，并采取有效的措施，防止泥浆混入混凝土内，降低强度；

b）严格认真选用混凝土配合比，做到级配优良，砂率合适，坍落度、流动性符合要求；

c）水泥应选用活性高、新鲜无结块的水泥；

d）对土质松软有流动水的槽段，应加快浇灌速度，并在混凝土中加速凝剂；

e）对墙体表面出现酥松剥落、强度降低的情况时，应采取加固处理。

风险 3：槽段接头渗漏水

风险、危害性：基坑开挖后，在槽段接头处出现渗水、漏水、涌水等情况。造成原因有：挖槽机成孔时，粘附在上一槽段混凝土接头面上的泥皮、泥渣未清除掉，使形成泥土隔层；或槽段内沉渣未清理干净，沉渣过厚，在混凝上浇筑时，部分沉渣会被混凝土的流动推挤到墙段接头处和两根导管中间，形成墙段接缝夹泥渗水和墙体中间部分渗水等，从而影响使用，降低整体性、耐久性。

防治措施：

a）在清槽的同时，对上一槽段接缝混凝土表面，应将接头混凝土往复上下刷 2～3 遍，将泥渣清除干净，或在槽壁较稳定条件下用喷射水流冲洗，但均应在清槽换浆前进行；

b）按要求做好槽底清渣工作，使沉渣厚度控制在规范允许的范围以内，防止挤入接头面及墙体中间，造成渗漏；

c）治理方法：如渗漏水量不大，可采用防水砂浆修补；渗漏涌水量较大时，可根据水量大小，用短钢管或胶管引流，周围用砂浆封住，然后在背面用水泥或化学灌浆，最后堵引流管；漏水量很大时，用土袋堆堵，然后用水泥或化学灌浆封闭，阻水后，再拆除

土袋。

地下连续墙质量检验标准见表 7-18，钢筋笼质量检验标准见表 7-19。

表 7-18 地下连续墙质量检验标准

项	序	检查项目		允许偏差或允许值		检查方法
				单位	数值	
主控项目	1	墙体强度		设计要求		查试件记录或取芯试压
	2	垂直度：永久结构		前文中有提到	1/300	测声波测槽仪或成槽机上的监测系统
		临时结构		1/200	1/150	
一般项目	1	导墙尺寸	宽度	mm	W+40	用钢直尺量，W 为地下墙设计厚度
			墙面平整度	mm	<5	用钢直尺量
			导墙平面位置	mm	±10	用钢直尺量
	2	沉渣厚度：永久结构		mm	≤100	重锤测或沉积物测定仪测
		临时结构		mm	≤200	
	3	槽深		mm	+100	重锤测
	4	混凝土坍落度		mm	180～200	坍落度测定器
	5	地下墙表面平整度	永久结构	mm	<100	此为均匀黏土层，松散及易坍土层由设计决定
			临时结构	mm	<150	
			插入式结构	mm	<20	
	6	永久结构时的预埋件位置	水平向	mm	≤10	用钢直尺量
			垂直向	mm	≤20	水准仪

表 7-19 钢筋笼质量检验标准（mm）

项	序	检查项目	允许偏差或允许值	校查方法
主控项目	1	主筋间距	±10	用钢直尺量
	2	长度	±100	用钢直尺量
一般项目	1	钢筋材质检验	设计要求	抽样检查
	2	箍筋间距	±20	用钢直尺量
	3	直径	±10	用钢直尺量

② 风险辨识与分析

根据上述分析，外滩通道工程采用地下连续墙作为围护结构的主要是工作井、暗埋段以及匝道开挖较深段，墙厚从 0.6～1.2m 不等。对于根据现有统计资料，在搜集的 300 多个基坑事故案例中，采用地下连续墙支护的基坑占 7%左右，一般说来地下连续墙的失效概率相对较小，但随着地质状况越复杂，开挖深度越大，墙体厚度越大，地下连续墙的施工风险也越大。本工程地下结构开挖深度大，地质条件不利，而且还要求基坑围护结构与内墙后浇的钢筋混凝土内衬组成复合侧墙结构，共同承受荷载。多方面因素导致施工难度大，施工存在的风险也就更大。根据对周围施工环境、人员、工法的分析，上述地下连续墙施工中主要风险点归纳如下（图 7-15）：

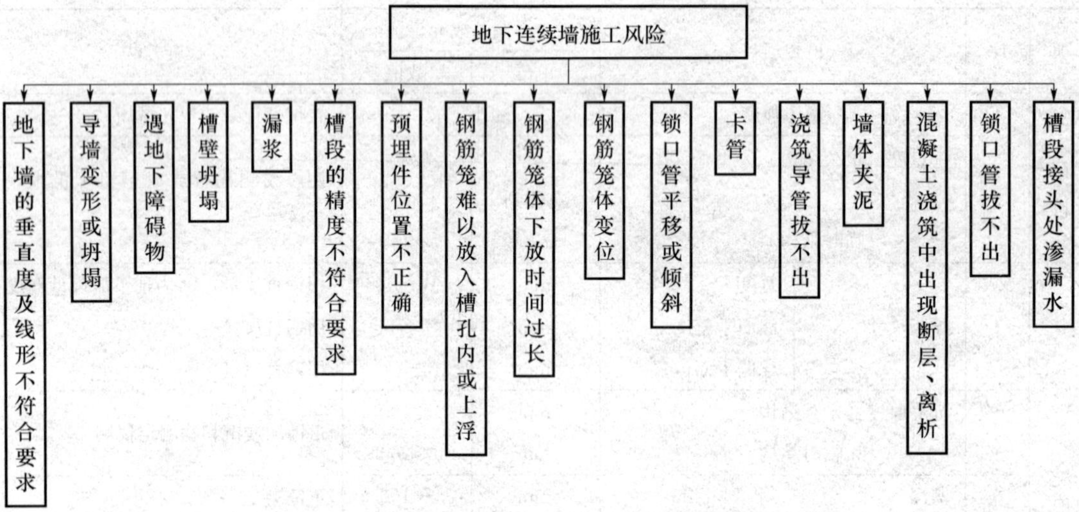

图 7-15　地下连续墙施工风险

③ 风险评价

在分析了地下连续墙在施工过程中可能发生的事故后，需要对各个事故的风险大小进行评价，通过风险评价可以对各个风险事故大小进行排序，找出哪些是主要风险事故，哪些是次要风险事故。

根据以上对地下连续墙施工中可能存在的各种风险事故进行综合汇总分析，并采用“信心指数法”对其等级进行评定，具体结论见表 7-20。

表 7-20　地下连续墙施工风险评价

序号	风险事故	发生概率	损失后果	风险等级
1	槽壁坍塌	C	3	三级
2	钢筋笼难以放入槽孔内或上浮	B	3	二级
3	遇地下障碍物	B	3	二级
4	锁口管平移或倾斜	C	3	三级
5	墙体夹泥	C	3	三级
6	混凝土浇筑中出现断层、混凝土离析	C	3	三级
7	锁口管拔不出	B	3	二级
8	槽段接头处渗漏水	C	3	三级
9	钢筋笼体下放时间过长	B	2	二级
10	钢筋笼体变位	B	3	二级

续表

序号	风险事故	发生概率	损失后果	风险等级
11	卡管	C	2	二级
12	浇筑导管拔不出	B	3	二级
13	地下墙的垂直度及线形不符合要求	C	2	二级
14	导墙变形或坍塌	B	3	二级
15	漏浆	B	2	二级
16	槽段的精度不符合要求	B	3	二级
17	预埋件位置不正确	C	3	三级

(4) SMW 工法风险分析

① 风险辨识与分析

SMW 工法为水泥土搅拌桩内插 H 型钢作围护墙。该围护体系兼具挡土和抗渗作用，待内部结构施工完成后，可视情况回收 H 型钢，故工程造价较低。根据上海地区的实践经验，SMW 工法一般可用于开挖深度相对小的基坑、风道等地下结构。

本工程部分暗埋段、敞开段和匝道段采用 SMW 工法桩，按不同深度采用 ϕ650～850 的 SMW 工法桩。结合周围环境、人员，本工程 SMW 工法施工过程中，可能遇到的主要风险点归纳如图 7-16 所示。

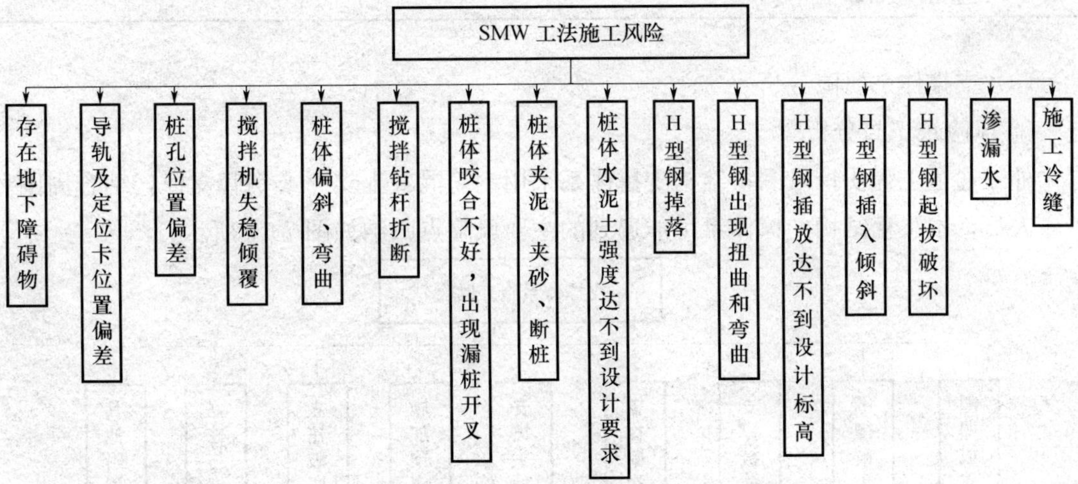

图 7-16　SMW 工法施工风险

② 风险评价

在分析了 SMW 工法在施工过程中可能发生的事故后，需要对各个事故的风险大小进行评价，通过风险评价可以对各个风险事故大小进行排序，找出哪些是主要风险事故，哪些是次要风险事故。

根据以上对 SMW 工法施工中可能存在的各种风险事故进行综合汇总分析，并采用

"信心指数法"对其等级进行评定，具体结论见表 7-21。

表 7-21　SMW 工法施工风险评价

序号	风险事故	发生概率	损失后果	风险等级
1	桩体偏斜、弯曲	C	3	三级
2	桩体夹泥、夹砂、断桩	C	3	三级
3	搅拌机失稳倾覆	B	3	二级
4	桩体咬合不好，出现漏桩开叉	C	3	三级
5	桩体水泥土强度达不到设计要求	C	3	三级
6	施工冷缝	B	3	二级
7	渗漏水	C	3	三级
8	搅拌钻杆折断	B	3	二级
9	存在地下障碍物	B	3	二级
10	桩孔位置偏差	B	3	二级
11	导轨及定位卡位置偏差	C	2	二级
12	H 型钢掉落	B	2	二级
13	H 型钢出现扭曲和弯曲	C	2	二级
14	H 型钢插放达不到设计标高	C	2	二级
15	H 型钢插入倾斜	C	2	二级
16	H 型钢起拔破坏	C	2	二级

（5）支撑体系风险分析

① 风险辨识与分析

外滩通道工程明挖段围护结构支撑体系采用钢筋混凝土支撑或钢管支撑，结合周围环境、人员，本工程结构支撑体系可能遇到的主要风险点归纳如图 7-17 所示。

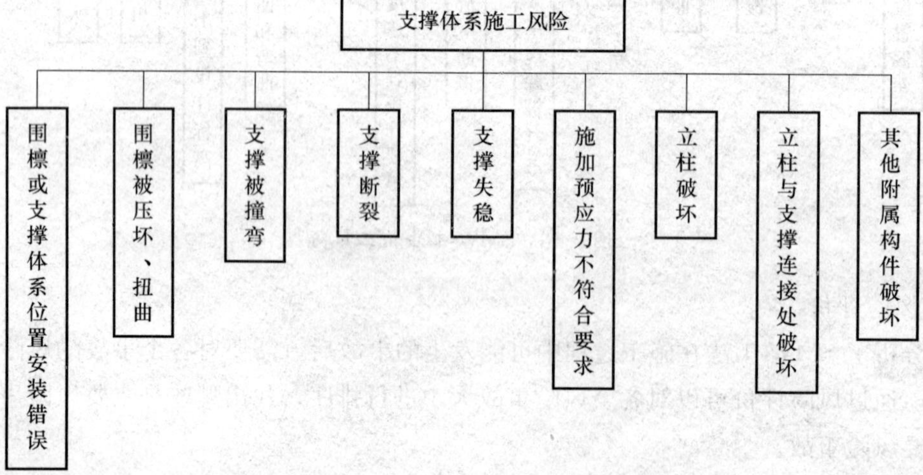

图 7-17　支撑体系施工风险

② 风险评价

在分析了支撑体系在施工过程中可能发生事故的原因以后，需要对各个事故的风险大小进行评价，通过风险评价可以对各个风险事故大小进行排序，找出哪些是主要风险事故，哪些是次要风险事故。

根据以上对支撑体系施工中可能存在的各种风险事故进行综合汇总分析，并采用“信心指数法”对其等级进行评定，本工程支撑体系在施工过程中的风险评价结论见表 7-22。

表 7-22　支撑体系施工风险评价

序号	风险事故	发生概率	损失后果	风险等级
1	支撑断裂	B	4	三级
2	支撑失稳	B	4	三级
3	施加预应力不符合要求	B	3	二级
4	围檩或支撑体系位置安装错误	B	2	二级
5	围檩被压坏、扭曲	B	3	二级
6	支撑被撞弯	C	2	二级
7	立柱破坏	B	2	二级
8	立柱与支撑连接处破坏	B	2	二级
9	其他附属构件破坏	C	2	二级

③ 明挖段各段围护结构施工风险等级

对于外滩通道工程来说，明挖段的施工除了需对围护结构本身施工过程的事故进行风险评价外，还需综合考虑不同分区开挖段的地质状况的差异和周边环境的影响，以及开挖深度、支撑形式等影响因素。

综合上述各类因素，对外滩通道工程各区段围护结构施工风险进行总体评价，得到其风险等级如图 7-18 所示。

④ 明挖段围护结构施工风险总体控制辅助措施

a. 复核图纸是否有效、完整、正确、合理、可行，必须严格根据设计图纸施工，不得随意修改设计；

b. 检查是否建立质保、安保体系，是否符合要求；

c. 审核资质、业绩及质保和安保体系、主要管理人员及特殊上岗人员资质；

d. 审核设备检查证明及其他质保资料，现场检查设备组装及运行情况；

e. 审核材料的质保资料，现场检查材料外观质量，并见证取样；

f. 审核方案是否完整、正确、合理、可行，审批手续是否完整；

g. 请专业物探部门进行全场沿线地下障碍物勘探，根据勘探报告将障碍物全部进行清除；

h. 在施工中，应对机械维修和故障排除有专门应急措施：对发生停电、停水和其他

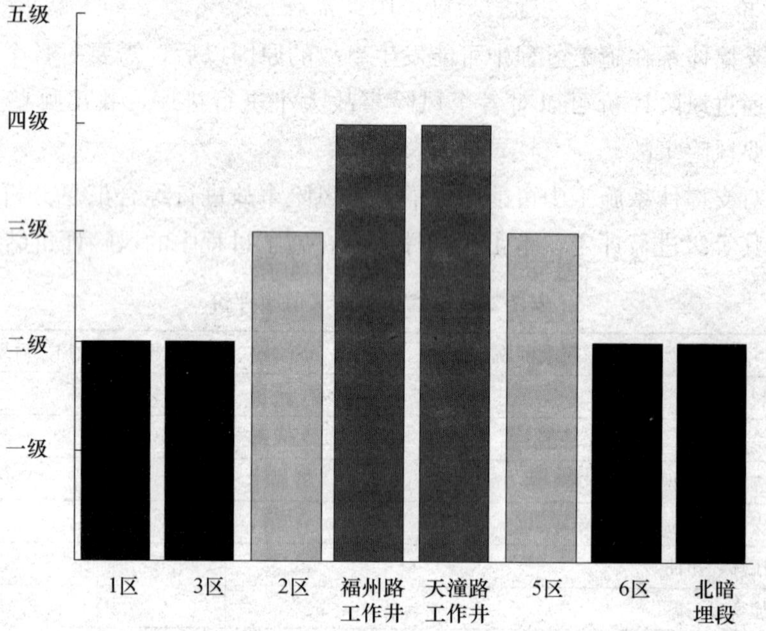

图 7-18　明挖段和工作井围护结构施工风险评估

突发事件要早作准备。

4. 土压盾构施工的主要风险

(1) 超大直径土压平衡盾构设备选型

盾构机选型主要按适用性、可靠性、先进性、经济性相统一的原则实施，该工程盾构机选型需满足以下几点要求。

① 开挖面的稳定性措施

本工程盾构施工的难度极大，隧道轴线大部分处在浅覆土的情况下，同时，盾构推进对于周边的环境保护要求极高，因此盾构机必须保证开挖面的稳定，控制地面的变形。

针对直径 ϕ14.27m 土压平衡盾构机，除了需要保证一般直径的土压平衡盾构机的性能，因为开挖面积增大后，还所需要特殊考虑的性能有：

a. ϕ14.27m 土压平衡盾构机必须配备一定数量土压传感器，螺旋机无级调速，精确计算出土量，确保动态压力平衡效果。

开挖面增大后，需要合理地在土舱内各个位置上设置土压传感器，这样才能更为准确地反映正面的土压力。土压传感器可分为固定式和可更换式。

盾构机的螺旋机为无级调速式，可以细微地调整单位时间内的出土量，从而更好地匹配盾构的推进速度，到达压力动态平衡的效果。

b. 增加刀盘、隔舱处的注入口数量，加强土体改良效果。

大直径土压平衡盾构机在掘进时，单位时间内进入土舱的土体体积较大，为改善土舱内土体的流塑性，应采取土体改良的措施，因此需在盾构机刀盘和土舱处设置多个注入口，通过加注泡沫或膨润土来改良土体。

c. 土舱中心区域增加多个搅拌机，改善中心区域的土体的流塑性。

由于土舱面积大，仅仅通过土体改良还是很难改善土舱中心处的土体流塑性，故还应考虑在盾构机的中心区域增加多个搅拌机，通过搅拌机的旋转来改善中心区域土体的流塑性。

② 对地表重要建筑物密集地段的适应性

隧道沿线存在大量需保护的重要建筑物，且盾构机还需穿越苏州河，因此盾构机应具备良好的正面压力控制系统，同时应确保盾构机掘进造成的建筑空隙得到及时有效的填充。

a. 配备平衡水土压力控制系统和数据采集、监控系统

盾构机通过设置的土压传感器采集数据，传输到电脑控制系统，系统通过分析整合，来确定满足正面平衡压力所需的施工数据。此平衡水土压力控制系统需时时工作，是盾构机控制操作的关键系统。

b. 配备同步注浆系统

同步浆液的质量直接关系到盾构施工后的地面变形情况，良好的浆液能够最大程度地减少因自身固结、泌水所引起的地面后期变形量。根据原有的成功经验，结合工程的土质环境等实际情况，同步注浆应采用单液浆。

③ 对隧道轴线的控制能力

隧道质量的关键问题是轴线，确保盾构掘进的轴线符合设计线路是盾构机所必须具备的性能。针对大直径土压平衡盾构机，由于开挖面积大，掘进阻力也大，其掘进阻力控制难度也相对较大，需要从机械设计本身和辅助测量两方面来加以保证。

a. 推进油缸实施分区控制

盾构机直径增大后，所需的推进千斤顶数量也随之增加，因此对于盾构推进千斤顶的控制要求也更为严格。盾构机推进时的系统需将众多千斤顶进行合理分区，以便可以简化对千斤顶推进的控制，同时又确保能形成不同角度的偏转力偶，使盾构机纠偏轻松便捷。由此通过推进千斤顶的分区控制，来实现盾构机的推进轴线控制。

b. 配备高精度的自动导向系统

盾构施工时，需要通过测量数据来反馈盾构机与隧道设计轴线的相对位置及方位的连续信息，以便指导盾构机推进时的纠偏措施。高精度的自动导向系统能为盾构司机提供有关盾构空间位置及方位的连续更新的信息，从而保证盾构司机能够随时调整盾构推进方向及姿态，保证隧道施工的精度。

自动导向系统为全自动系统，每分钟可以完成数次全自动测量。其由控制单元控制测量仪器，使测量仪器自动扫描目标，从而既节省了人工，也提高了工作效率。

④ 盾构机的可靠性

盾构机的可靠性是满足本工程顺利完成的基本条件，为确保万无一失，需在盾构机设计和制造时预先加以考虑。下面是一些关键的参数选取的说明：

a. 刀盘：辐条式、最大扭矩 63436kN·m，a=23.9；

b. 刀盘采用中间支撑方式，刀盘主轴承寿命为 10000h；

c. 总推力 176800kN（2600kN×68），速度 5.4cm/min；

d. 螺旋输送机采用 1.5m 大直径的形式，具有防喷涌的功能；

e. 配备人行闸。

（2）盾构组装、进出洞风险分析

外滩通道规模为机动车双向 4～6 车道。从福州路到天潼路，为外滩通道北段，采用盾构掘进形式，从现状道路下方空间穿越，并从外白渡桥下方穿过苏州河，隧道直径 13.95m，盾构段长 1102m，工作井分别设在福州路南侧和天潼路南侧，天潼路工作井为盾构始发井，福州路工作井为盾构接收井。

本工程地质条件复杂，地下管线及障碍物众多，通道近侧存在大量需进行保护的老建筑物和构筑物，市中心区域施工场地狭小，北段首次采用目前国内最大直径约 Φ14.27m 土压平衡盾构施工，工程沿线和多条地铁线路、越江隧道、外白渡桥桩基、吴淞江防汛墙及地下过街通道等均存在交叉，这将给大土压平衡盾构的施工带来极大的挑战性和风险性。

① 盾构组装风险管理及保护措施

风险点 1：盾构及车架各连接部件、管道、电缆连接错误

风险现象及危害性：延长盾构及车架组装和调试的时间，影响盾构的正常功能。

风险控制措施：

a. 分解各种管道、电缆，对于分解后的液压管口需调编号牌，管口用闷头封口；

b. 分解盾构与桥架、桥架与车架、车架与车架的连接部件、拉杆等，连接杆等分解以后，必须与车架有效扎紧固定，各类分拆的软管接头，用绳索固定在机架上；

c. 严格按图纸进行各部件、管道、电缆的连接工作和复查工作，确保各系统的操作正常；

风险点 2：盾构及车架部件吊装作业出现碰撞、部件坠落等

风险现象及危害性：造成盾构及车架部件的损坏、人员伤亡、工程结构体受损。

风险控制措施：

a. 进入工地的人员必须带好安全帽，系好帽扣，穿好工作鞋；

b. 登高操作（超过 2m）必须正确系好安全带，并检查扣紧件是否牢靠，加强巡视保护；

c. 各特殊工种作业人员（如起重、指挥等）必须持证上岗；

d. 进入现场的起重机必须具备准用证；

e. 物体吊运时不得在底下从事错层作业，各种吊点必须牢靠、紧固、满焊等。

f. 起重吊运过程中使用的钢丝绳、吊具、卸克等必须安全可靠；

g. 立体交叉作业时，必须加强现场安全巡视，做好自我保护，加强安全意识，做到不伤害他人，不被他人伤害。

风险点 3：盾构组装时电焊、气割等明火作业的危害

风险现象及危害性：造成工地上局部或大面积火患及人员伤亡、设备毁损。

风险控制措施：

a. 氧、乙炔不得混放在一起；明火作业时必须清查周围是否有易燃物品，并制定专人进行监护，按要求开具动火证；

b. 明火作业附近必须配备必要的消防器材，发现隐患及时处理；

c. 工地现场应备有常用的应急药品，药品一旦用完，应及时补上；

d. 工地现场随时备有车辆用于急救，若有人受伤，应马上送附近的医院就诊，并有人员陪同；

e. 明确各部门、各单位有关人员的联系方式，一旦出现现场管理人员无法解决和控制的灾害，应及时向上级部门汇报联系，配合有关部门协同处理和解决。

② 盾构进出洞风险分析及保护措施

盾构进出洞是盾构法隧道施工中的重要组成部分，在进出洞过程中，施工环节多，且交叉施工工作频繁，工作量很大，因此对该阶段进行严格的质量控制与管理十分重要。外滩通道北段为超大直径土压平衡盾构法隧道施工，在国内尚属首次，因此其盾构进出洞的工艺控制是十分重要的，其风险分析和保护措施也是进出洞施工控制过程中不可缺少的部分。

风险点 1：盾构井下基座结构发生变形损坏

风险现象及危害性：使盾构掘进轴线偏离设计轴线。

风险控制措施：

a. 根据盾构重量和尺寸设计合适的基座结构形式，确保基座的整体刚度、稳定性以及局部构件的强度，以保证其能满足受力要求；

b. 保证基座结构与工作井结构牢固连接；

c. 合理控制盾构姿态，尽量使盾构轴线与基座轴线保持一致，以使基座受力均匀；

d. 盾构基座的底面与始发井的底板之间要垫平垫实，保证接触面积满足要求；

e. 若变形破坏已发生，须停止推进，并及时分析构件破坏的原因，进行相应加固，如果需要调换部件，必须先将盾构支撑加固牢靠，才能进行调换；

f. 若基座的变形很严重，盾构在其上无法进行修复和加固，则只能将盾构脱离基座，创造工作条件后再对基座进行修复加固。

盾构井下基座及布置示意图如图 7-19 所示。

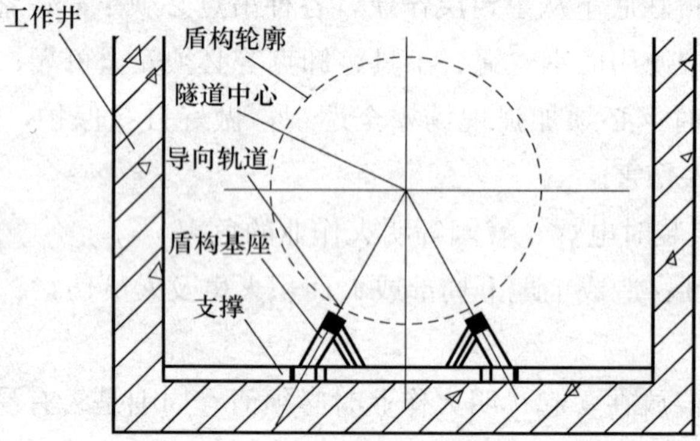

图 7-19　盾构井下基座及布置示意图

风险点 2：盾构后靠支撑位移及变形

风险现象及危害性：削弱盾构支撑的稳定性，进而威胁盾构的出洞安全。

风险控制措施：

a. 对体系的各构件必须进行强度、刚度检验，对受压构件一定要进行稳定性验算；

b. 各构件的安装要精确定位，其连接点必须采用合理的连接方式，以保证连接牢固，同时确保电焊质量及螺栓连接的强度；

c. 各构件连接处的缝隙应采用素混凝土或水泥砂浆充填，不仅要充填密实，还要确保填充材料的强度，使推力能均匀地传递至工作井后井壁，且在构件受力前做好填充混凝土的养护工作；

d. 在盾构推进过程中合理控制盾构的总推力，且尽量使千斤顶编组合理，均匀受力，避免因应力集中造成的破坏；

e. 尽快安装后盾上部的支撑构件，完善整个后盾支撑体系，以保证盾构上部千斤顶开启时后盾支撑系统能均匀受力；

f. 若后靠上产生裂缝或充填材料的强度不够，须重新进行填充，并经养护达到设计强度要求后再恢复推进；

g. 若构件发生变形，则应及时对构件进行修补加固，同时根据推进时的油压和千斤顶开启数量对发生破坏时的实际推力进行计算，以校验后靠体系。

风险点 3：凿除混凝土封门时产生涌土

风险现象及危害性：导致洞门混凝土凿除时，洞门前方的土体从封门间隙内涌入工作井内或产生塌方，影响工程及人身安全。

风险控制措施：

a. 根据现场地质情况，合理设计土体的加固方案，并在拆封门前设置观察孔，检测加固效果，以确保在土体加固效果良好的情况下拆封门；

b. 合理布置井点降水管，将地下水位降至能保证安全出洞的水位；

c. 根据封门的实际尺寸，制定合理的封门拆除工艺，周密安排施工，以确保安全、快速地拆除封门；

d. 若发生涌土现象，应尽快对洞门圈进行注浆封堵，以减少土体损失，同时创造条件使盾构尽快进入洞口内。

风险点 4：盾构机与洞口密封困难

风险现象及危害性：易造成洞口处渗水或土体流失，致使泥水平衡无法建立，威胁盾构出洞安全。

风险控制措施：

a. 设置性能良好的密封止水装置，采用在洞圈上设置双道帘布橡胶板和注浆管的方式止水；

b. 加设一道气囊止水装置；

c. 盾构密封圈要准确安装，可在密封圈上涂抹牛油以增加润滑性；

d. 洞门密封时要预先考虑到盾壳上的凸出物体，在相应位置设计可调节的构造，保证密封的性能；

e. 密封圈安装完成后，在盾构推进过程中要注意观察，防止盾构刀盘的周边刀割伤橡胶密封圈。

风险点 5：盾构出洞段轴线偏离设计

风险现象及危害性：盾构出洞时的推进轴线上浮，偏离隧道设计轴线较大，超出偏差控制范围。

风险控制措施：

a. 合理设计出洞口土体的加固方法和加固强度，控制好加固质量，保证加固土体的强度均匀，防止产生局部的硬块、障碍物等；

b. 在推进过程中正确合理地设定盾构的正面土压力；

c. 及时安装后盾上部的支撑，改变推力的分布状况，以利于盾构推进轴线的控制，防止盾构上浮现象；

d. 正确操作盾构，按时进行设备保养，保证机械设备的工作性能完好，避免机械系统发生故障；

e. 在管片拼装时尽量利用盾壳与管片间隙作盾构轴线纠偏，以改善推进后座条件；

f. 可采用注浆法对隧道作少量纠偏。

风险点 6：盾构出洞时，隧道端部应力复杂，水土压力平衡难以控制

风险现象及危害性：容易引起盾构上仰、覆土失稳、地表隆起等问题。

风险控制措施：

a. 在盾构刚刚进入止水箱体第二道橡胶帘布板的同时建立泥水气压平衡；

b. 盾构进入洞口加固区后，要严格控制土压力及土体开挖量，计算出正确的排泥量，确保盾构前方的土体不被超挖；

c. 盾构的同步注浆的工作须紧跟上，考虑到浆液的泌水收缩，同步注浆量应控制在建筑空隙的150%～200%，即每环注入量不少于7～9.34m^3（按施工组织设计要求）。

风险点7：盾构进洞时姿态突变

风险现象及危害性：

a. 盾构进洞后，最后几环管片往往与前几环管片存在明显的高差，影响了隧道的有效净尺寸；

b. 盾构进洞时，由于接收基座中心夹角轴线与推进轴线不一致，盾构姿态产生突变，盾尾使在其内的圆环管片位置产生相应的变化；

c. 最后两环管片在脱出盾尾后，与周围土体间的空隙由于洞口处无法及时地填充，在重力的作用下产生沉降。

风险控制措施：

a. 盾构接收基座要设计合理，使盾构下落的距离不超过盾尾与管片的建筑空隙；

b. 将进洞段的最后一段管片，在上半圈的部位用槽钢相互连结，增加隧道刚度；

c. 在最后几环管片拼装时，注意对管片的拼装螺栓及时复紧，提高抗变形的能力；

d. 进洞前调整好盾构姿态，使盾构标高略高于接收基座标高。

e. 在洞门密封钢板未焊接以前，用整圆装置将下落的管片向上托起，纠正误差。

风险点8：盾构进、出洞时洞口土体大量流失

风险现象及危害性：

a. 进、出洞时，大量的土体从洞口流入井内，造成洞口外侧地面大量沉降；

b. 洞口土体加固质量不好，强度未达到设计或施工要求而产生塌方，或者加固不匀，隔水效果差，造成漏水、漏泥现象；

c. 在凿除洞门混凝土或拔除洞门钢板桩后，盾构未及时靠上土体，使正面土体失去支护造成塌方；

d. 洞门密封装置安装不好，止水橡胶帘带内翻，造成水土流失；

e. 洞门密封装置强度不高，经不起较高的土压力，受挤压破坏而失效；

f. 盾构外壳上有突出的注浆管等物体，使密封受到影响；

g. 进洞时未能及时安装好洞圈钢板；

h. 进洞时土压力未及时下调，致使洞门装置被顶坏，大量井外土体塌入井内。

风险控制措施：

a. 洞口土体加固应提高施工质量，保证加固后土体的强度和均匀性；

b. 洞口封门拆除前应充分做好各项进、出洞的准备工作；

c. 洞门密封圈安装要准确，在盾构推进的过程中要注意观察，防止盾构刀盘的周边刀

割伤橡胶密封圈，密封圈可涂牛油增加润滑性；洞门的扇形钢板要及时调整，改善密封圈的受力状况；

d. 在设计、使用洞门密封时要预先考虑到盾壳上的凸出物体，在相应位置设计可调节的构造，保证密封的性能；

e. 盾构进洞时要及时调整密封钢板的位置，及时地将洞口封好；

f. 盾构将进入进洞口土体加固区时，要降低正面的平衡压力；

g. 将受压变形的密封圈重新压回洞口内，恢复密封性能，及时固定弧形板，改善密封橡胶带的工作状态；

h. 对洞口进行注浆堵漏，减少土体的流失。

风险点 9：出洞区域内，承压水层与⑦层之间有水力联系

风险现象及危害性：隧道施工时对承压水的稳定性造成不利影响，易产生涌砂、冒水。

风险控制措施：

a. 及时建立土压平衡系统，维持正面压力的动态平衡；

b. 有备用的气压装置，一旦正面发生大量涌水，及时启动气压装置来抵挡正面涌水。

风险点 10：盾构在加固区内推进时，螺旋出土机发生堵塞

风险现象及危害性：开挖面土压平衡难以建立，阻碍盾构正常推进。

风险控制措施：

a. 盾构在加固区内推进时应放缓速度，控制刀盘扭矩；

b. 保证刀盘对正面加固土体的充分切割，尽可能减少加固块状物进入螺旋管路的可能性；

c. 在确定堵塞位置后须及时进行处理，必要时拆除螺旋管路后取出堵塞物予以解决。

风险点 11：盾构车架的二次连接转换

风险现象及危害性：转换耗时较长，车架转换时盾构机正好停留在苏州河下方，危险性较高。

风险控制措施：

a. 盾构车架在吊运过程中，应注意井下工作人员的安全，同时在车架设备安装时需注意保护，以免损坏设备影响盾构推进；

b. 在对车架各管路进行连接时应严格按照规定操作，避免出现接错管路、阀门开关状态置放错误等现象，为盾构调试创造良好条件；

c. 车架转换期间，需加强对隧道及防汛墙变形方面的监测，并及时反馈监测信息，事先准备好应急预案，一旦出现险情应立即采取紧急措施；

d. 在施工过程中，若工作井内出现积水，应及时采取有效排水措施，确保盾构设备和施工人员的安全。

③ 盾构组装、进出洞风险评估

通过对外滩通道工程北段盾构组装、进出洞施工期间的风险分析，结合目前风险管理

的有关理论与方法，对该工程中存在的风险进行专项评估分析，得出风险等级评定表，见表 7-23～表 7-25。

表 7-23　盾构组装风险评价

序号	专项风险	发生概率	损失后果	风险等级
1	盾构及车架各连接部件、管道、电缆连接错误	D	1	二级
2	盾构及车架部件吊装作业出现碰撞、部件坠落等	B	5	四级
3	盾构组装时电焊、气割等明火作业的危害	C	3	三级

表 7-24　盾构出洞工程风险评价

序号	专项风险	发生概率	损失后果	风险等级
1	盾构井下基座结构发生变形损坏	B	5	四级
2	盾构后靠支撑位移及变形	C	3	三级
3	凿除混凝土封门时产生涌土	C	3	三级
4	盾构机与洞口密封困难	C	3	三级
5	盾构出洞段轴线偏离设计	C	3	三级
6	盾构出洞时，隧道端部应力复杂，水土压力平衡难以控制	C	3	三级
7	出洞区域内，⑤$_2$层与承压水层⑦层之间有水力联系	C	3	三级
8	盾构机头被冻结	B	4	三级
9	盾构车架的二次连接转换	C	2	二级

表 7-25　盾构进洞风险评价

序号	专项风险	发生概率	损失后果	风险等级
1	隧道轴线出现较大偏差，盾构无法进洞	D	4	四级
2	进洞段的地基加固效果欠佳	C	3	三级
3	浅覆土推进	C	2	二级
4	洞门圈泄漏	D	4	四级
5	盾构进洞时姿态突变	C	3	三级

（3）盾构试推进穿越建筑物风险分析

盾构穿越构、建筑物一直是盾构法隧道工程中的重难点，因盾构在土层中推进会对土层有较大扰动，进而对周边环境产生较大影响，削弱邻近构、建筑物的稳定性，甚至威胁到其安全。本工程中盾构所穿越的苏州河防汛墙，是上海市的重点防汛工程，对保护上海市在潮汛期间的安全具有十分重大的意义，因此本次穿越不仅难度大，而且风险高，必须认真对待，严格控制盾构穿越期间的施工参数，严密监测各方面的变形情况，及时进行信息沟通，以确保安全。

根据规划的设计线路，盾构从出洞至经过上海大厦、浦江饭店，到穿越苏州河防汛墙的过程中，均属浅覆土施工（$\leqslant 1D$），因此在盾构穿越掘进过程中存在较大风险，必须给予密切关注。

风险点 1：防汛墙下方推进

风险现象及危害性：致使防汛墙产生沉降，在沉降差较大时，墙上会出现裂缝，且在沉降过多时可能会导致防汛墙的整体破坏。

风险控制措施：

a. 严格控制盾构开挖面的土压平衡，减少对土体的扰动；

b. 加强多位、多点、均匀、及时压浆；

c. 在盾构出洞前开始对防汛墙进行沉降监测，以掌握防汛墙前期的自然沉降量，为盾构穿越防汛墙提供参考数据；

d. 盾构穿越防汛墙时，应加密监测区域内的监测断面及监测点，合理安排监测频率，并及时将监测信息反馈给施工现场，以便采取二次注浆、防汛墙底部注浆等技术措施；

e. 积极稳妥地做好沉降报警工作，在达到报警值后应立即上报防汛指挥部及防汛墙管理所等单位；

f. 做好防汛预案，配备充足的防汛抢险物资和器材。

风险点 2：盾构发生机械故障或压浆管路堵塞等情况

风险现象及危害性：盾构机停留在防汛墙下方时间过长，影响防汛墙的整体稳定。

风险控制措施：

a. 在盾构进入防汛墙影响范围之前，对盾构机进行机械设备（重点为推进及拼装施工设备）和压浆管路的检查与维护；

b. 对于存在故障和故障隐患的机械一律进行维修；

c. 对压浆管路进行一次彻底清洗，确保盾构穿越防汛墙时不发生机械故障和压浆管路堵塞的情况。

风险点 3：盾构上覆土较浅或覆土受扰动较大

风险现象及危害性：土层与隧道及盾构周边的握裹力会减弱，进而导致盾构上浮，对防汛墙安全产生不利影响。

风险控制措施：

a. 采取相应措施控制隧道的稳定性，以避免隧道上浮或沉降对防汛墙产生的不利影响；

b. 严格控制隧道轴线，均匀纠偏，尽量减少对土体的扰动；

c. 对隧道的纵向变形进行监测，包括每环管片的上浮情况及管片之间的错位情况；

d. 加强同步注浆管理，确保充分填满间隙，有效阻止泥水后窜，特殊情况下还可加入堵漏剂；

e. 在管片脱出盾尾后重新拧紧所有纵环向螺栓，确保每环管片之间紧密连接。

风险点4：施工参数控制不当

风险现象及危害性：

a. 盾构推进速度过快或过慢，过快时刀盘开口断面对地层的挤压作用相对明显，地层应力来不及释放；过慢时刀盘的正反转动对地层的扰动会增大，易形成建筑空隙；

b. 刀盘转速过快会造成严重超挖，直接加大盾构正前方的地面沉降；

c. 盾构姿态控制不佳，致使在盾构穿越过程中需加大纠偏量及增加纠偏频率，由此产生过多的建筑空隙；储桶内的油脂准备不充足，在推进时油脂开关未采用自动挡，致使不能自动根据压力情况进行自动补压，造成人为欠压的现象；

d. 同步注浆控制欠佳（包括浆液质量、同步注浆量、注浆速率及注浆压力的控制），致使注出衬砌外的浆液不能形成环箍，进而未能充填密实建筑空隙及阻止泥水渗流，盾构正面泥水沿盾壳流向已建成的隧道，因部分泥水带有一定压力，导致盾构上浮，对防汛墙安全产生不利影响。

风险控制措施：

a. 根据盾构穿越土层的地质条件严格控制施工参数，同时结合地面、地层的沉降及位移监测情况，及时调整施工参数指标，合理优化；

b. 过防汛墙时尽量做到均衡施工，减少对周围土体的扰动，避免途中有较长时间的耽搁；

c. 适当控制刀盘转速，正常情况下控制在1r/min以内，同时根据推进速度及刀盘扭矩进行调节；

d. 控制好盾构姿态以减少盾构纠偏量和纠偏频率，尤其要注意保持坡度，严禁随意进行调节，以保证盾构匀速通过；

e. 切实做好盾构油脂的压注工作，在每班推进前保证储桶内有充足的油脂，勤检查；

f. 严格控制浆液质量、同步注浆量、注浆速率及注浆压力，防止压力过大造成的负面影响，选择具有和易性好、泌水性小的浆液进行及时、均匀、足量压注，确保建筑空隙得以及时和足量的充填；

g. 具体压浆量和压浆点应参照压浆时的压力值和地层变形监测数据来选定，对压入位置、压入量、压入值做详细记录，在确保压浆工序施工质量的前提下，方可进行下一环的推进施工。

盾构穿越防汛墙风险评价见表7-26。

表7-26 盾构穿越防汛墙风险评价

序号	专项风险	发生概率	损失后果	风险等级
1	防汛墙下方推进	B	4	三级
2	盾构发生机械故障或压浆管路堵塞等情况	D	2	三级
3	盾构上覆土较浅或覆土受扰动大	E	2	三级
4	施工参数控制不当	D	2	三级

（4）盾构及配套设备操作、维修保养的风险点分析

风险点 1：盾构操作人员不合格，操作程序不正确

风险控制措施：

a. 操作人员应体检合格，无妨碍作业的疾病和生理缺陷，并应经过专业培训、考核；

b. 合格取得建设行政主管部门颁发的操作证后，方可持证上岗，学员应在专人指导下进行工作；

c. 操作人员在作业过程中，应集中精力正确操作，注意机械工况，不得擅自离开工作岗位或将机械交给其他无证人员操作，严禁无关人员进入作业区或操作室内；

d. 操作人员应遵守机械有关保养规定，认真及时做好各级保养工作，经常保持机械的完好状态。

风险点 2：电气设备保护接零违例

风险控制措施：

a. 保护接地：中性点不直接接地系统中的应采用保护接地，接地网接地电阻一般不宜大于 4；

b. 保护接零：中性点直接接地系统中的电气设备应采用保护接零；

c. 在同一供电系统中，不得将一部分电气设备作保护接地，而将另一部分电气设备作保护接零；

d. 在保护接零的零线上不得装设开关或熔断器；

e. 严禁利用大地作工作零线，不得借用机械本身金属结构作工作零线；

f. 电气设备的每个保护接地或保护接零点必须用单独的接地（零）线与接地干线（或保护零线）相连接，严禁在一个接地（零）线中串几个接地（零）点。

风险点 3：电气设备日常操作不当

风险控制措施：

a. 电气设备的额定工作电压必须与电源电压等级相符；

b. 电气设备遇跳闸时，不得强行合闸，应查明原因、排除故障后方可再行合闸；

c. 严禁带电作业或采用预约停送电时间的方式进行电气检修；检修前必须先切断电源并在电源开关上挂“禁止合闸，有人工作”的警告牌，警告牌的挂、取应有专人负责；

d. 发生人身触电时，应立即切断电源，然后方可对触电者作紧急救护，严禁在未切断电源之前与触电者直接接触；

e. 电气设备或线路发生火警时，应首先切断电源，在未切断电源之前，不得使身体接触导线或电气设备，也不得用水或泡沫灭火机进行灭火。

风险点 4：电动机使用、维修保养不当

风险控制措施：

a. 长期停用或可能受潮的电动机，使用前应测量绝缘电阻；

b. 电动机应装设过载和短路保护装置，并应根据设备需要装设断相和失压保护装置；

c. 直流电动机的换向器表面应光洁，当有机械损伤或火花灼伤时应修整；

d. 当电动机额定电压变动在允许的范围内时，可以额定功率连续运行，当超过时，则应控制负荷；

e. 电动机运行中应无异响、无漏电、轴承温度正常且电刷与滑环接触良好；

f. 电动机在正常运行中，不得突然进行反向运转；

g. 电动机停止运行前，应首先将载荷卸去，或将转速降到最低，然后切断电源，启动开关应置于停止位置。

风险点 5：空气压缩机的使用、维修保养不符合要求

风险控制措施：

a. 空气压缩机作业区应保持清洁和干燥；贮气罐应放在通风良好处，距贮气罐 15m 以内不得进行焊接或热加工作业；

b. 贮气罐和输气管路每 3 年应作水压试验一次，试验压力应为额定压力的 150%；压力表和安全阀应每年至少校验一次；

c. 空气压缩机应在无载状态下启动，启动后低速空运转，检视各仪表指示值是否符合要求，运转正常后，逐步进入载荷运转；

d. 作业中贮气罐内压力不得超过铭牌额定压力，安全阀应灵敏有效，进、排气阀、轴承及各部件应无异响或过热现象；

e. 运转中，在缺水而使气缸过热停机时，应待气缸自然降温至 60℃ 以下时，方可加水；

f. 当电动机空气压缩机运转中突然停电时，应立即切断电源，等来电后重新在无载荷状态下启动；

g. 停机时，应先卸去载荷，然后分离主离合器，再停止内燃机或电动机的运转；

h. 停机后，应关闭冷却水阀门，打开放气阀，放出各级冷却器和贮气罐内的油水和存气，方可离岗；

i. 在潮湿地区及隧道中施工时，对空气压缩机外露摩擦面应定期加注润滑油，并应作好防潮保护工作。

风险点 6：液压动力站使用、维修保养不当

风险控制措施：

a. 液压元件在安装前清洗干净，安装应在清洁的环境中进行，防止外界污染进入系统；

b. 液压泵、液压马达和液压阀的进、出油口不得反接，安装时应保证液压泵轴与传动轴的同心度，连接螺钉应按规定扭力拧紧；

c. 液压缸中心线应与负载作用线同心，并与安装面保持一定的平等度和垂直度；

d. 液压系统的油料，应符合出厂说明书中所规定的液压油种类和牌号，也可根据液压泵或液压马达的结构形式、液压系统采用的压力、环境温度等选用适当的油液；

e. 定期检查液压油的清洁度，如清洁度低于规定的等级，应及时更换，应认真填写单机加、换油记录及油品检测记录；

f. 向油箱加注新油的牌号应与旧油液牌号相同；当需加注不同牌号油液时，应将液压系统的旧油液全部放净并清洗后，方可加注新油；不同牌号的液压油不得混合使用；

g. 液压泵的出入口与旋转方向应与标牌标志一致，换新联轴器时不得敲打泵轴；

h. 各液压元件应固定牢固，油管及密封圈应无渗漏；

i. 在低温或严寒地带启动液压泵时，应使用加热器提高油温，加热时不得使油温超过80℃；启动后，当油温低于 10℃时，应使液压系统在无荷载状态下 20min 以上；

j. 初次启动时，在液压系统空载情况下，应观察并确认各工作状态正常，并应打开空气阀，将系统内空气排除干净；

k. 停机时间较长的液压泵和液压马达，启动后应空转一段时间，方可正常使用；

l. 溢流阀的调定压力不得超过液压系统允许的最高压力；应检查并确认各操纵阀、管接头等无破损漏油现象，各机构运转灵活，一切正常后，方可启动作业；

m. 运转中，在系统稳定工况下，应随时观察仪表读数，注意油温、压力、噪声、振动等情况，发现问题，应立即停机检修；

n. 当油温过高时，应检查油量、油黏度、冷却器、过滤器等是否正常，找出故障并排除后，方可继续使用；

o. 液压泵吸入管及泵轴密封部分等低于大气压力的地方不得漏入空气；

p. 当开启放气阀或检查高压系统泄漏时，不得面对喷射口的方向；

q. 高压系统发生微小或喷泄时，应立即卸荷检修，不得用手去检查或堵挡喷泄；

r. 拆检系统及管路时，应确保系统内无高压，方可拆除。

风险点 7：10kV 以下配电装置操作、维修保养不当

风险控制措施：

a. 施工电源及高低压配电装置应设专职值班人员负责运行与维护，高压巡视检查工作不得少于二人，每半年应进行一次停电检修和清扫；

b. 高压油开关的瓷套管应保证完好，油箱无渗漏，油位、油质正常，合闸指示器位置正确，传动机构灵活可靠，并应定期对触头的接触情况、油质、三相合闸的同期性进行检查；

c. 停用或经修理后的高压油开关，在投入运行前应全面检查，在额定电压下作合闸、跳闸操作各三次，其动作应正确可靠；

d. 隔离开关每季度检查一次，瓷件应无裂纹及放电现象；接线柱和螺栓应无松动；

e. 刀型开关应无变形、损伤，接触应严密；三相隔离开关各相动触头与静触头应同时

接触，前后相差不得大于 3mm；

f. 避雷装置在雷雨季节之前应进行一次预防性试验，并应测量接地电阻；雷电后应检查阀型避雷器的瓷瓶、连接线和地线均应完好无损；

g. 在施工现场专用的中性点直接接地的电力线路中必须采用 TN-S 接零保护系统；施工现场所有电气设备的金属外壳必须与专用保护零线连接；

h. 施工现场低电力线路网必须采用两级漏电保护系统，即第一级的总电源（总配电箱）保护和第二级的分电源（分配电箱或开关箱）保护，其额定漏电动作电流和额定漏电动作时间应合理配合，并应具有分级分段保护的功能；

i. 在易燃、易爆、有腐蚀性气体的场所应采用防爆型低压电器；在多尘和潮湿或易触及人体的场所应采用封闭型低压电器；

j. 各种熔断器的额定电流必须按规定合理选用；严禁在现场利用铁丝、铝丝等非专用熔丝替代；

k. 每台电动建筑机械应有各自专用的开关箱，必须实行“一机一闸”制，开关箱应设在机械设备附近；

l. 各种电源导线严禁直接绑扎在金属架上；

m. 配电箱电力容量在 15kW 以上电动机不得用刀型开关直接启动，各种刀型开关应采用静触头接电源、动触头接载荷，严禁倒接线；

n. 照明变压器必须使用双绕组型，严禁使用自耦变压器；

o. 使用移动发电机供电的用电设备，其金属外壳或底座，应与发电机电源的接地装置有可靠的电气连接；

p. 发电机组应设置短路保护和过载荷保护。

风险点 8：高压变压室安全操作不当

风险控制措施：

a. 送电、停电时的基本顺序是先送电源侧刀开关，再送负荷侧刀开关，最后送断路器，停电时的顺序正好与送电时相反；

b. 开关设备以机械联锁为主，辅之钥匙锁以满足专门操作的要求，使用前，操作人员必须熟悉掌握手车的操作程序和“五防”闭锁装置的原理，严禁强行操作；

c. 检查并保持母线清洁，检查绝缘套管有否损伤，在连接部位涂上导电膏或中性凡士林；

d. 当开关设备安装就位后，清除柜内设备上的灰尘杂物，后检查全部紧固螺栓有无松动，接线有否松脱；将手车在柜中推进、拉出数次，并进行分合闸试操作，观察有无异常；各仪表指针调零，检查二次接线是否正确，对继电器进行调整，检查联锁是否有效；

e. 高压变压器应做好防潮、防尘，不受机械损伤，不受剧烈振动、撞击和倒置等细节工作；

f. 在操作前，所有的安全措施与配备应作好；

g. 在合闸送电前，应检查是否有人在做其他调整工作；

h. 应避免把手放在高压变压器箱体的部位，身体也不要靠紧高压变压器外部；

i. 在维修期间，应在电源开关处放置警告板，以防止他人开动机器；

j. 不得随意拆卸电器及零部件。

风险点 9：门式、桥式起重机及电动葫芦操作、维修保养不当

风险控制措施：

a. 起重机路基和轨道铺设应符合出厂规定，轨道接地电阻不应大于规定要求；

b. 使用电缆的门式起重机，应设有电缆卷筒，配电箱应设置在轨道中部；

c. 用滑线供电的起重机，应在滑线两端标有鲜明的颜色，滑线应设置防护栏杆；

d. 轨道应平直，鱼尾板连接螺栓应无松动，轨道和起重机运行范围内应无障碍物，门式起重机应松开夹轨器；

e. 操作室内应垫木板或绝缘板，接通电源后应采用试电笔测试金属结构部分，确认无漏电方可上机；上、下操纵室应使用专用扶梯；

f. 作业前，应进行空载运转，在确认各机械运转正常、制动可靠、各限位开关灵敏有效后，方可作业；

g. 开动前，应先发出音响信号示意，重物提升和下降操作应平稳匀速，在提升时不得用快速，并应拴拉绳防止摆动；

h. 重物的吊运路线严禁从人上方通过，亦不得从设备上面通过；空车行走时，吊钩应离地面 2m 以上；

i. 吊起重物后应慢速行驶，行驶中不得突然变速或倒退；两台起重机同时作业时，应保持 3～5m 距离，严禁用一强起重机顶推另一台起重机；

j. 作业中，严禁任何人从一台桥式起重机跨越到另一台桥式起重机上去；

k. 操作人员由操纵室进入桥架或进行保养检修时，应有自动断电联锁装置或事先切断电源；

l. 露天作业的门式、桥式起重机，当遇六级及以上大风时，应停止作业，并锁紧或事先切断电源；

m. 门式、桥式起重机的主梁挠度超过规定值时，必须修复后方可使用；

n. 桥式起重机应将小车停放在两条轨产中间，吊钩提升到上部位置，吊钩上不得悬挂重物；

o. 作业后，应将控制器拨到零位，切断电源，关闭并锁好操纵室门窗；

p. 电动葫芦使用前应检查设备的机械部分的电气部分，钢丝绳、吊钩、限位器等应安好，电气部分应无漏电，接地装置应良好；

q. 电动葫芦应设缓冲器，轨道两端应设挡板；

r. 电动葫芦严禁超载起吊；起吊时，手不得位于绳索与物体之间，吊物上升时应严防冲撞；

s. 起吊物件应捆扎牢固；电动葫芦吊重物行走时，重物离地不宜 1.5m 高，工作间歇不得将重物悬挂在空中；

t. 电动葫芦作业中，发生异味、高温等异常情况，应立即停机检查，排除故障后方可继续使用；

u. 在起吊中，由于故障造成重物失控下滑时，必须采取紧急措施，向无人处下放重物；

v. 在起吊中不得急速升降；

w. 作业完毕后，应停放在指定位置，吊钩升起，并切断电源，锁好开关箱。

风险点 10：卷扬机操作、维修保养不当

风险控制措施：

a. 安装时，基座应平稳牢固、周围排水畅通、地锚设置可靠，并应搭设工作棚；操作人员的位置应能看清指挥人员和拖动或起吊物件；

b. 作业前，应检查卷扬机与地面的固定，弹性联轴器不得松旷；并应检查安全装置、防护设施、电气线路、接零或接地线、制动装置和钢丝绳等，全部合格后方可使用；

c. 使用皮带或形式齿轮传动的部分，均应设防护罩，导向滑轮不得用开口拉板式滑轮；

d. 以动力正反转的卷扬机，卷筒旋转方向应与操纵开关上指示的方向一致；

e. 钢丝绳应与卷筒及吊笼连接牢固，不得与机架或地面摩擦，通过道路时，应设过路保护装置；

f. 在卷扬机制动操作杆的行程范围内，不得有障碍物或阻卡现象；

g. 卷筒上的钢丝绳应排列整齐，当重叠或斜绕时，应停机重新排列，严禁在转动中用手拉踩钢丝绳；

h. 作业中，任何人不得跨越正在作业的卷扬钢丝绳；物件提升后，操作人员不得离开卷扬机，物件或吊笼下面严禁人员停留或通过，休息时应将物件或吊笼降至地面；

i. 作业中停电时，应切断电源，交提升物件或吊笼降至地面；

j. 作业完毕，应将提升的吊笼或物件降至地面，并应切断电源，锁好开关箱。

风险点 11：混凝土管片链式起重机操作、维修保养不当

风险控制措施：

a. 如果检测到链式起重机和起重机系统存在功能问题或不正常情况，则必须停止其使用，对其进行修理；

b. 维护检查活动只能由经过准许和培训的人员来完成；

c. 一般操作步骤：

a）首先检查设备是否正常，左右行走机构是否同步，不同步时用按键进行调整；

b）将用于一个管环的管片按正确的拼装顺序放置在管片运输车上；

c）将运输车辆定位于提升装置上；

d）使用管片起重机提起管片，并将其运送至前部；

e）将管片转动 90°，放置在给料机上，确保管片精确旋转在水平位置上；

f）解开吊钩，提起抓紧头，并将其重新回转到纵向位置；

g）将管片给料机上的管片前移一个位置；

h）向后移动管片起重机，提起下一个管片，并重新将其运送到前部；

i）重复步骤 E 至 H，直至所有管片均放在管片给料机上为止；

j）当有危险发生时，按紧急停止按钮，危险解除后，按复位按钮，继续吊运。

d. 一般注意事项：

a）严禁起吊物体超过承载能力；

b）严禁在起吊设备的作业区内停留；

c）严禁管片提升、行走两动作同时进行。

e. 操作人员视野必须开阔。

风险点 12：螺旋输送机操作、维修保养不当

风险控制措施：

a. 为改善土料的流动性，应可以通过加注孔道供给泡沫或水，加注孔道布置在螺旋输送机的周边；在螺旋输送机的后部，应安装有土压传感器，以监视螺旋输送机内的出土口的压力；

b. 为便于检查工作，或者为了允许木材或大石块通过螺旋输送机，应可以将螺旋输送机缩入泥浆管道；

c. 在进行维护和检查工作时，应先利用安装在压力壁前端的闸阀将螺旋管道关闭；

d. 只有在螺旋体已被伸缩装置缩回后，方可进行关闭操作；

e. 螺旋输送机后端的两个平滑阀应具备既防水又密封的功能，并可以通过控制台或就地控制盘来操作；出现停电时，联锁杆在液压蓄能器的作用下能自动关闭。

风险点 13：管片拼装机操作、维修保养不当

风险控制措施：

a. 拼装机的动作经过协调设计，专门适合其用途，必须保证能够实现管片的精确定位；其动作功能，如伸缩、转动和径向移动应均按比例驱动，所有动作功能必须具有充足的动力储备，能够保证构件位置的灵敏变动；

b. 清洗拼装机轴承时，不得使用压缩空气或高压清洗机；

c. 管片拼装过程中，液压软管破裂，必须采取如下措施：转动至可靠位置（压紧上部、下部，放下，横向置于隧道侧壁上），不得有人处于危险区域内，必须确定危险区域；

如果无法将管片回转至一可靠位置，则必须通过在下部放置木块或固定牵引链条，予以可靠固定。

风险点 14：皮带输送机操作、维修保养不当

风险控制措施：

a. 固定式皮带输送机应安装在紧固的基础上；移动式皮带输送机在运转前，应将轮子对称揳紧，多机平行作业时，彼此间应留出 1m 以上的通道，输送机四周应无妨碍工作的堆积物；

b. 启动前，应调整好输送带松紧度，带扣应牢固，轴承齿轮、链条等传动部件应良好，托辊和防护装置应齐全，电气保护接零或接地应良好，输送带与滚筒宽度应一致；

c. 启动时，应先空载运转，待运转正常后，均匀装料，不得先装料后启动；

d. 加料时，应对准输送带中心并宜降低高度，并保持加料均匀；

e. 作业中，应随时观察机械运转情况，当发现输送带有松弛或走偏现象时，应停机进行调整；

f. 作业时，严禁任何人从输送带下面穿过，或从上面跨越；输送带打滑时，严禁用手拉动；严禁运转时进行清理或检修作业；

g. 输送大块物料时，输送带两侧应加装料板或栅栏等防护装置；

h. 调节输送机的卸料高度，应在停车时进行；调节后，应将连接螺母拧紧，并应插上保险销；

i. 运输中需要停机时，应先停止装料，待输送带上物料卸尽后，方可停机；

j. 当电源中断或其他原因突然停机时，应立即切断电源，将输送带上的物料清除掉，待来电或排除故障后，方可再接通电源启动运转。

风险点 15：主驱动油润滑泵操作、维修保养不当

风险控制措施：

a. 在选择和补充润滑油和油脂时，所有产品均应来自同一生产商，并且始终使用相同牌号的油或脂；不同油料混合使用将导致产品物理特性的变化，并由此对盾构机造成关键部位损坏；

b. 主驱动装置采取循环油润滑系统进行润滑，润滑系统与主驱动运行联锁，即润滑系统未启动前，主驱动不能启动；

c. 油润滑区与刀盘轴承脂润滑区被密封隔开，以防止油润滑区的磨粒进入轴承密封；

d. 启动前检查项目应符合下列要求：

a）电动机与泵连接同心，联轴节的螺栓紧固，应有防护装置，周围无障碍物；

b）管路支架牢固，密封可靠，泵体、泵轴和亚盖密封严密；

c）排气阀畅通，进、出油管接头严密不漏。

e. 运转中发现下列情况，应立即停机检修：

a）漏油、冒气密封处发热；

b）运转声音异常；

c）电动机温升过高，电流突然增大；

d）机械零件松动或其他故障。

f. 不允许螺杆泵中未充满油液时启动和运行，不得调整厂家已调定的系统中的限定压力；

g. 随时监视、检测和分析系统的油压、油流量、油温（通过主控室油温窗口预选显示）、滤油器污染和油污染程度。

风险点 16：主驱动脂润滑泵操作、维修保养不当

风险控制措施：

a. 润滑脂是通过压缩空气驱动的注脂泵注入，因而应向油脂供应商确认使用的润滑脂能够采取泵注入方式，且应能够承受高达 30MPa 的泵送注入压力而不会影响润滑脂的品质；

b. 主驱动装置应采取与注脂泵润滑系统联锁控制，即此系统比主驱动提前启动，当注脂泵润滑系统未启动，则主驱动不能启动；如果注脂泵润滑系统工作中不正常，则主驱动将被自动关闭，不许强制启动主驱动装置。

风险点 17：盾尾注脂泵操作、维修保养不当

风险控制措施：

a. 盾尾注入密封脂应可由司机预选手动或自动注入模式，一般使用自动模式，当个别注入点位存在密封不严而漏水需加注时，可采用手动注入模式；

b. 不允许调整厂家已设定好的注脂压力和流量，保持好两腔室中的密封设定压力，以保证良好的盾尾密封；

c. 随时监视两腔室的注脂压力和油桶中的油量（在操作面板上有分别显示）。

风险点 18：泡沫泵操作、维修保养不当

风险控制措施：

a. 启动前必须检查具有充足的泡沫剂液体和发泡用的压缩空气供给；

b. 泡沫泵及其发泡装置，根据掘进地层的性质和粒径大小比例，对不同掘进模式中注入泡沫具有手动、半自动和自动控制注入三种模式；

c. 当前流量应以可视化方式显示。

风险点 19：同步注浆泵操作、维修保养不当

风险控制措施：

a. 同步注浆的控制压力设定，一般应大于盾构机所处当地断面的水土压力，也应大于土仓中设定的平衡土压——即土压平衡掘进时土仓中的土压设定值；

b. 应根据地层性质和水量，正确选择注入砂浆配合比；

c. 为确保注浆装置工作平稳，必须遵守生产厂商的有关操作和维护说明；

d. 禁止使用压缩空气来清除管路堵塞。

风险点 20：水冷却泵操作、维修保养不当

风险控制措施：

a. 通过主控室内冷却水控制面板上的启动/停止按键，启动或停止水冷却泵系统；当停止按键中的发光二极管有闪烁灯光时，说明系统有故障，应立即停止运行并检查处理；

b. 当停机需要延伸管路时，工班长应检查并确认管路处于卸压状态，若管路处于加压状态，就不得打开接口，以免造成危险。

风险点 21：盾构机司机基本操作不熟悉，未经正规上岗培训

风险控制措施：

a. 推进前应检查并确保盾构机内的主控制室内的控制盘和现场（就地）控制盘能完成盾构机的推进、切削岩体、同步注浆、管片拼装、渣土运输、渣土改良、盾尾密封、隧道导向等一系列的操作；

b. 要求盾构机司机能熟练掌握盾构机主控制室内的操作，同时熟悉现场（就地）控制盘的操作；能够熟练掌握主控制室内各按钮的功能，根据现场施工的实际情况和地质情况，及时调整各系统的参数设定，以及各系统的操作数值；

c. 能够根据测量导向面板显示，推进油缸行程值、铰接油缸行程值，盾尾与管片的间隙进行正确的管片造型。

风险点 22：盾构电机启动操作不当

风险控制措施：

盾构电机启动顺序应如下：

a. 外循环水泵—内循环水泵—液压油过滤泵—齿轮油泵—空气压缩机—补油泵—先导油泵—脂润滑泵—刀盘驱动泵—螺旋输送机泵—推进系统泵　辅助系统泵—盾尾密封注脂泵；

b. 各电机正常启动后，应启动按钮绿灯亮，当按停止按钮时，停止按钮红灯亮；当电机出现故障时，红灯闪烁，电机不能再次启动，应排除故障，才可再次启动。

风险点 23：土压平衡盾构螺旋输送机闸门开闭故障

风险控制措施：

a. 应密切关注土仓压力显示值，从而保持盾构机的土压平衡，防止掘进上方地表隆起或沉降；

b. 通过土仓压力的调节，控制盾构机的推进速度或螺旋输送机的排渣速度并进行调整；

c. 螺旋输送机后部的土压值是渣土排放的依据，一般情况下该土压值为零，当该值大

于零时，在螺旋输送机的排渣口将发生喷涌，此时需要加注泡沫改良土仓内和螺旋输送机内的渣土；

d. 螺旋输送机伸缩节的向前和向后，当螺旋输送机需要时，按伸出或缩回按钮，当到达螺旋输送机的限位位置，伸出或缩回灯闪烁，此时应停止伸缩；

e. 只有在前门开启时，螺旋输送机才可以进行伸出的操作；只有在螺旋输送机缩回时，前门才可以关闭；

f. 在螺旋输送机进行排渣时，后闸门必须打开，打开时行程值随之变化，掘进完成拼装管片时后闸门必须关闭。

风险点 24：推力油缸操作不当

风险控制措施：

a. 应可以通过推进系统对盾构机掘进提供正常推力，并可以随时调整盾构机的推进速度，通过对四组推力缸压力的调整可以实现盾构机的转弯和推进；

b. 应根据测量面板显示的盾构机的姿态和地层地质，随时调整推进速度和推进油缸的压力；

c. 拼装管片推进的液压系统压力由盾构机内的参数设定，未经许可不得更改；

d. 四组推进油缸的行程差值不得大于一定限值。

风险点 25：盾尾铰接油缸操作不当

风险控制措施：

a. 检测盾构机内铰接油缸的 PLC 控制系统，应保证铰接油缸行程大于高限值时，PLC 控制系统能自动报警，小于低限值时，盾构机将停止推进；

b. 当铰接油缸处于保持状态时，14 个铰接油缸应有杆腔相互连通，无杆腔回油箱，盾尾随盾构机的掘进而前进，随所受力的大小而自动转动；

c. 盾构铰接油缸缩回的选择，应保证当盾构铰接油缸行程偏小时，旋钮旋到拉上位置，盾尾回缩；

d. 只有在推进模式下，才能缩回盾构铰接油缸；

e. 当四组铰接油缸的行程差值很大，盾尾与管片的间隙一侧偏小时，应把旋钮旋到释放位置，铰接油缸的有杆和无杆腔都与油箱连通，盾尾根据受力情况自由转动，适应管片间隙，然后根据情况旋到保持或拉上位置；

f. 为了避免盾尾碰到管片，应经常调整铰接油缸的行程，每一行程之间的差值不得过大。

风险点 26：刀盘驱动装置操作不当

风险控制措施：

a. 刀盘驱动装置应可以控制刀盘的转速、旋转方向，从而控制刀盘切削岩体的速度和盾体的滚动角；

b. 刀盘驱动的正确操作步骤如下：

所需泵全部启动，钥匙开关在操作位—速度旋钮在“0”位置—选择高低速度按钮 1 或 2—选择刀盘旋转方向“左”或“右”，当盾体向左滚动时，刀盘旋转方向选左转，反之亦然—选择启动键—旋转速度旋钮调到合适位置—启动推进系统进行推进—停止时，首先停止推进系统油缸，然后才能停止刀盘旋转—当需要在刀盘中换刀时，钥匙开关在服务位置，并上锁。

风险点 27：超挖刀控制不当

风险控制措施：

a. 刀盘上可以伸缩的超挖刀，平时应在规定的范围内，并不进行切削土体工作；当需要转弯时，把超挖刀伸出可以扩挖到直径的范围；

b. 超挖刀操作正确步骤如下：

a）启动超挖刀泵—按伸出按钮—超挖完成后按缩回按钮—停止超挖刀泵；

b）在参数设定中，当达到设定值时，PLC 控制系统应做出警告或停止相应系统工作。

风险点 28：泥浆加注操作不当

风险控制措施：

a. 在注浆泵正常工作时，在控制内的操作灯将发亮，盾构机司机能够实时监控注浆泵的工作；

b. 当盾尾内的注浆压力低于参数设定的最小压力值时，低压指示灯发亮，提醒司机查找原因；

c. 盾尾与连接桥的油缸位于行程末端或台车被卡住时，后配套与盾体的联接指示灯发亮，司机应停止掘进，查出原因，作出相应处理。

风险点 29：拼装机操作故障

风险控制措施：

a. 管片供给小车的上升与下降和推进与缩回严禁同时动作；

b. 严禁同时进行管片拼装的两个动作；

c. 卡爪松开必须两个按钮同时按下；

d. 拼装机械手必须经过培训才可上岗操作；

e. 拼装机械手进行操作时必须在可视范围内；

f. 推进油缸完全压紧后才可松开卡爪；

g. 严禁拼装范围内人员停留；

h. 拼装机旋转必须在规定正负角度范围内工作，严禁以达到最大限位时作为停机。

风险点 30：盾构机方向不能有效控制

风险控制措施：

a. 使盾构机趋向于隧道中心线方向，控制蛇行和滚动；

b. 防止纠偏过急，蛇行的修正以长距离缓慢修正为原则；

c. 盾构机姿态的调整应适应管片的状态，管片的选型拼装应适应盾构机的姿态及趋势；

d. 底部推进油缸的压力应高于顶部推进油缸的压力，防止盾构机低头；

e. 采用刀盘左右旋转交替进行，调整盾构机滚动值；

f. 每一环掘进完毕后，都要测量盾构机的盾尾与管片的间隙，间隙控制在规定之间；

g. 盾构机的推进油缸和铰接油缸的行程间隙不能过大，行程差值大于一定数值必须用转弯环进行调整。

风险点 31：砂浆搅拌输送泵车操作保养不当

风险控制措施：

a. 混凝土搅拌输送车的电动机车部分应执行相应规程的规定；

b. 混凝土搅拌输送车润滑油、液压油等应添加充足，质量应符合要求；

c. 搅拌筒和滑槽的外观应无裂痕或损伤；滑槽止动器应无松弛和损坏；搅拌筒机架缓冲件应无裂痕或损伤；搅拌叶片磨损应正常；

d. 应检查动力取出装置并确认无螺栓松动及轴承漏油等现象；

e. 搅拌输送车装料前，应先将搅拌筒反转，使筒内的积水和杂物排尽；

f. 搅拌装置连续运转时间不宜超过 8h；

g. 搅拌混凝土时，应在搅拌筒内先加入总需水量 2/3 的水，然后再加入骨料和水泥，按出厂说明书规定的转速和时间进行搅拌；

h. 作业后，搅拌筒入口和托轮等处进行冲洗及清除混凝土结块，当需进入搅拌筒清除结块时，必须先取下电机钥匙，在筒外应设监护人员。

风险点 32：盾构机维修保养不当

风险控制措施：

a. 通过正确操作、利用适宜的润滑剂进行充分润滑和维护并且密切注意设备的运行状态，防止出现功能不正常；

b. 维护工作必须严格实施，以确保隧道掘进机能够安全可靠的运行，同时减少故障停机次数；

c. 所有维护工作只能由经授权并且具备相应资质的人员来承担，这些人员必须阅读并掌握本安全操作规程；

d. 必须遵守所有针对检查和维护工作所规定的时间安排，包括有关总成和零部件更换要求；

e. 只可使用由制造商提供的原厂备件和附件，以及规定的作业材料和燃料；

f. 在维护和维修工作过程中，必须使用维护开关（如果有的话）；

g. 在机身高度以上进行维护和维修工作时，必须使用所提供的或其他合适的安全辅助装置和工作平台；

h. 在刀盘处进行维修工作时，维修工人需要使用安全绳具，并将绳具固定在指定位置；

i. 在开始维护或维修前，应先清理设备零件，尤其是接头和管件部分；不得使用侵蚀性清洗剂，只可使用不起毛的抹布；

j. 在使用水、高压清洗装置或其他清洗剂进行清洗前，出于安全或功能方面的考虑，应使用盖子或胶带将所有开口予以封闭，以防液体或清洗剂进入，尤其是对电动机和控制柜而言；

k. 得使用高压清洗装置来清洗电气/液压部件和密封件；

l. 完成维护工作后，应按规定的拧紧力矩，重新拧紧所有已松开的螺钉联接；

m. 如果由于装备、维护或维修的原因而需要拆卸安全设备，则在完成此类工作后，应随即将安全设备装配好，并进行必要的检查和调整；

n. 如果液压缸、蓄压器或任何其他部件没有卸压，仍可能导致各管路中的某一条处于压力状态，为此，在开始工作之前，应必须对液压缸和其他受压部件进行保护，以防动作，并将蓄压器内的压力卸除；

o. 在松开或卸下较重零件的固定螺钉或螺栓之前，必须采取可靠措施，以防其倾翻或坠落；

p. 控制柜必须始终保持关闭状态；维护或维修时，开启必要的门即可；电工离开工作场所，即使是暂时的离开也需要将柜门关上；在工作完成后，也要随即关闭柜门。

风险点 33：维修保养计划未按要求执行

风险控制措施：

a. 每项应做的维护工作和间隔时间规定的任务，均必须全部予以实施；

b. 维护工作只能在设备停机状态下进行；

c. 正在被实施维护工作的部件必须处于停机状态，并且采取措施，防止重启动；

d. 在进行液压系统的相关工作前，必须将系统卸压；液压缸必须采取措施，防止下落；转盘驱动装置必须采取防范措施，防止其动作；

e. 应避免爆发性油液喷涌，将会导致系统损坏，并导致人身伤害事故的发生；

f. 只允许经过相应培训的专业人员来负责维护工作。

通过对外滩通道工程北段盾构及其配套设备操作、维修保养的风险分析，结合目前风险管理的有关理论与方法，对存在的风险进行专项评估分析，得出风险等级评定表见表7-27。

表 7-27　盾构及其配套设备操作、维修保养风险评价

序号	专项风险	发生概率	损失后果	风险等级
1	盾构操作人员不合格，操作程序不正确	D	2	三级
2	电气设备保护接零违例	C	3	三级
3	电气设备日常操作不当	C	3	三级
4	电动机使用、维修保养不当	C	3	三级
5	空气压缩机的使用、维修保养不符合要求	D	2	三级
6	液压动力站使用、维修保养不当	C	3	三级
7	10kV 以下配电装置操作、维修保养不当	C	3	三级
8	高压变压室安全操作不当	B	2	二级
9	门式、桥式起重机及电动葫芦操作、维修保养不当	C	3	三级
10	卷扬机操作、维修保养不当	D	4	四级
11	混凝土管片链式起重机操作、维修保养不当	B	2	二级
12	螺旋输送机操作、维修保养不当	C	3	三级
13	管片拼装机操作、维修保养不当	C	3	三级
14	皮带输送机操作、维修保养不当	C	3	三级
15	主驱动油润滑泵操作、维修保养不当	D	2	三级
16	主驱动脂润滑泵操作、维修保养不当	C	3	三级
17	盾尾注脂泵操作、维修保养不当	C	3	三级
18	泡沫泵操作、维修保养不当	C	3	三级
19	同步注浆泵操作、维修保养不当	C	3	三级
20	水冷却泵操作、维修保养不当	D	4	四级

5. 重大节点的施工风险控制

（1）盾构出洞及穿越保护建筑的风险控制

外滩通道盾构施工采用 ϕ14.27m 的土压平衡盾构，隧道衬砌结构外径 13.95m，内径 12.75m，厚 600mm，盾构隧道主线最大纵坡度为 5%，盾构出洞及出洞段推进里程 NXK1＋120～NXK0＋978（＋1～＋71 环），共 142m。出洞处隧道轴线中心标高为－13.215m，隧道顶部覆土约为 9.44m，沿轴线覆土厚度逐渐增加，出洞段最大埋深约为 17.5m。隧道出洞段的平面关系如图 7-20 所示。

盾构出洞穿越的地层如图 7-21 所示。由于盾构切割土体的断面直径达 14.27m，盾构断面跨越的土层有②$_{3-2}$、④、⑤$_1$。

① 盾构出洞段特点与难点

a. 大断面、大坡度出洞

盾构外径为 14.27m，相应出洞的洞门面积接近 170m^2，且出洞时盾构坡度达－5%，因此盾构的轴线控制及洞门止水施工有相当大的难度。

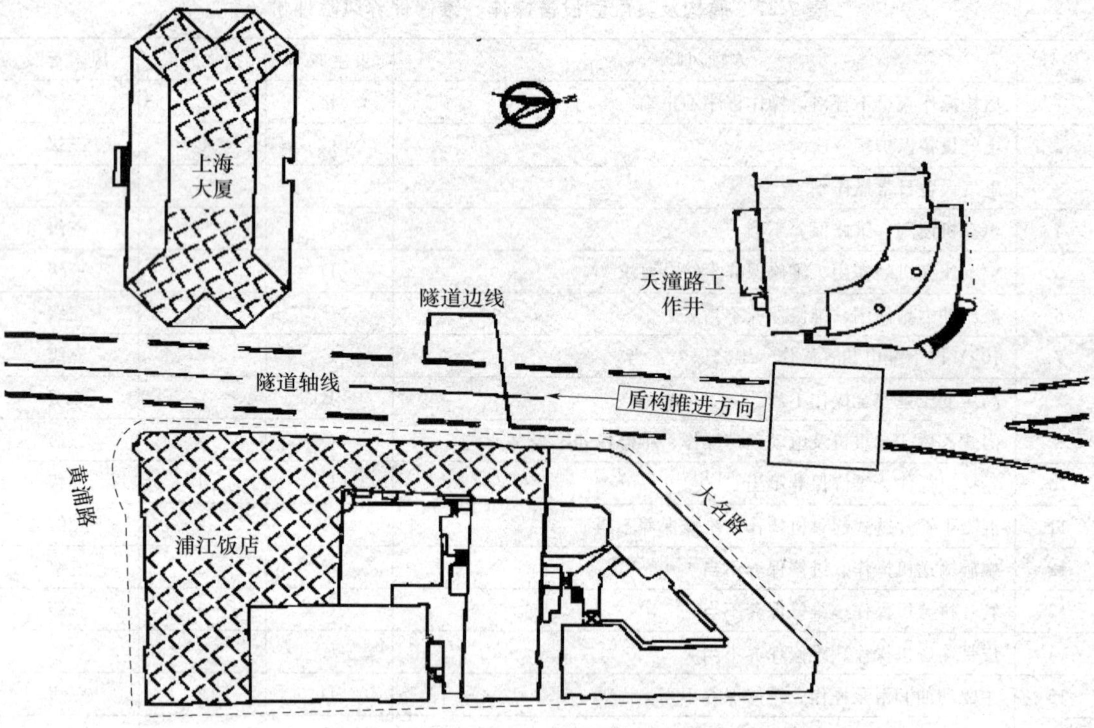

图 7-20　隧道出洞段的平面位置关系

b. 浅覆土施工

盾构出洞段隧道顶部覆土最浅只有 9m 左右，小于一倍的隧道直径，属浅覆土施工，地面沉降控制难度大。

c. 大厦保护与穿越历史建筑

金融大厦距离盾构始发工作井最近只有 6.5m，盾构出洞施工要确保不引发水土流失，否则将会影响大厦桩基的稳定；盾构出洞后不久即要穿越浦江饭店和上海大厦，浦江饭店与隧道边最小净距为 2.7m，上海大厦与隧道边最小净距为 2.9m。

d. 穿越区管线保护

出洞段区域管线复杂，埋深较浅，多为年久失修的管线。

e. 不良地质影响

盾构掘进过程中将穿越$②_{3\text{-}1}$黏质粉土夹粉质黏土、$②_{3\text{-}2}$砂质粉土层，在承压动水头压力下易发生流砂、崩塌现象，影响开挖面稳定。

② 主要风险点控制措施

a. 工作井前方土体加固

土压平衡盾构的出洞口土体稳定性相当重要，一旦洞口土体受到扰动和破坏，势必影响刚出洞的盾构切口土压稳定，如此大截面的土体被扰动后，很难达到良好的土压平衡效

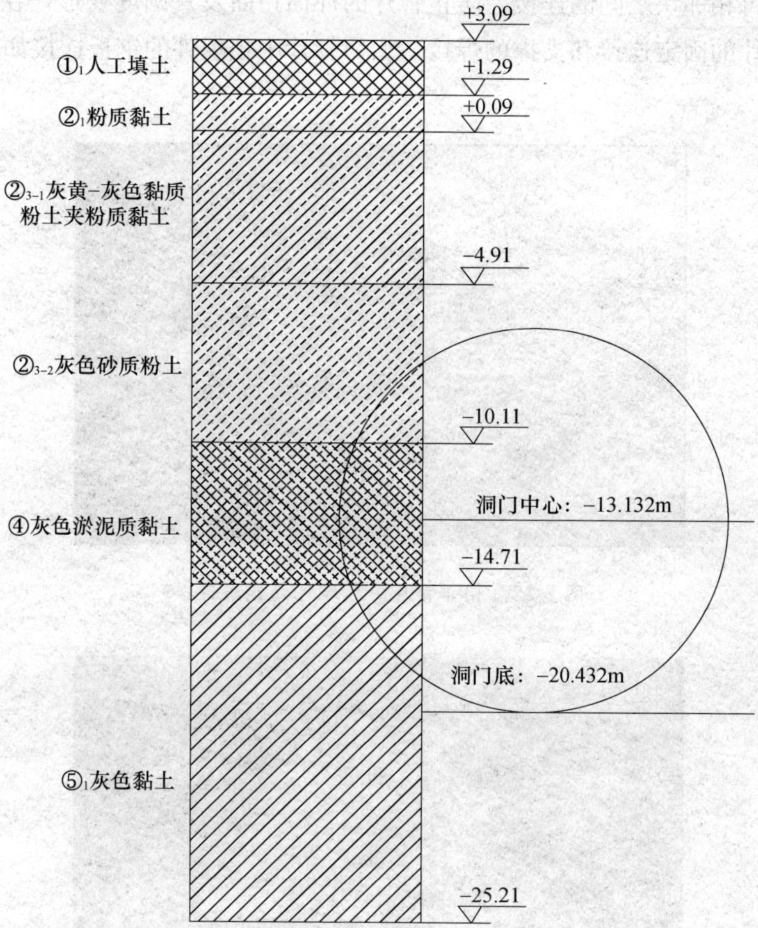

图 7-21　盾构穿越的土层

应，极易出现地面塌陷现象，对出洞段施工中土压平衡的建立带来风险。为规避盾构出洞引发工作井塌方或工作面失稳，在盾构出洞前应对工作井前方土体进行加固处理。采用以搅拌桩为主结合旋喷桩的加固方法，土体加固范围长 13.5m、宽 22.5m、深 28m，控制土体的强度不小于 1.0MPa 但又不能过高，以防止盾构刀盘切割土体的难度增加。

b. 负环拼装

工作井内的负环管片拼装是盾构的首次运行，虽然属于盾构的调试运行阶段，但负环管片拼装的质量安全是要有所保证的，因此需要对潜在的问题进行全面考虑和控制。为了施工操作的安全性和拼装经验的逐步积累，并保证成环后的管片尽量接近理论轴线，对于总共的 8 个负环管片采取前 4 环封顶块在上半部拼装，后 4 环的封顶块在下半部拼装。

第一负环（−8 环）要控制好管片的椭圆度、环面平整度、坡度，因为其对后续管片的拼装起着基准的定位作用。为了对负环管片进行固定、连接和施工需要，在负环管片上设置了一些预埋件，其作用就是用于在管片拼装过程中与盾壳之间的固定、在同环和相邻环管片中加固每相邻块之间的连接，防止管片的环面扭曲及真圆度变形，在管片脱出盾尾后保证相邻管片的固定连接和支撑的焊接。相邻管片中预埋件的钢板连接如图 7-22、图 7-23 所示。

图 7-22　相邻管片中预埋件的钢板连接

图 7-23　负环管片拼装及洞圈封闭

c. 洞门的凿除与洞圈封闭

本工程需凿除的洞门混凝土厚为 1.2m，开凿、清除顺序按照由下至上，采用分层凿除。严格控制每次凿除深度，对洞门内的内、外排钢筋依次作割除处理。对洞门凿除过程中发现的渗水点及时封堵，防止水土流失。洞门完全凿除后，盾构机向前靠上洞门圈，尽快建立起土仓内压力与工作面土压的平衡状态。

在＋3 环推进时要进行洞门封堵工作，用钢板和＋1 环的背覆钢板焊接进行封堵，再进行工作井内负环管片拼装及洞圈封闭。封堵结束后通过盾尾同步注浆系统向洞圈建筑空隙内作适当的补压浆，压浆量要满足充填空隙和压力的要求，根据实际监测数据进行调整确定，作为应急考虑同时需配备必要的防水材料设备。

d. 穿越保护建筑

上海大厦和浦江饭店作为历史保护建筑，它们与隧道的位置关系如图 7-20 和图 7-24 所示。隧道边与浦江饭店基础的最小净距约为 2.7m，隧道顶与基础的净距约为 14.5～17.6m；隧道边线与上海大厦结构最近距离为 2.9m（尺寸与图示比例不符）。在两座保护建筑间的盾构穿越施工，要求对建筑的沉降影响控制在 2cm 的极限范围内，这是盾构出洞段施工中一个非常关键的风险点。

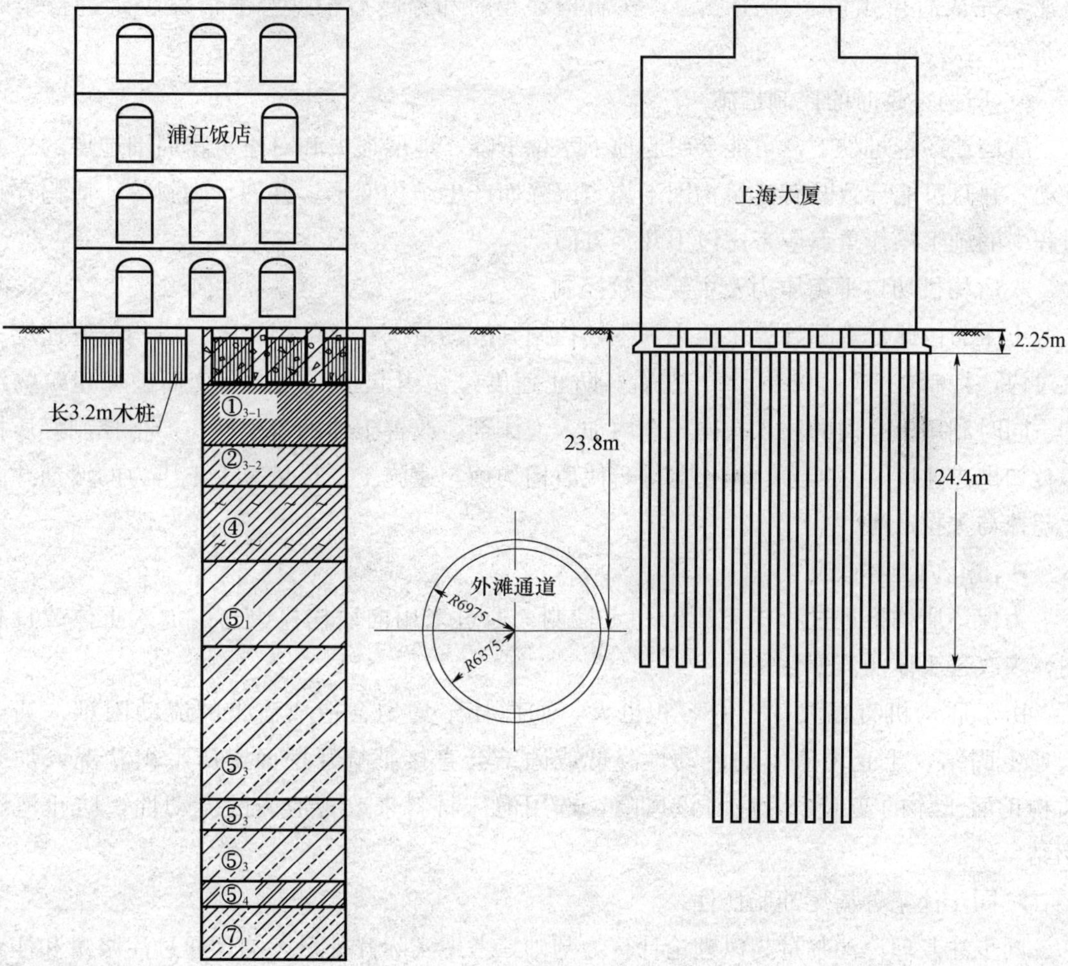

图 7-24　隧道与保护建筑的位置关系示意图

a）预保护措施——隔离桩

全面考虑了保护性施工过程对建筑基础可能产生的先期扰动，最终确定在浦江饭店侧采用安全性较高的全回转套管灌注桩的隔离桩保护方案，即在隧道与浦江饭店之间施工一排桩长 32～36m、直径 800mm、净间距 200mm 的隔离桩，并在桩间预留注浆孔进行压密注浆。为加强隔离桩的整体刚度并充分发挥群桩保护效应，在隔离桩顶部浇筑钢筋混凝土圈梁，这样在盾构推过时，可极大地屏蔽开挖对周围土体的扰动范围，降低土体波动。

b）注浆保护措施

由于上海大厦侧的管线和场地等原因不能采用隔离桩施工，且考虑到其建筑的桩基较深，采用预注浆结合跟踪注浆进行保护。盾构推进前在上海大厦靠近隧道边线沿隧道轴线纵向布设孔径 5cm、间距 1m、深 16m 的注浆孔注浆。采用双液注浆，第一次注浆完成后再预留一排注浆管，在盾构穿越时和穿越后根据监测情况决定进行跟踪注浆和二次注浆。

c）盾构穿越时的控制措施

盾构在穿越过程中，可能会引起地下水位下降、地层损失和对建筑物周围地层的二次扰动，并且可能导致既有建筑物因不均匀沉降而产生结构变形、开裂、倾斜等。盾构穿越过程中的施工操作重点应考虑以下几个方面：

➢ 盾构机切口平衡压力及主要参数控制

土压力按此处实际计算土压力为主，控制其波动范围在±0.01MPa。盾构推进速度不宜过快，控制在 10～20mm/min 左右，防止速度过快引起土层应力突变而破坏建筑物结构。同时利用土仓内的注入孔向土仓内加入泡沫剂，改善土体的流塑性。严格控制好盾构参数如推进速度、总推力、出土量等，使盾构均衡匀速施工，尽量减少土压力的波动并防止超挖与欠挖产生。

➢ 土仓内土体改良

为保证盾构推进过程中土压的稳定控制，通过采用向盾构机土仓内加入土体改良材料，来改善土体的流塑性。

由于盾构机直径大，土仓容积也大，如搅拌不均匀会造成渣土的流动困难，甚至会产生固结，土仓内渣土的流动性降低或固结会直接影响开挖面土压平衡状况，加大盾构正面土体的变形，为应对该风险，选用泡沫材料来改善渣土的流动性，防止渣土固结。

➢ 同步注浆、盾尾油脂压注

同步注浆理论注浆量为以理论计算为基础，考虑实际开挖量影响，通过注浆量和注浆压力双指标来控制注入量。浆液质量要严格控制，要满足凝固时间和强度等指标要求。本盾构同步注浆孔共 6 个，分别位于盾尾的上、中、下部，实际注浆过程中严格控制每个注浆孔的注浆量和注浆压力，使得浆液可以均匀填充盾尾间隙，将建筑物沉降控制在最小范围内。注浆压力的设定要确保不影响衬砌管片的安全。盾构推进的同时，根据地面监测情况，随时调整注浆量及注浆参数，必要时进行二次壁后注浆。

盾尾油脂的压注在参考理论要求的均匀压注 200kg/环的基础上，依据现场盾尾是否会发生泄漏或变形等情况，及时压注调整。

➤ 盾构姿态与管片姿态控制

盾构出洞段以－5%的坡度推进，而又是近距离穿越保护建筑，这就要求盾构姿态和推进轴线的控制要极其精准，注意对盾构姿态和管片姿态的纠偏处理。主要的措施就是根据当前姿态所计算出的纠偏量来设定各个分组千斤顶的工作压力，控制推进速度和行程来进行纠偏处理。在施工过程中为了控制盾构机头的下沉量，还采取了在盾构刀盘底部进行注浆填充的辅助处理措施来进行盾构姿态的调整和保持。

➤ 同步监测

在盾构穿越前已在隧道线路及保护建筑周围布设好土体水平位移及分层沉降的监控点，并在房屋墙体上设置测斜仪及沉降观测点，加强对房屋的监测，所有监测数据应及时分析并反馈给参建单位及各相关方，施工可根据监测情况迅速调整参数，保证盾构穿越房屋的安全。

d）穿越后施工段

盾构机穿越后，根据监测情况进行二次注浆施工，进一步填补土体内间隙，控制地面后期沉降。

虽然盾构穿越过程中引起了地面及保护建筑的沉降变形，但由于措施得当，及时的地面压密注浆和盾构施工参数的调整，使得变形控制在允许的范围之内，最大限度的保证了建筑的安全。2009 年 3 月 28 日盾构成功的在浦江饭店和上海大厦之间完成了穿越，如图 7-25 所示为盾构穿越后的浦江饭店。

图 7-25　盾构穿越后的浦江饭店

（2）盾构穿越外白渡桥的风险控制

外白渡桥已有百年历史，历经了多次维修与加固。外白渡桥为两孔简支下承式钢桁架桥，中墩基础尺寸约 10.1m×28.9m，边墩基础尺寸约 9.1m×24.4m。墩柱与基础为大体积的圬工结构，底层布有一定数量的钢筋。桩基为 0.3m×0.3m 的小木方桩，长度约 8.8m，桩尖土层为灰色淤泥质（亚）黏土。基础型式性质上偏向于大体量的复合基础。

根据线路纵剖面，采用盾构从外白渡桥下基础下穿越，盾构顶距基础桩底约 1.5m。采用大直径的盾构进行隧道掘进，会引起地面一定的隆沉变化。如使用平面有限元和 Peck 公式计算，盾构掘进引起的桥墩沉降的范围为 2.0～6.7cm，均超过了外白渡桥的保护标准。外滩通道与外白渡桥的位置关系如图 7-26 所示。

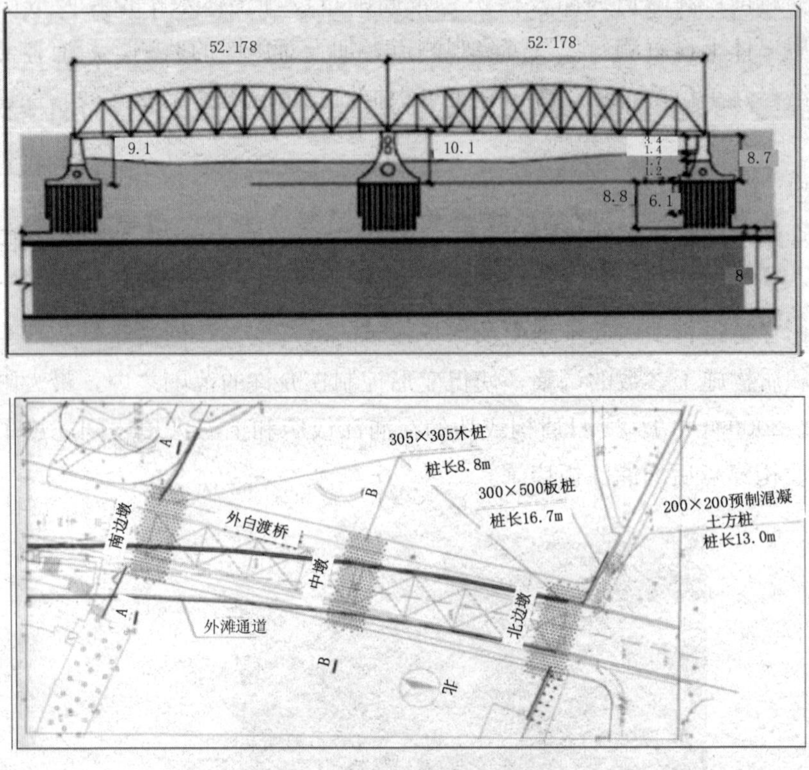

图 7-26　外滩通道与外白渡桥位置关系

盾构穿越外白渡桥的技术措施包括盾构正面土压力、推进速度、出土量、管片拼装、盾构纠偏量、同步注浆、二次壁后注浆、背部沉降等的控制及信息化施工。

① 外白渡桥移桥方案流程

外白渡桥由两跨组成，每跨长 52.178m。每幅道路板占位宽度为 3 个车道共 11.2m，每边留有 3.6m 的人行道。

钢结构框架的修复和下部基础的重建工作总体上分三个阶段：

a. 钢架桥单元将被拆除并用驳船运到船厂进行检修和加固处理；

b. 桥墩、下部基础和防汛墙的重建；

c. 检修加固后的钢架桥，在原址重新架设。

② 桥体分解的方法

移桥工作需要把桥架结构放到驳船及浮筏上，通过现有的河道运走。应该注意的是在驳船托运过程中，驳船上钢桥架固定的稳定性问题。

为了避免钢架在下卸到驳船并绑扎固定的过程中对受拉杆件产生有害的剪应力，支撑位置（即顶升点）应直接设在钢桥结构下方的结点上，如图 7-27 所示。

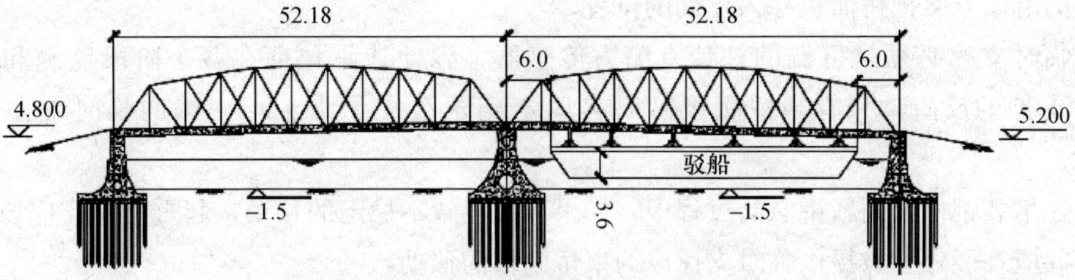

图 7-27　驳船到位后的立面图

在顶升点处需要对底部的局部进行加固，因为垂直及斜撑已严重锈蚀和损坏，比如建议对载荷支撑点下的千斤顶板进行焊接处理。

在钢桥桁架下移到驳船运输之前，要确保所有的支撑点都与底部甲板全接触，以避免钢桥桁架有任何意外的偏斜和扭曲。铝制的垫片和楔子可用于填塞缝隙以保证桁架的垂直度。

对钢桁架进行固定，以尽量减少桁架在运送过程中的任何横向运动，并加强横向稳定性。

有必要考虑搭建一个临时的悬吊平台，可用钢托架临时固定在现有的桥墩上搭建，这样以便于工人进行顶升设备的安装、校准监测和钢桁架顶升操作等作业。

③ 桥墩的重建

考虑到工作区在敏感性质附近，在施工临时围堰之前，承包商有必要在该位置进行抽水试验，以尽量减少高透水区在抽水过程中产生地面沉降的风险。

桥墩在很大程度的情况下是被完全淹没，直接接触到水中浸泡的，这比一般暴露于空气中受大气氯化物剥蚀的情况严重。在这种情况下，混凝土桥墩的恶化机理必须考虑混凝土化学影响和钢筋腐蚀。此外，主要内容是关注硫酸盐和酸度高将逐步破坏混凝土的胶结水化物。

对混凝土桥墩设计的耐久性应给予关注，以最大限度地减少将来的结构性问题，因此，对预制混凝土的一些额外的标准要考虑，比如有关最小水泥含量和最大水灰比等。通常认为在大多数有害环境下，通过加入附属的胶结材料如 PFA、微硅粉和高炉矿渣等，特别是在那些含有氯化物的情况下，将有助于提高混凝土的耐久性。

由于现有混凝土桥墩已经经受了盐结晶和剥落，钢筋锈蚀可能已成为界定混凝土长期性能的一个决定性因素，因此，对于防护加固处理应考虑提供长期防腐保护。采用界面清晰的涂层、浸渍或色素涂层可用于桥墩重建。

④ 重新安装和架设钢桁架

预计应该没有可以把桁架从驳船升上到桥墩顶部并放置在正确的位置的起重机或提升装置，以避免在横向运动中任何额外的横向荷载作用于钢桁架。因此，建议考虑用卧式千斤顶的滑动方案把桥面板移入正确的位置。

临时支撑必须是可调的并装有测力传感器，以便让承包商在各个阶段监测和控制临时支护的反应。只有当桥面板已妥善固定到永久支承点上，一跨的临时支撑才能撤除。

在吊装钢桁架到新桥墩的过程中，如果有风导致不稳定的移动，起重机操作应该立即停止并应在驳船上方提供临时支撑以约束桥面板的移动。

空驳船的拖曳操作建议模拟实际操作，以确定在狭窄的河道中操纵驳船时是否有困难。

在交付或重新架设过程中桥架保护涂层损坏或脱落应时进行补漆。

⑤ 风险评估

建议包括下列活动中的风险评估：

a. 灌浆操作失败导致的事故；

b. 在顶升举过程中从塔顶或桥面高度的坠落；

c. 钢筋的切割和弯曲。

⑥ 其他临时措施

a. 维修准备；

b. 建议在钢桁架上提供永久的通道构台或平台，方便日后的维修和检查；

c. 桥面的防水与铺面：3～6mm 防水卷材的设计应足以为钢或混凝土桥面提供一个可靠的防水系统。它必须确保防水层和铺面间有足够的附着力以便铺面系统可以有效地排干表面积水。

e. 移桥方案：该方案是经过反复的比对遴选确定下来的，并经过多次的专家评审和专题讨论会对此进行了修订。通过组织专业人员对方案资料进行研读和派人参加相关会议来发掘和考虑实施移桥的风险，并通过专题形式提交相关咨询意见；

f. 施工准备：道路封交、河道疏浚、桥面系解除、桥铭牌保护、老防汛墙的清理、数据的采集和整理、顶升吊装驳运设施设备的就位等工作做到周密详细的布置并按期完成，为移桥作好保障；

g. 移桥作业：利用涨潮潮位顶升驳运桥身，因此对潮位时机的掌控是最大的风险；移桥过程中各环节的严密组织与按步落实是确保整体工程顺利完成的关键（图 7-28）。

外白渡桥作为历史文物的保护性搬移受到了社会各界的广泛关注，对于顺利移桥作

图 7-28　移桥作业示意图

业，从工程风险管理的角度总结其可贵的经验有：

a）方案编审细致，对施工风险考虑周全；

b）科学有序的施工组织作业提高了工效；

c）准确的疏浚计算保证了航道空间；

d）重视数据资料，准确把握涨潮时机；

e）吊装顶升、绑扎驳运环环紧扣保证移桥质量。

作为移桥施工的过程，外白渡桥修复后的“回归”施工作业从“移走”的成功作业中汲取有益经验，降低施工风险，保证整个外白渡桥施工的完美。

（3）盾构下穿人行通道的风险控制

在外滩通道盾构隧道线路轴线上，盾构将下穿南京东路地下人行通道和北京东路地下人行通道。南京东路下的人行地道的主体结构长约 52m、结构外宽 9m、高 3.1m，基坑围护结构采用预制钢筋混凝土板桩和直径 700mm 搅拌桩作止水帷幕，板桩截面为企口型，厚 250mm、宽 500mm，长度有 13m 和 14m 两种。外滩通道在南京东路地下人行通道下部横穿，需穿越混凝土板桩（切割长度约为 5.2m）。隧道与南京东路位置关系如图 7-29 所示。

北京东路人行道主体结构和临时围护跟南京东路地道相同，但盾构机不需穿越临时围护结构。根据线路纵剖面设计，外滩隧道将在北京东路地道下部通过（最小净距约为 0.67m）。隧道与北京东路位置关系如图 7-30 所示。

由于临时围护是人行道结构的一部分，荷载一般会经由围护结构传至隧道衬砌。在国外一般都会在衬砌与围护结构间加进一道隔离层，防止荷载影响圆隧道的稳定性。这项工序风险非常高，设计单位或施工单位一定要提出一个安全的施工方法才能施工。

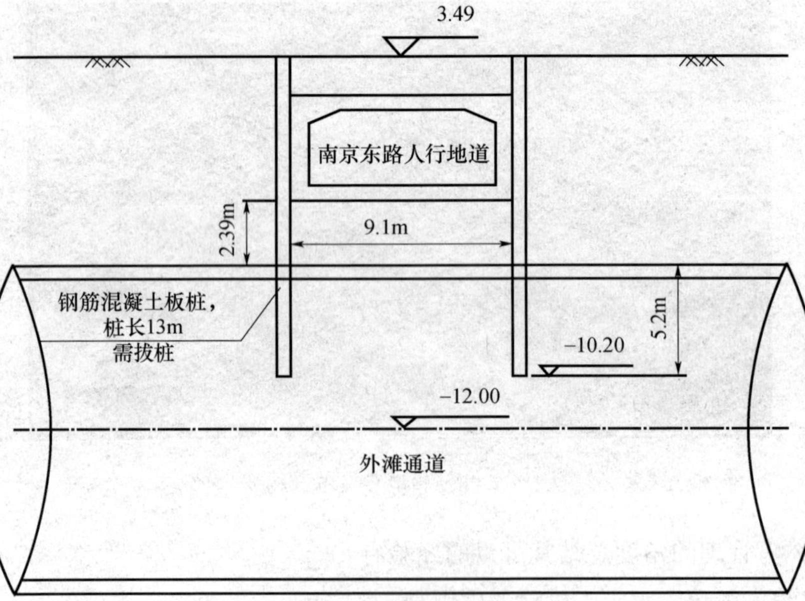

图 7-29 隧道与南京东路位置关系图

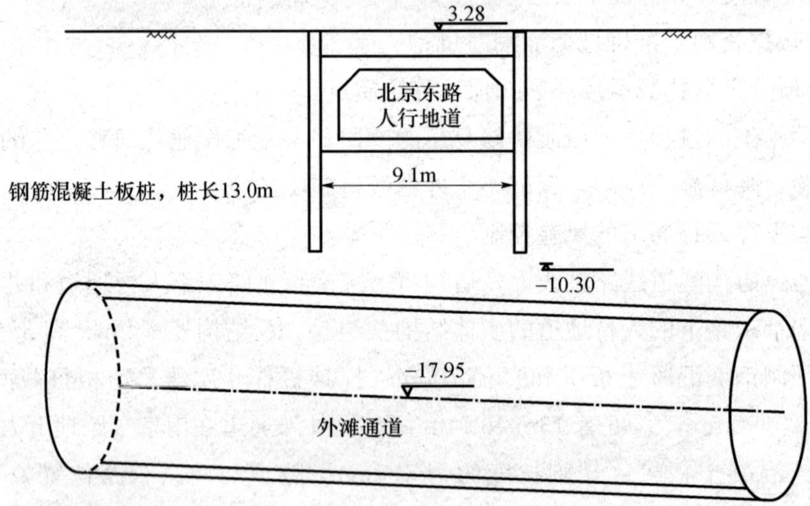

图 7-30 隧道与北京东路地下行人通道位置关系图

根据相关工程经验，一般清除围护结构都是采用拔除工艺。如需要使用盾构切削法，应和盾构机供应商商讨调整盾构设备。由于本隧道工程为大直径、浅覆土隧道，派人员外出盾构仓清除板桩的风险更大，因此采用拔桩方法较为安全可靠。

(4) 盾构上穿地铁二号线的风险控制

根据本工程设计蓝图，盾构在里程 NXKO＋430～NXK0＋408 即 345 环至 355 环将上穿正在运营的地铁二号线。此阶段盾构顶部覆土为 8.52～8.65m，盾构穿越区主要土层为

②$_{0}$江滩土、④灰色淤泥质黏土、⑤$_{1}$灰色黏土层、⑤$_{3}$灰色粉质黏土。地铁二号线为双线单圆盾构隧道，外径 6.2m，内径 5.5m，管片宽 1.0m，全环分成 6 块，小封顶，大拱底，通缝拼装。外滩隧道与地铁 2 号线呈十字相交，在二号线上部穿越，与结构净距约为 1.4m（图 7-31、图 7-32）。

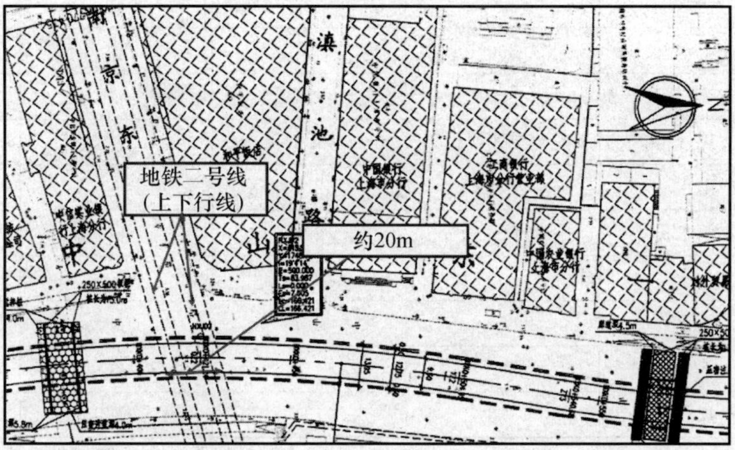

图 7-31　外滩通道与地铁二号线的平面位置关系

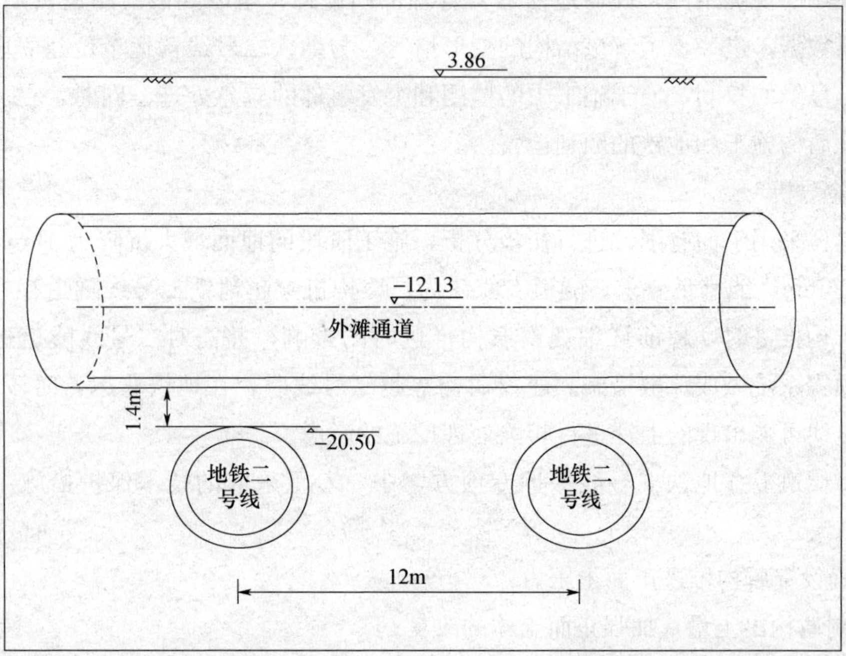

图 7-32　外滩隧道与地铁二号线的位置关系

盾构穿越地铁二号线处为南京东路陆家嘴区间，路面为南京东路与中山东二路交口，此处交通繁忙，且路面下管线众多（表 7-28）。

表 7-28　隧道上方管线列表

序号	管线种类	管直径（mm）	埋深（m）	材质	备注
1	雨水	300	1.2	硅	与隧道平行
2	上水	200	0.7	铁	与隧道平行
3	污水	500	2	硅	与隧道平行
4	上水	300	1	铁	与隧道平行
5	煤气	300	1	铁	与隧道平行
6	煤气	700	1.2	铁	与隧道平行
7	雨水	800	2.7	硅	与隧道平行
8	雨水	600	2.6	硅	与隧道平行
9	污水	300	3.3	硅	与隧道平行
10	雨水	650	2.7	硅	与隧道平行
11	上水	500	1.2	铁	与隧道平行
12	煤气	375	1.1	铁	与隧道平行

在穿越施工前通过相关部门配合到盾构欲穿越段的地铁二号线结构内部进行现场踏勘，了解现场的现况条件，并与地铁运营管理部门联系，争取到该线路运营期间（近期）监测的资料数据，进一步了解该结构的变形情况。与地铁二号线营运单位建立联系，取得进入地铁二号线的权利，便于施工中的监测和突发事件的应急处理。同时，在施工中互通信息，保证盾构施工和地铁的顺利运营。

① 风险分析

设计单位采用平面有限元进行初步分析，施工阶段的地面最大沉降为15mm，地铁隧道沉降为16mm，能满足要求。隧道专家认为：盾构机穿越地铁二号线隧道存在一定的风险，需在盾构推进时，超前详细观察盾构推进时的影响，并需对二号线隧道进行及时监察、建立预警系统做成疏散措施。建议盾构穿越二号线时，在地铁非运营时段为最理想，并要对二号线可能出现的上浮进行相关处理措施的考虑。

在外滩通道上穿地铁二号线保护专项方案中，着重采取的技术保护措施主要有以下方面：

a. 正确设定盾构推进正面土压力；

b. 控制盾构出土量，加强正面土体的改良；

c. 控制盾构的推进速度；

d. 采用管片加固措施，调整最佳管片拼装姿态；

e. 严格同步注浆与管片二次注浆，确保充填质量；

f. 隧道内部结构与盾构推进同步施工；

g. 盾构推进姿态控制；

h. 隧道与地面保护监测，动态信息传递；

i. 对在运行地铁 2 号线隧道监测保护；

j. 应急预案与救援措施。

② 紧急处理

a. 盾构掘进

a）当发生盾构螺旋机出土不畅等情况时，采用交替正反旋转螺旋机进行处理；

b）盾构恢复推进前，对螺旋机闸门进行检查保养，确保必要时及时关闭；

c）盾构穿越 2 号线过程中，若盾构机前部地铁 2 号线隧道隆起较大可利用盾构机切口环上的预留注浆孔从盾构机内压注液浆。

b. 盾尾防渗措施

a）定期、定量、均匀地压注盾尾油脂；

b）控制同步注浆的压力，以免浆液进入盾尾，造成盾尾密封装置被击穿，引起土体中的水跟着漏入隧道，盾尾密封性能降低；

c）管片居中拼装，以防盾构与管片之间的建筑空隙过分增大、降低盾尾密封效果，引发盾尾漏泥、漏水。

c. 隧道变形对策

a）二号线隧道隆起对策

根据理论分析，外滩盾构上穿地铁二号线时，地铁二号线将产生上浮。可以通过外滩通道管片内表面的注浆预留孔对隧道下部 120°区域内进行注浆，注浆时严格控制注浆压力以及注浆量，确保外滩隧道管片以及地铁二号线隧道的变形。

b）二号线隧道开裂渗水对策

若二号线隧道变形较大，并产生开裂、漏水时，待地铁停止运行后，在二号线隧道内通过注浆孔插入注浆管，压注双液浆，必要时压注聚氨酯。

③ 施工准备与技术措施

穿越地铁二号线控制区域分三块：试验段即穿越前 20m，穿越中以及穿越后范围。与之相对应环号为：试验段控制，335～344 环；穿越中控制，345～356 环；穿越后控制：357～366 环。

为确保盾构顺利穿越地铁二号线，在盾构穿越前，对所有施工人员进行技术交底。设备管理上，穿越前仔细对设备进行一次检查和保养，保证在良好的工况条件下进行穿越施工，并分阶段采取技术措施。

a. 试验段推进

在试验段推进，主要就土压力、推进速度、出土量、注浆量和注浆压力设定与地面沉降关系进行分析，掌握此段区域盾构推进土体沉降变化规律以及摸索土体性质，以便正确设定穿越地铁二号线的施工参数和采取相应措施减少土体沉降，以保证地铁 2 号线的安全。

注浆控制：根据理论分析，盾构上穿地铁二号线区域时由于覆土浅，易产生隧道上浮的现象，为了有效控制隧道上浮，必须严格控制同步注浆的质量。

在盾构推进进入试验段时，先进行模拟注浆，通过布设的深层沉降监测点，对监测数据进行分析，精确掌握此区域土体沉降与注浆量及注浆压力的关系。

轴线控制：将盾构姿态与管片姿态调整到最佳，避免盾构在穿越阶段进行过大的纠偏。

出土量控制：根据盾构机自带的土体称重系统对试验段每环出土量进行分析对比，并将此数据与土压力设定相结合，有效控制欠挖或超挖。

土体改良：本工程土体改良采用泡沫材料。

泡沫材料注入开挖面，可确保仓内的土砂塑性的柔性和流动性，混合物的移出更容易，从而减少盾构机各部分的磨损，使盾构前方土体均匀；加大土的坍落度；降低土的渗透系数，起到隔水的作用；降低刀盘扭矩，减少机具磨损；减少土的黏性，防止“泥饼”现象。

b. 穿越阶段

根据区间隧道设计要求，施工阶段地面沉降控制值在－15～30mm，地层损失率＜0.5%，地铁二号线沉降量＜5mm。

a）正面土压力设定

盾构穿越地铁二号线阶段理论土压值为 0.193～0.195MPa。在实际操作过程中根据前期试验段分析数据以及穿越过程中深层沉降点的监测数据逐环进行调整。

b）出土量和土体改良

根据盾构及管片之间的建筑间隙及各土层特性合理控制出土量，大约为开挖断面的 98%～100%，并通过土体称重系统实测数据，结合前期试验段分析数据严格控制出土量。

根据前期试验段的发泡剂注入参数结合穿越区域的土层性质对泡沫注入进行严格控制，安排专人记录其注入量和注入压力，有效降低土仓内压力值的波动，从而减少对土体及地铁二号线的扰动。

c）推进速度

控制合理的推进速度，使盾构匀速慢速施工，减少盾构对土体的扰动，达到控制地面变形的目的。在穿越施工过程中，盾构掘进速度控制在 1～2cm/min 左右，尽量保持推进速度稳定，确保盾构均衡、匀速地穿越地铁二号线，以减少对周边土体的扰动影响，以免对其结构产生不利影响。

d）管片措施

盾构上穿地铁二号线区域所用管片内弧面纵、环向均布置有预埋钢板，管片拼装完毕用钢板将纵、环向预埋件焊接牢固（图 7-33）。同时在管片端面安装剪力销，加强管片环与环之间的连接。

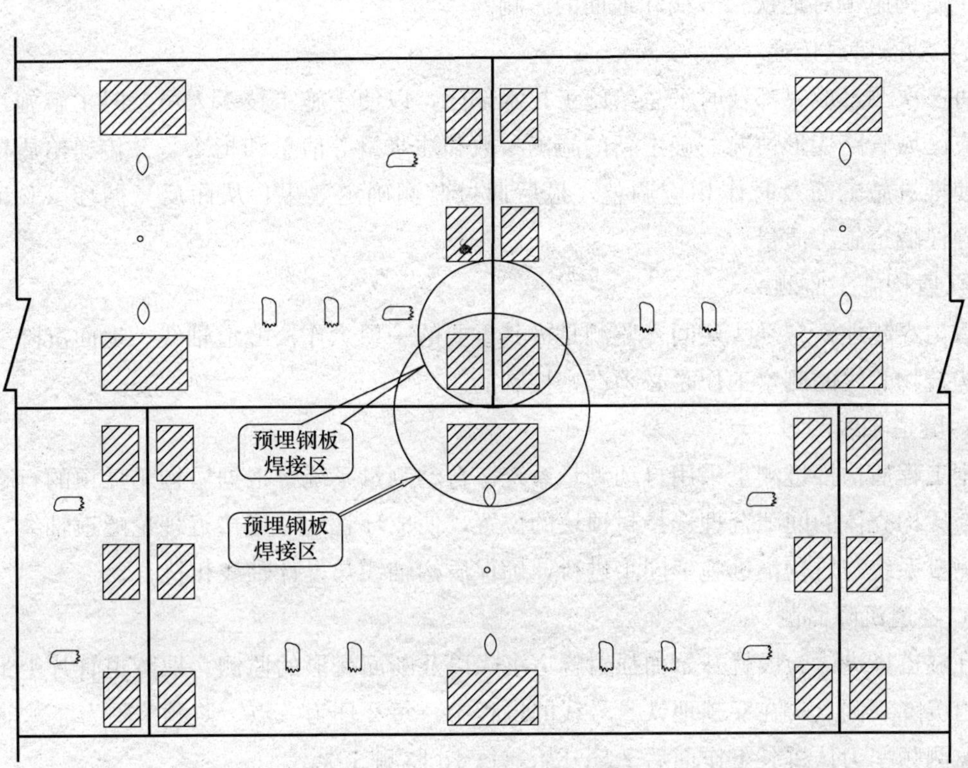

图 7-33　预埋件示意图

在管片内弧面增开注浆孔，每块管片内弧面增开两个注浆孔，在管片脱出盾尾后根据监测情况进行注浆。

在管片拼装时严格控制管片的环面平整度以及整圆度；通过封顶块位置的合理选择，控制管片与盾尾的间隙，防止管片外弧面的碎裂。

e）同步注浆

通过同步注浆及时充填建筑空隙，减少施工过程中的土体沉降。同步注浆量一般为建筑空隙的 120%～140%，即每推进一环同步注浆量为 17～20m^3。

压浆工作指派专人负责，对压入位置、压入量、压力值均作详细记录，并根据地层变形监测信息及时调整，确保压浆工序的质量。

f）结构同步施工

本次隧道同步施工口字件安放及两旁混凝土的浇倒紧跟盾构施工。一块口字件和两旁混凝土约重 55t，这些重量可对隧道产生压重效应，对防止隧道的上浮起到一定的作用。

g）盾构姿态控制

因盾构进行平面或高程纠偏的过程中，会增加对土体的扰动，因此在穿越过程中，在确保盾构正面沉降控制良好的情况下，尽可能使盾构匀速通过，减少盾构纠偏量和纠偏次数。推进时不急纠、不猛纠，多注意观察管片与盾壳的间隙，采用稳坡法、缓坡法推进，以减少盾构施工对地铁二号线和地面的影响。

h）动态信息传递

每一次测量成果都及时汇总给施工技术部门，以便于施工技术人员及时了解施工现状和相应区域管路变形情况，确定新的施工参数和注浆量等信息和指令，并传递给盾构推进面，使推进施工面及时作相应调整，最后通过监测确定效果，从而反复循环、验证、完善，确保隧道施工质量。

④ 盾构施工监测

盾构穿越地铁二号线期间，监测是极其重要的一项工作。隧道轴线、地面沉降变形和临近构筑物管线的测量工作是必须严密控制的。

a. 隧道轴线测量

本工程盾构推进测量采用自动测量系统。自动测量系统将根据盾构千斤顶的行程以及管片与盾构壳体的间隙合理选择封顶块的位置，使成环管片尽量接近理论隧道轴线。同时自动测量系统与盾构推进施工同步进行，确保盾构轴线与设计轴线相符。

b. 隧道沉降监测

在隧道推进试验段就开始加强对隧道沉降以及断面变形的监测。取隧道管片上最低点为隧道沉降观测点，在穿越地铁二号线的过程中，每 2 环为一点。监测范围为穿越前后 10 环，监测频率为从拼装工作面后 2 环开始，每 1d 监测 3 次。

c. 地面变形监测

沿隧道轴线每隔 5m 布置一个横向监测小断面，轴线上一点，左右 7m 各一点，共 3 个点，这 3 个点为深层沉降监测点。推进试验段及穿越段即共布置 12 个横向小断面；每隔 50m 布置一个横向监测大断面，轴线上一点，左右各距离轴线 3m、4m、5m、14m 各设置一点，共计 9 点。施工时，注意加强对测点的保护，并根据施工实际情况适当增加监测断面。

d. 临近构筑物管线变形监测

临近的建筑物有和平饭店、中信银行大楼，此段在盾构推进时已预先布设监测点，因此在盾构穿越时，只需就原有监测点进行监测并适当加密监测频率，以确保建筑的安全。

对穿越区上方临近的各类管线的监测，在设点原则上尽量利用现有管道设备点，对重要管道在有条件允许下开挖布设直接监测点，监测点布设数量根据现场复核确定。

e. 地铁二号线监测

盾构穿越地铁二号线期间，需要对地铁二号线进行的监测包括：线路沉降监测、线路水平位移监测、收敛监测。

⑤ 盾构上穿越地铁二号线施工过程监控

外滩通道盾构穿越地铁二号线施工从 2009 年 6 月 7 日开始，到 6 月 15 日完成了关键穿越段（第 335～365 环，共 30 环）的盾构掘进及衬砌施工。

根据理论计算，盾构穿越过程中开挖土体对下卧地铁二号线所造成的影响是：每延长米将会产生近百吨的卸载，因此在该穿越段位置二号线的上浮趋势是必然的，穿越过程中二号线隧道的上浮量达到 3mm 即报警，累计达到 6mm 将采取紧急措施。

针对此段的盾构施工，现场进行了专项的施工值班组织安排。图 7-34 为盾构施工的地面中央控制室的监控系统平台。盾构施工参数可时时进行监控和调整，地铁二号线隧道内的沉降变化可时时监测并显示。

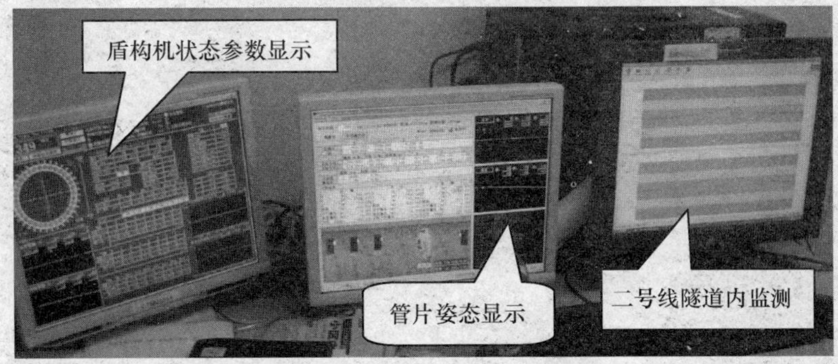

图 7-34　控制室内的监控面板

盾构施工参数的控制是降低对地铁二号线隧道影响的关键因素，盾构主要参数有推进速度、压力与出土量控制、注浆控制、盾构姿态和管片拼装质量的控制。

a. 穿越前对盾构设备进行整体的检修，保证其性能的良好；

b. 对出土系统进行维护，接长皮带，减少出土故障确保出土的连续性；

c. 盾构的推进速度应控制在 10～20mm/min，保证均匀慢速推进；

d. 对土仓内的土体进行改良，结合理论计算和推进段的施工经验进行土仓内的压力控制，严格控制其波动范围；

e. 管片的拼装控制了“踏步”和“张角”现象的出现，有效地减少了渗漏间隙；

f. 对管片的背后注浆，采用压力和注浆量的双指标控制，并通过各个部位的传感器数据，对注浆过程进行控制，保证注浆质量。

地铁二号线上下行隧道内设置监测仪器进行时时监测，并对内部的结构开裂情况等进行定期检查评估；盾构穿越段的地面监测实施了专项的监测方案进行 24h 的跟踪监测，保证每推进 1 环监测 1 次的基本频度，如有异常将增加监测频次。

通过上述的监测数据情况，可说明盾构穿越地铁二号线的推进施工是成功的。在穿越过程中除了对盾构施工参数进行了严格控制和密切调整之外，在外滩通道隧道内还进行了铁锭的堆载，以增加对地铁二号线隧道的压载，这对控制隧道整体上浮也起到了很大作用。

⑥ 压载措施的实施

由于盾构机刀盘及拼装机部位的质量比较大，因此整个盾构机的前端比较重，而后部车架质量比较小，这在穿越地铁二号线过程中对其产生上部荷载的突变，必然会导致隧道的急剧沉降位移和变形，因此堆载措施对于防止位移的突变是很必要的。图 7-35、图 7-36 为外滩通道盾构隧道内的配载情况。

图 7-35　配重荷载材料的运输、吊放

图 7-36　穿越二号线后通道内荷载堆积布置

⑦ 小结

外滩通道盾构穿越地铁二号线是外滩通道建设工程中最大的风险节点之一，盾构穿越过程中，运行中的二号线丝毫没有受影响。

a. 盾构于 2009 年 6 月 7 日至 6 月 15 日进行上穿地铁二号线施工，该穿越段为 30 环

（+335～+365 环）；

b. 盾构穿越中，刀头位于 356 环时，二号线的上行线累计最大上浮 2.18mm，下行线累计最大上浮为 3.93mm；

c. 盾构穿越后，刀头位于 368 环时，二号线的上行线累计最大上浮 6.36mm，下行线累计最大上浮为 7.44mm；

d. 后期监测数据：刀头位于 387 环时，二号线的上行线累计最大上浮 10.17mm，下行线累计最大上浮为 9.75mm；

e. 刀头位于 413 环时，二号线的上行线累计最大上浮 10.50mm，下行线累计最大上浮为 10.34mm。

尽管盾构底部与地铁二号线隧道顶部净距仅 1.46m，但穿越掘进并没有影响到二号线的正常运行，甚至列车在经过这段区间时都没有采取限速或降低速度行驶的措施。

（5）延安路隧道上方深基坑开挖

外滩通道在延安路南线、北线隧道上方穿越。延安东路北线隧道顶距离通道结构底板约为 5.4m。外滩通道穿越延安路隧道节点周围存在的保护性建筑物天文台、地下人行通道、黄浦江老防汛墙等对外滩通道的施工有着较大的影响。

综合考虑延安路隧道埋深、地质情况及周边环境的保护和工程范围金陵路地下信道工程的拆除等，该段基坑采用明挖法施工。用三维有限元分析隧道的变形计算结果认为明挖法施工引起下卧隧道发生的最大回弹变形为 10.67mm，满足要求。抽条开挖对抑制下卧隧道变形是有一定作用的，实际施工中细分更多小块土体抽条开挖，其控制变形的作用很明显。

首先对其主要风险点分析如下。

勘察阶段：

① 土层地质（是否有不良地质）；

② 水文地质（汛期影响）；

③ 障碍物（障碍物类型）；

④ 地下管线（位置及保护等级）；

⑤ 环境保护（保护建筑、设施等）；

⑥ 周围交通。

设计阶段：

① 多方案比较（选择合理和最优方案）；

② 围护结构设计（参数）；

③ 开挖及支护设计（参数）；

④ 内部结构设计（参数）。

施工阶段：

① 施工组织方案评审（专项方案）；

② 技术交底到位；

③ 开挖及结构施工工况；

a. 围护施工控制；

b. 坑内土体加固；

c. 施工降水；

d. 开挖控制与及时支撑

e. 压载（平衡隧道上方的开挖卸荷）；

f. 内部结构与压载。

④ 应急预案（对事故及自然灾害的考虑）：

a. 基坑变形控制；

b. 建筑保护措施；

c. 重要管线保护；

d. 隧道变形及上浮控制；

e. 汛期及台风等影响。

⑤ 环境保护（噪声、空气污染、施工垃圾）；

⑥ 交通疏解；

⑦ 工期进度与施工成本控制；

⑧ 监测方案及测点布设（合理，有效）；

⑨ 监测频次、数据的获取与处理（及时、真实、效率）；

⑩ 监测指标与警戒值（全面、满足安全等级）。

在进行风险点分析的基础上，注重施工同步监测数据的采集分析，该段位于延安路隧道上方的基坑开挖，属于高风险施工，因此对隧道与基坑的监测及时跟踪，发现险情立刻按照应急预案启动应急处理措施并即刻向上级主管部门汇报（图 7-37）。

2009 年 7 月 22 日，延安东路隧道（南线）最大上浮累计为 11.674mm，延安东路隧道（北线）最大上浮累计为 4.118mm（图 7-38）。

在 4B 区基坑正下方的延安东路隧道（南、北线）内部沿线各 100m 范围内布设了电水平尺用于隧道的沉降（上浮）变形监测。

截至 2009 年 10 月底，外滩南段 4B 区基坑已顺利施工完毕。基坑下方正运营的延安东路隧道的上浮变形控制在了允许的范围之内，并且运营未受到影响。关键在于对基坑开挖卸荷进行了充分考虑，并在施工过程中通过对监测数据的分析来采取措施保证施工安全。例如：2009 年 7 月 28 日的监测到的隧道最大上浮情况同 2009 年 7 月 22 日的最大累计上浮量相比，是略有反弹的，且南线隧道的上浮明显大于北线隧道，分析得知是隧道正上方的基坑开挖引起隧道上部土体卸载的原因，因此除了继续在施工过程中严格工况控制外，并采用应急处理措施，即实施压载开挖和快速封底板并浇筑混凝土垫块的方案，最终

图 7-37　隧道内沉降实时监测（监测范围 100m）

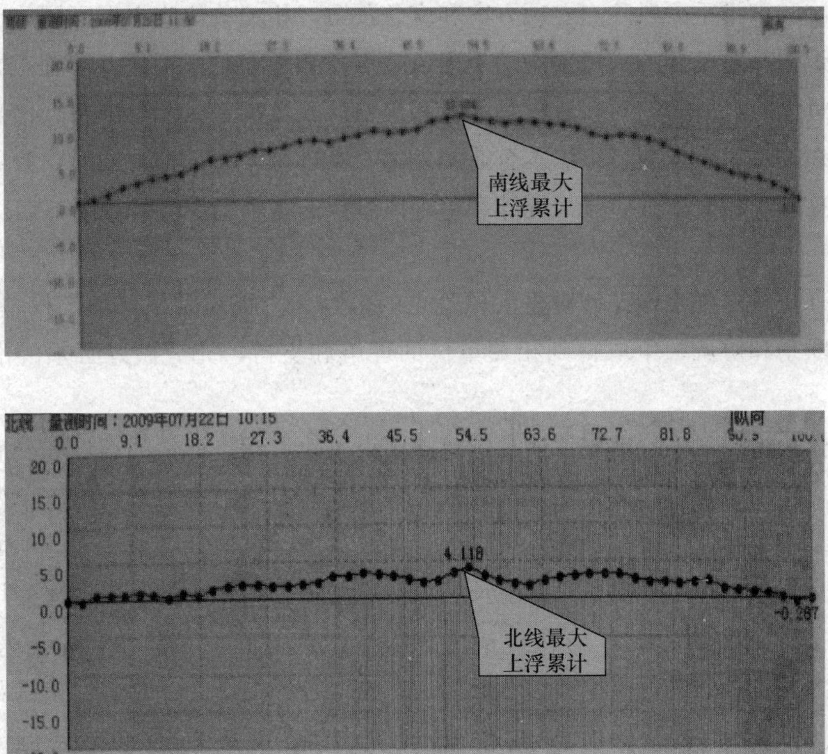

图 7-38　延安路隧道沉降监测

确保了基坑及周边建筑的安全（图 7-39）。

6. 外滩通道工程风险评估的结论及评价

对于大型地下工程的建设，业主单位应组织各相关单位及有关专家在工程施工之前即

图 7-39　基坑开挖到底部，并完成部分底板浇筑

开始着手开展风险评估的相关工作，对工程中存在的一系列风险点进行讨论分析，并在工程建设过程中督促施工单位将风险控制措施一一落实，充分发挥风险管理防患于未然的作用，才能取得良好的应用效果，主要为以下几点：

（1）编制和审批重大风险点专项方案和应急预案，相关单位应根据不同施工阶段进行风险点动态识别，对已知的、可预测的重大风险点，必须编制详细的专项施工方案。方案中应明确通过风险点所需的材料、机具数量和规格、人员准备、水电准备、信息联络方法等。方案应在临近风险点前，组织本企业或外部专家进行方案论证。同时，为了加强对风险点的适时控制，相关单位应全面统计和整理风险点的基本情况，积极做好各方面的准备工作。

（2）对外协调准备工作：针对重大风险点的内容，应提前做好相关产权单位和交通、市政部门的联系和协调，争取得到相关单位的理解和支持，充分做好必须的准备和配合工作。

（3）全体人员参与风险动态评估：应建立重大风险点动态评估的培训和交底机制，做到全员参与风险动态评估。根据已识别的重大风险点和专项施工方案，施工单位必须由总工程师负责组织本单位工段长、班组长以上管理人员进行风险管理程序和专项方案的培训教育及技术交底等工作。工段长、班组长组织对现场施工操作人员的应知应会培训，培训要有记录，书面交底要明确。

（4）重大风险点的过程监控和信息反馈：在施工过程中，应针对工程特点及时调整方案措施，按照标准制定相应的预警值和警戒值，通过监控量测数据严格指导施工。当达到警戒值时，施工单位必须按程序逐级上报，并立即准备启动紧急预案。在风险点（如地下施工穿越地铁、桥梁、河道、局部坍塌严重等）实施过程中，应严格执行既定方案和措施，强化每道工序的质量控制，保证工序质量安全，从而确保工程安全。相关单位应对方案进行严格监督控制，及时与各方进行专项研究，解决施工中的实际问题。

（5）建立风险点动态管理档案，风险点动态管理档案应包括以下内容：重大风险点预防控制方案和应急预案的编制，其中包括不同阶段重大风险点的识别、专项预案、应急预案，以及执行程序、组织机构、物资设备情况、相关单位及人员的联系方式等；方案的审批记录，风险点实施前的准备情况记录，风险点实施过程记录；所有风险点规避结束后的经验教训总结等，包括：风险点周围环境的情况、主要的施工方法（总结所采用的主要技术参数、主要材料要详细）、规避所用的时间、监控量测数据及其他有关数据、风险通过过程中的技术措施和方案实施情况等。

在地下工程实施过程中，业主、咨询单位及涉及的施工单位应结合各自的经验，采取相应的风险控制措施，以保证工程实施的质量与安全；风险评估与控制措施不仅在技术上为工程实施推进提供可靠的指导，还为工程的质量和安全提供了保障，更可为日后类似工程的建设提供有益的借鉴与参考。

综上所述，大型地下工程的风险评估工作极为重要，实施贯穿项目全寿命期的动态评估，依靠完善的组织架构体系进行全过程风险管理是十分必要的。针对建设项目特点制定风险管理计划、落实风险管理责任，合理分配风险，综合运用多种风险控制手段，并使风险管理成为参建各方的共同任务，加强沟通协调，与参建各方共同防范风险，为建设过程创造安全运行环境，以确保总目标的顺利实现。

7. 附录：外滩通道工程风险登记表（表 7-29）

序号	风险因素	风险评估（等级）	风险控制应对措施	评注
一、设计因素				
1	设计方案有疏漏或反复修改不能确定	3	a）在工程设计阶段，设计人员的数量、经验、资质能力应满足完成设计工作的要求 b）每个阶段的设计、审查步骤应完备 c）对于每个设计阶段，都要确立关键日期向业主提交成果	
2	基坑及暗埋段设计			
2.1	基坑稳定性分析不全面	4	a）整体稳定性分析：采用圆弧滑动法验算支护结构的整体抗滑动稳定性 b）抗倾覆稳定性：验算最下道支撑以下的主、被动压力区的压力绕最下道支撑点的转动力矩是否平衡 c）抗隆起稳定性：采用墙体极限弯矩的抗隆起法或同时考虑 c、ϕ 的抗隆起法进行验算 d）抗渗流稳定性：设计围护结构插入深度时，必须计算考虑抵抗渗流破坏的能力，具有足够的渗流稳定安全度	
2.2	未考虑分幅槽壁的稳定性	3	应采用抛物线圆柱体法或梅耶霍夫经验公式验算校合	
2.3	未考虑地下墙与内衬的结合方式及应力控制	3	a）拆撑后地下墙与内衬之间的内力重分配计算 b）考虑运营后因温度变化、水压、裂缝等因素引起的内力变化对墙体的影响	

续表

序号	风险因素	风险评估（等级）	风险控制应对措施	评注
2.4	钢筋混凝土支撑体系设计不合理	4	a）按平面封闭框架结构设计验算 b）选择合适的结构几何参数，计算钢筋混凝土支撑水平刚度 K_c c）计算支撑系统对挡土结构的支撑力是否满足相关要求 d）计算支撑系统内力及变形计算是否满足相关要求 e）支撑系统的杆件配筋计算是否满足相关要求 f）四周土压力、基床系数的差异、温度变化造成的支撑体系各点的垂直或平面上的差异位移计算是否满足相关要求	
2.5	对不同工况条件下结构计算模型分析不准确	3	a）结构计算模型考虑支承在弹性地基上对称的平面框架结构，内部结构考虑水平及竖向荷载 b）根据荷载情况、施工方法，模拟开挖、回筑和使用阶段不同的受力状况，按最不利内力进行计算 c）将开挖工况弯矩包络图与底板浇筑后的施工顺序逐步叠加，求得每阶段的内力图，根据最终包络后的最不利内力进行配筋计算	
3	盾构法隧道设计			
3.1	断面内土质特性及参数不准确，隧道线路断面内障碍物勘察不准确	3	a）使用合理取样方法采取现场土样，运用先进试验方法和仪器准确测试出沿线土质特性和物理力学参数 b）对隧道断面内土层进行详细勘察，结合相关资料准确找出断面内所有障碍物并进行相应处理	
3.2	隧道线路设计对邻近建构筑物造成影响，对隧道施工造成较大难度	3	a）设计阶段要对工程邻近构筑物进行详细全面勘察，选定合理线路，尽量避免对邻近建构筑物造成影响 b）隧道平断面线路设计要尽量平缓以降低盾构推进难度	
3.3	隧道设计内径不能满足使用功能需要，隧道结构形式较复杂，实施难度大；隧道结构形式实施费用较大，影响工程成本	4	a）结合工程实际使用情况充分论证比较选用最佳隧道内径尺寸 b）在满足使用功能要求前提下，尽量简化隧道结构形式以降低工程实施难度 c）在满足使用功能要求前提下，尽量简化隧道结构形式以降低工程成本	
3.4	衬砌结构不能满足隧道设计受力要求，结构存在安全隐患	4	a）充分考虑隧道结构各种工况下的最不利受力断面 b）选用合理的衬砌结构设计验算方法和设计参数 c）对所有工况管片结构进行验算确保其能满足受力要求	
3.5	衬砌结构不能满足隧道设计年限要求	2	考虑隧道结构设计年限，重视隧道结构耐久性设计	

续表

序号	风险因素	风险评估（等级）	风险控制应对措施	评注
二、施工因素				
1	项目施工管理过程			
1.1	项目机构及管理人员不符合规定的要求	2	a）组建符合要求的项目管理机构，并报监理、业主批准 b）应明确各个管理岗位的人员情况和职责范围，保证所有管理人员具有相应的资质证书并都能胜任各自岗位 c）项目管理岗位人员应为工地常驻人员 d）业主保留更换承包人项目机构中不称职人员的权力	
1.2	项目进度进展缓慢、滞后	3	a）根据被业主、监理批准的工程总体筹划计划，编制以施工项目为主的施工总进度控制计划 b）在细化施工总进度控制计划的基础上，编制整个标段工程的年、月施工进度控制计划 c）对施工进度计划的实施情况进行有效监控，对未能满足计划进度要求的情况，应详细分析延误工期的原因，并认真制定补偿延误工期的措施	
1.3	施工质量过程控制缺陷	3	a）组织全体项目管理人员认真学习本工程的相关文件、施工图纸，领会工程的特点、要点、难点，了解每个重要、关键施工节点上的措施和解决方案 b）根据现有的技术水平、工艺水平，罗列出各道工序施工的关键点，以及各关键点上的质量标准、质量测量手段和质量监控方法 c）制定每一个管理岗位的岗位工作内容、岗位责任制以及相应的奖惩制度 d）在每一道工序开工之前，由工程项目主任工程师组织召集相关人员进行工序技术、质量、安全交底，将相应的施工质量过程控制表格的填写方法和要求进行明确 e）成立以项目工程师为主的督查小组，对施工质量过程控制进行第三方监控 f）在施工过程中，根据施工图纸、施工规范、施工方法、施工工艺的指定质量报表格式、报表内容以及质量标准，达到准确、适时、合理、可行	

续表

序号	风险因素	风险评估（等级）	风险控制应对措施	评注
1.4	原材料采购不合格	3	a）凡是进入工地的原材料，必须经过质量工程师的检验，凡是质量业主工程师认为不合格的原材料，一概拒收退货，不准用于工程 b）在原材料采购订货前，先看样品和产品说明书，必要时对样品作化验或试验，不合格的原材料不订货，防止伪劣产品进入工地	
1.5	计量器具不合格	3	a）建立物资计量（三级）管理网络 b）设立专职计量员，负责对计量器具的监督管理工作 c）建立计量器具台账，做到有账可查 d）对到期的计量器具，必须送有关部门重新测定后方可使用，对损坏后不能修复的则做报废处理 e）长期不用的封存计量器具，每年必须检查一次，换上新的防锈油保管	
1.6	安全生产隐患	3	a）建立由公司、项目经理部及施工作业队伍组成的三级安全施工责任制 b）严格按照有关安全技术管理的法规与标准，配备必要的安全施工设施与防护器材 c）在安排生产任务的同时，结合施工的特点，实施安全技术交底 d）施工现场的安全设施搭设完毕以后，必须经过验收合格挂牌后方可投入施工使用 e）做好大型施工设备（如起重设备）的定期检查和维修措施 f）操作工人必须严守岗位、履行职责，遵守安全生产操作规程，特种作业人员应经培训，持证上岗 g）定期召开安全例会，检查安全生产措施的落实情况，研究施工中存在的安全隐患，及时补充完善安全措施 h）在节假日前后、汛台期间、高温季节组织专项安全检查	

续表

序号	风险因素	风险评估（等级）	风险控制应对措施	评注
1.7	公用事业管线断裂	4	a）在工程开工前摸清施工区域内各种公用管线的分布情况，向有关管线单位提出监护的书面申请，办妥相关手续 b）在编制施工组织设计时，对于重点保护的公用管线应制定针对性的技术措施进行保护 c）在基坑开挖过程中，要根据需要组织专业队伍，负责保护地下管线的监控工作，沉降超过允许值，即进行注浆跟踪控制 d）施工过程中对可能发生意外情况的地下管线，事先制定应急措施，配备好抢修器材，做到防患于未然 e）一旦发生管线损坏事故，在 24h 内报上级部门和建设单位，并立即通知有关管线单位要求抢修	
1.8	施工用电隐患	3	a）施工用电方案有可靠的安全技术措施，上报审批后方可进行 b）施工电器设备设施有有效的安全管理制度，现场电线电气设备设施有专业电工定期检查整理 c）电力线和设备选型按国家标准限定安全载流量 d）对职工进行电气安全教育，未经考核合格的电工人员一律不准上岗作业	
1.9	消防设施缺失	3	a）实行消防工作责任制，将消防安全工作纳入项目管理范围 b）针对本项目的特征，编写制定消防工作制度 c）进入施工现场必须健全消防组织，落实施工现场的消防设备 d）开展消防安全宣传教育，组织消防安全培训 e）定期组织防火检查，责令火险隐患整改	
2	基坑施工			
2.11	地下墙接缝渗漏	3	a）增强刷壁效果，防止由于泥浆的黏附作用，成为地下水的渗漏通道 b）采用聚氨酯堵漏剂与超早强双快水泥配合进行堵漏与修补	
2.12	地下墙结构破坏	4	a）局部破坏时，考虑在地下墙外侧进行注浆加固 b）破坏范围较大时，可在地下墙外侧增补钻孔灌注桩或在地下墙外侧增补一幅地下墙，两墙之间进行高压旋喷注浆	

续表

序号	风险因素	风险评估（等级）	风险控制应对措施	评注
2.13	地下障碍物众多	3	a）浅层地下障碍物处理以明挖清除为主 b）深层地下障碍物采用全回转钻机处理	
2.14	粉砂层成槽质量控制困难	3	a）选用具有同类工程施工经验、满足最大开挖深度的成槽机 b）在成槽超过一定深度后，考虑打先导孔和辅助成槽孔，以保证成槽效率 c）同时对抓斗的斗齿进行局部改进以适应存在先导孔的条件下，增强抓斗切削土体的能力	
2.15	砂性土层中泥浆指标超标，护壁性能降低，成槽局部坍塌	3	a）采用优质材料配浆，考虑掺加加重剂、重晶石粉和防漏剂泥浆，使泥浆的护壁性能更好 b）泥浆分离设备、工艺改良，提高较大颗粒泥沙、垃圾和细微砂粒的分离效率	
2.16	超长、超重钢筋笼起吊变形过大	3	a）起吊采用一台主吊和一台辅吊双机抬吊法 b）分节制作钢筋笼在起吊桁架处加强焊接 c）桁架和吊点加强，使钢筋笼起吊时有足够的刚度防止钢筋笼产生不可复原的变形	
2.17	超深锁口管顶拔不出	3	a）导墙发生断裂或变形过大等情况无法承担起拔顶力时，可立即对破损部位进行清理，并架设钢跑板或钢垫箱，加大触地面积，将反力分散到周围完好地导墙上 b）锁口管卡死，可利用振动锤，通过对锁口管的振动、锤击，使锁口管产生松动后，继续起拔 c）用钻机钻真空释放孔，释放底部的真空，减少起拔过程中的摩擦阻力	
2.18	地基加固深度超深，加固效果不佳	3	a）采用具有同类工程施工经验的钻机实施钻进 b）钻进过程中对护壁泥浆进行改进，提高护壁性能 c）超深旋喷过程中，考虑适当放大导孔的钻孔直径，以利于浆液排出地面，确保旋喷加固质量	
2.19	超深承压水降水效果不理想	3	a）根据现场抽水试验确定土层的水力参数进行设计，再进行大型抽水试验，根据试验结果进一步调整、优化方案 b）配备大功率的深井泵，合理调整降水井的数量和位置，确保抽水能力满足设计要求 c）设置一定数量的备用井点	

续表

序号	风险因素	风险评估（等级）	风险控制应对措施	评注
2.20	超深基坑围护结构变形较大	3	a）尽可能满足设计要求的挖土后确保 24h 内安装钢支撑的要求 b）严格执行“分层、分块，逐层开挖，按需降水”的挖土原则，减小开挖土体后暴露的临空面 c）设置严密的信息化监测系统，掌握开挖过程中各类参数的变化情况，并及时反馈指导施工	
2.21	坑底出现流砂	4	a）停止开挖基坑 b）回填土方压住流砂 c）分析原因，制定进一步对策： ➢ 采取坑内降水补救措施 ➢ 将板桩紧贴围护墙体插入坑底，增大围护墙入土深度 ➢ 坑内灌水，水下挖土	
2.22	基坑纵向边坡失稳	5	a）清除坡顶堆载，禁止工程车辆和工程机械在坡顶作业 b）采取坑内降水的补救措施 c）修复塌方或滑坡的边坡前，先在坡脚外做临时性支护，再按安全坡度放坡修复边坡	
2.23	支撑体系失稳	5	a）如果是支撑细长比过大，可设置中间立柱和联系杆来稳定支撑 b）如果是支撑不水平，则拆除支撑重新安装	
2.24	基坑支护结构局部崩塌	5	a）立即停止施工，尽快向基坑内支护结构局部崩塌区回填大量黄砂、土方，防止支护结构崩塌范围的扩大 b）对支护结构局部崩塌区坑外采取补桩、注浆等措施保护地下管线和建（构）筑物的安全 c）分析基坑支护结构局部崩塌原因，制定进一步对策	
2.25	地下墙和接缝渗漏，影响内衬施工	3	a）浇捣内衬墙前，对地下墙和接缝进行堵漏、凿毛、清洗处理 b）堵漏材料应具有延伸率大且能抵抗设计水压，又和混凝土基面有较好粘结力要求	
2.26	内衬超限	3	a）在超限不大的情况下，利用围护结构外放的余量和调整内衬墙厚度及钢筋设计来作处理 b）在个别超限严重的情况下，则需剔除超限部分的混凝土和钢筋，并用增大的钢筋或型钢加强 c）地下墙外侧进行补强加固处理	

续表

序号	风险因素	风险评估（等级）	风险控制应对措施	评注
2.27	模板拼缝间隙太大，跑浆漏浆	3	a）加工的模板应事先在地面进行预拼，校核平面尺寸和平整度，并检查模板的连结节点 b）模板安装必须正确控制轴线位置及截面尺寸 c）当拼缝≥1mm 时要用老粉批嵌或用白铁皮封钉，跨度大于 4m 时，模板应起拱 3‰	
2.28	钢筋绑扎漏放或错放	3	a）施工前钢筋施工员必须对施工顺序、操作方法和要求向操作人员详细交底 b）施工过程中对钢筋规格、数量、位置随时进行复核检查，要特别注意一些较复杂部位的钢筋位置、数量及规格 c）钢筋绑扎时如遇预留洞、预埋件、管道位置须割断妨碍的钢筋，要按图纸要求留加强筋	
2.29	混凝土表面沁水	2	a）应合理设计混凝土配合比，掺用适量的外掺剂 b）把好混凝土质量关，检查坍落度、和易性是否符合要求 c）混凝土入模后应用快振捣，振捣密实；混凝土浇捣应分点振捣，宜先振捣料口处混凝土，形成自然流淌坡度，然后进行全面振捣	
2.30	混凝土表面裂缝	2	a）主管混凝土的技术人员应明确每次浇捣混凝土的级配、方量，严格把好原材料质量关，水泥、碎石、砂及外掺剂等要达到国家规范规定的标准 b）把好混凝土质量关，检查坍落度、和易性是否符合要求 c）应进行全面振捣，严格控制振捣时间、移动间距、插入深度，严禁采用振动钢筋、模板方法来振实混凝土 d）夏季温度高，水分蒸发快，为保证水化充分及防止干缩裂缝，在混凝土浇筑后 8h 内覆盖并浇水养护 e）夏季施工应调整缓凝剂用量，推迟混凝土的初凝时间，减少内外温差	

续表

序号	风险因素	风险评估（等级）	风险控制应对措施	评注
2.31	混凝土支撑拆除坠落	3	a）拆除支撑吊运必须使用与待拆除支撑长度、重量与安装作业半径相匹配的履带式起重机，并配置与起吊吨位相适应的钢索吊具 b）为了保证支撑吊装拆除安全，吊点位置的确定与吊环、吊具的安全性应经过设计与验算 c）制定相应的安全技术措施和操作规程，在吊运过程中进行监控，对起重设备的操作人员和指挥人员进行交底 d）负高空作业的所有高处作业人员及管理、检查人员，除正确戴好安全帽外，都必须佩带安全检查带，施工现场必须设置稳固、可靠的安全带挂钩处 e）拆除支撑作业时井下严禁立人	
3	盾构法隧道施工			
3.1	盾构机刀盘设计不能满足掘进要求，刀具磨损严重	3	a）采用高强度抗磨材料保护刀盘和刀具 b）刀具上安装几组磨损传感器 c）刀具应可更换并有进入土压仓的通道	
3.2	盾构机刀盘驱动系统设计不合理	3	结合盾构掘进距离、推进速度、土质情况、隧道埋深等因素设计合理安全的刀盘驱动功率、扭矩以及转速等参数	
3.3	盾构推进时遇到不良地质包括障碍物、承压水或沼气	4	查明不良地质的位置，调整盾构参数，障碍物可采取地面拔取或盾构切削处理	
3.4	盾构机在现场吊装过程中地面发生沉降和倾斜	3	a）施工现场应有处理过的盾构吊装场地 b）事先根据实际荷载进行载荷试验	
3.5	盾构井下基座结构发生偏移损坏	3	a）根据盾构重量和尺寸设计合适基座结构形式以保证其能满足受力要求 b）基座结构要和工作井结构连接牢固	
3.6	盾构机与洞口密封困难	3	a）设置性能良好的密封止水装置 b）采用在洞圈上设置双道帘布橡胶板和注浆管的方式止水 c）加设一道气囊止水装置	
3.7	盾构顶最小覆土仅为 8.4m，地面沉降及隧道轴线控制难度大	4	洞口加固及配合其他应对措施	
3.8	隧道轴线出现偏差，盾构无法进洞		盾构进洞前 100m 左右对隧道轴线进行定向测量，确保盾构轴线准确，进洞施工过程中加强监测，注意盾构四周间隙	

续表

序号	风险因素	风险评估（等级）	风险控制应对措施	评注
3.9	进洞地基加固效果不好，盾构进洞时带出大量泥土，造成地面塌陷	4	a）进洞前需对加固土体进行抽样检测观察 b）加固效果不好需进行补加固 c）可考虑采取水/土中进洞方式	
3.10	管片型号拼装错误	3	a）管片和现场管片堆放处有明显的管片型号显示 b）拼装前后都要对管片型号进行检查，如果发现错误立即拆了重新拼装	
3.11	管片间隙太小，拼装非常困难造成管片碎裂	3	推进前仔细检查前一环管片间隙情况，采取适当措施增大管片间隙	
3.12	拼装中管片结构碎裂，防水条损坏，成环管片防水密封失效，引起地面沉降	3	a）保证管片拼装质量并消除累计误差 b）保证同步注浆的质量 c）拼装时保证防水条不受损伤 d）及时封堵并对周围进行二次注浆	
3.13	封顶快插入困难造成管片碎裂和防水条损坏	3	a）拼装过程中注意成圆管片的真圆度 b）预留合适间距便于封顶快拼装 c）防水条涂润滑剂	
3.14	管片拼装产生错台，影响管片质量造成隧道渗漏水	3	a）管片拼装定位要准确 b）拼装时所有螺栓必须拧紧 c）推进过程中再对前两环管片进行复紧	
3.15	运输系统无法满足施工进度	3	制定详细、充分的水平和垂直运输方案并选取可靠的设备	
3.16	行车在大风天气条件下失稳		对行车结构进行验算确保其稳定性，行车现场安装要牢靠	
3.17	运输车脱轨、相撞或撞到施工人员	3	选用良好的隧道运输设备，设置专用信号、标识和通讯系统，有详细的调度体系	
3.18	盾构段粉土在一定的水动力条件下易产生流砂现象，会导致盾构掘进面部稳定和突发性的涌水流砂，严重时会引起地面的突然塌陷	4	a）保持推进速度的均匀性 b）准确设定正面平衡土压力 c）减少对土体的扰动	

续表

序号	风险因素	风险评估（等级）	风险控制应对措施	评注
3.19	井接头防水失效	3	a）采用双道铰链型密封压件与帘布橡胶圈组成防水装置 b）井圈采用掺加抗裂功效的合成纤维混凝土 c）井圈混凝土施工缝预留嵌槽缝，用高模量聚氨酯或者聚硫密封胶嵌填加强防水	
3.20	临时通风系统损坏造成施工中断	3	选择可靠的通风设备和材料，需要进行日常维护	
3.21	盾构机被水淹没	4	制定针对防洪防汛应急预案	
3.22	隧道内发生火灾	5	a）隧道内严禁堆放大量易燃物体，隧道内禁止吸烟 b）提供火灾报警系统，隧道内布置足够的消防装备并日常维护	
3.23	环境周边有威胁隧道安全的工程活动	3	a）隧道中心线两侧各 50m 范围内作为控制区 b）该范围内地面超载或者卸载不得大于 20kPa c）不得进行有碍隧道安全的一切工程活动	
3.24	防止缺氧和气体中毒	5	a）隧道内必须进行足量的通风，使隧道内的氧气浓度不低于容许极限 b）有害气体浓度不超过容许浓度 c）施工时必须经常测量施工地段的气体状况	
三、外滩通道工程沿线重大风险评估控制				
1	明挖基坑及暗埋段			
1.11	福州路工作井以南暗埋段：结构强度计算，结构抗浮计算，变形控制不满足要求的风险	4	a）在 3～4 车道部分的暗埋段，以及主线两车道暗埋段，每 27m 设变形缝 b）地下空间开发段通过在底板下设置抗拔桩达到结构永久抗浮的目的	
1.12	外滩风貌保护区：基坑开挖导致保护性建筑过量变形	4	a）合理设计围护结构，围护结构采用小分幅地下连续墙，适当增加插入深度，且进行坑底全面加固，确保基坑安全 b）采用合理的工程措施，减少围护结构的水平位移；基坑工程施工时分层分块开挖，减少坑外两侧土体的水平位移和不均匀沉降 c）在保护性建筑一侧布置一排钻孔灌注桩，在基坑和保护建筑间形成隔离保护墙，并布置适当的补偿注浆空，防止保护建筑产生过量的沉降 d）成槽开挖前对槽段两侧浅层杂填土进行适当的注浆加固防止土体坍塌 e）地下墙连续施工完成后，对分幅街头外侧土体采用旋喷加固的方法，防止接头渗漏	

续表

序号	风险因素	风险评估（等级）	风险控制应对措施	评注
1.13	延安路段： 延安路隧道安全受影响；周边保护性建筑安全受影响	4	a）考虑了三种方案，基坑明挖法、一明一暗法和气压沉箱法；最后采用小块明挖法，抽条开挖以抑制隧道变形 b）合理安排施工顺序，以减少开挖回弹 c）施工中加强监测，保证隧道安全	
1.14	十六铺地下空间开发段： 结构抗浮不满足要求的风险	4	设计单位考虑了倒滤层和抗拔桩两种方案，建议采用抗拔桩方案	
1.15	福州路工作井高压电缆下的深基坑施工： 过量的基坑变形，引起电缆的破坏，影响区域供电安全	5	a）加强围护结构施工期间对电缆的保护措施 b）深基坑施工中，采取合理的结构形式，加强电缆的悬吊保护，采取动态监测，信息化施工	
1.16	人民路隧道段： 外滩隧道影响人民路隧道安全	4	由于外滩隧道工程先于人民路隧道施工，穿越段采用Φ650SMW 法施工，且围护底离人民路隧道约有 5～6m 的距离，减小了对人民路隧道的影响	
1.17	轨道交通十四号线： 外滩隧道影响轨道交通十四号线隧道安全		预留足够空间给轨道交通十四号线隧道	
1.18	外滩防汛墙： 盾构穿越防汛墙时，地面覆土厚度变化大，引起较大的地表变形，影响防汛墙结构安全	5	a）严格保持开挖面的泥水和土压平衡，减少对土体的扰动 b）加强吨位多点、均匀、及时压浆 c）加强监测，及时反馈防汛墙的变形沉降信息以便采取二次注浆、防汛墙底部注浆等技术措施 d）做好防汛预案，配备充足的防汛抢险物资和器材	
1.19	天潼路工作井以北暗埋段： 本工程基坑开挖深度最深23.36m，基坑深度变化大；底部基本位于软弱黏土层，基坑安全问题；存在土壤液化层	4	a）基坑深度在10m以上时使用地下墙围护，深度小于10m则选择 SMW 围护结构 b）对软弱黏土层实行地基加固 c）根据结构抗浮措施的不同分别采用加密液化土层和桩基两种全部消除地基液化沉降的措施 d）同时合理设置变形缝，加强结构的整体性和刚性，改善地震液化时结构的受力和稳定	
1.20	天潼路工作井十二号线穿越段： 穿越段的围护结构设计必须考虑十二号线施工时能够顺利切割；围护结构必须有足够的刚度和强度条件满足本工程受力条件	4	a）缩短穿越段围护结构插入深度 b）采用地基加固的技术措施保证基坑安全以减少十二号线的建设风险	

续表

序号	风险因素	风险评估（等级）	风险控制应对措施	评注
2	盾构推进段			
2.1	浦江饭店保护性建筑：浦江饭店发生过度沉降或者不均匀沉降	4	a）监测建筑物沉降跟踪注浆 b）在隧道和浦江饭店之间设立树根桩进行隔断，以期减少盾构对于浦江饭店的影响	
2.2	外白渡桥保护性建筑：盾构施工导致移桥后桥梁基础发生过度变形影响使用和安全	4	盾构掘进过程中应采取保护措施： a）试推进段施工参数反馈分析 b）制定专项监测方案 c）盾构穿越外白渡桥时采用可能的技术措施对盾构正面土压力、推进速度、出土量、管片拼装、盾构纠偏量、同步注浆、二次壁后注浆、背部沉降进行严格控制和信息化施工	
2.3	地铁二号线区间隧道：隧道变形影响二号线地铁正常使用乃至安全	4	在施工过程中采取以下措施保证二号线隧道安全： a）盾构施工参数的准确设定和控制 b）二号地铁内建立高灵敏度实时自动监测系统 c）在受影响范围内的管片增设注浆孔，在盾构推进后可进行二次注浆 d）制定可靠的应急预案，必要时采取地面对地铁二号线隧道上方土体进行加固以及在二号线隧道内进行补偿注浆等应急措施保证二号线运营安全	
2.4	南京东路地人行通道：盾构需穿越切割南京东路隧道的混凝土板桩	5	a）盾构施工工具优化设计 b）盾构施工参数的准确设定和控制 c）配备大功率螺旋机以便出土 d）对需切割板桩的被动区土体进行加固、监测 e）应急预案：盾构机配置人行闸，紧急情况人员外出凿除板桩	
2.5	盾构浅覆土段施工难点，主要管线：雨污水管道，城市供水管道，城市燃气管道，电力管线，电信管道，电车、路灯及军用电缆覆盖土浅，管线众多，盾构施工和保护的难度极大	4	a）盾构施工参数的准确设定和控制出土量，减少超挖 b）研制采用新型的同步注浆液，控制隧道的上浮量 c）采取有效的监测手段，及时取得隧道初期变形上浮数据，根据变形情况采取二次注浆或其他辅助措施 d）地面预注浆	

第 8 章 隧道项目风险评估应用方法归纳与提升

通过对大型隧道工程风险评估的研究，可以看到，大型隧道工程项目的建设具有投资和建设规模大、工期长、技术复杂，水文地质条件和地下管线等的不确定性，与周围环境的相互影响大和涉及风险因素较多等诸多特点，因此有必要以科学的方法和手段全面系统地研究隧道工程风险发生和变化的规律，使之尽可能接近并反映工程实际的变化情况，防患于未然，以使风险发生的可能性和造成的损失降低到最低的限度。

为此，在研究工程风险评估从规划设计各个阶段特点的基础上，从动态系统风险管理的观点出发，结合动态控制的原理，重点研究适合于工程风险评估体系的框架体系和指标体系，及设计过程中应考虑的诸多问题，同时对工程动态系统风险评估过程中的各种风险评估方法及评价因素也做详细的论述和探讨。

8.1 隧道工程项目风险评估体系的形成

由于大型隧道工程项目具有所涉及的风险因素较多和影响较重等诸多特点，因而使得工程项目进行全面系统地风险评估的难度较大。因此有必要以科学的方法和手段全面系统地研究工程风险发生和变化的规律，以便使风险造成的损失降低到最低的限度。

8.1.1 地下工程风险因素的分类及其相互关系

结合大型隧道工程的特点，从能够较为全面地、系统地、科学地对其进行风险管理的角度，从方便和实用的角度出发，地下工程项目风险因素按工程的进展过程大致可以分为立项、决策风险，投资风险，设计风险，施工风险，运营风险，环境风险，社会风险七个大类，其相互关系（图 8-1）表明，每一类风险因素都对其他的风险因素产生相互的影响。

另外，所有调查、勘察和设计等方面资料的可靠性、代表性、一致性、可评价性等方面本身就是风险因素，这部分风险因素是隐含在每一个风险因素中的风险因素，同时也是不容忽视的和应予以重点考虑的风险因素，而且这些因素对整个风险管理系统的准确性和可靠性的影响也是巨大的。

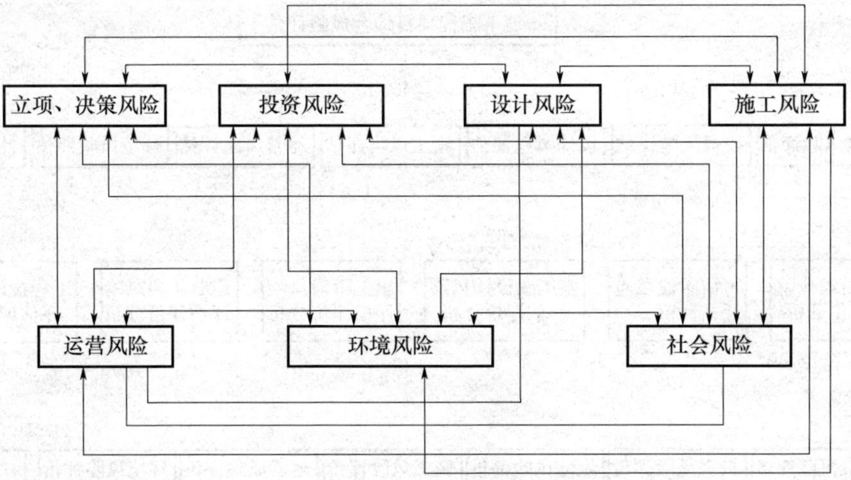

图 8-1　风险因素关系框架图

8.1.2　对建立外滩通道工程风险评估体系总体框架的考虑

大型地下工程一般要经历可研、设计、工程施工、工程运营及工程运营期结束后的报废处理等几个阶段。各个阶段又存在许多相互作用和相互影响的风险因素，因此，大型隧道工程的风险评估的研究也应针对这一特点，首先从总体上进行全面系统的整体性框架的研究，也就是先对各个阶段的风险因素进行全面系统的研究，然后再考虑各阶段风险因素之间的相互影响和相互作用，从而进行整个系统的整合，最后完成整个系统的建立。

8.1.3　地下工程风险评估体系框架的构成

大型地下工程风险评估体系框架由六大部分构成，如图 8-2 所示。

8.1.4　大型隧道工程风险评估的指标体系

风险评估的核心也就是对工程的安全效益和经济效益的评估评价，而要对安全效益和经济效益进行风险的评估评价，就必须建立一整套科学合理的风险评估评价的指标体系，也只有建立起科学合理的风险评估评价的指标体系，才能充分地发挥风险评估评价的积极作用，也才能使风险评估更加科学合理和有实际意义。为此，本书从大型隧道工程风险评估的目的、作用和意义出发，结合地下工程的特点和以人为本的工程建设思想，建立起一套以三大指标体系和三个层次组成的地下工程风险评估的指标体系（图 8-3）。

三大指标体系为：工程的安全性评价指标体系、经济性评价指标体系和综合评价指标体系。

第一层次——风险因素评价层：是以工程的各个单项风险因素的安全风险系数、财产损失系统的综合风险系数作为主要的基础评价指标。

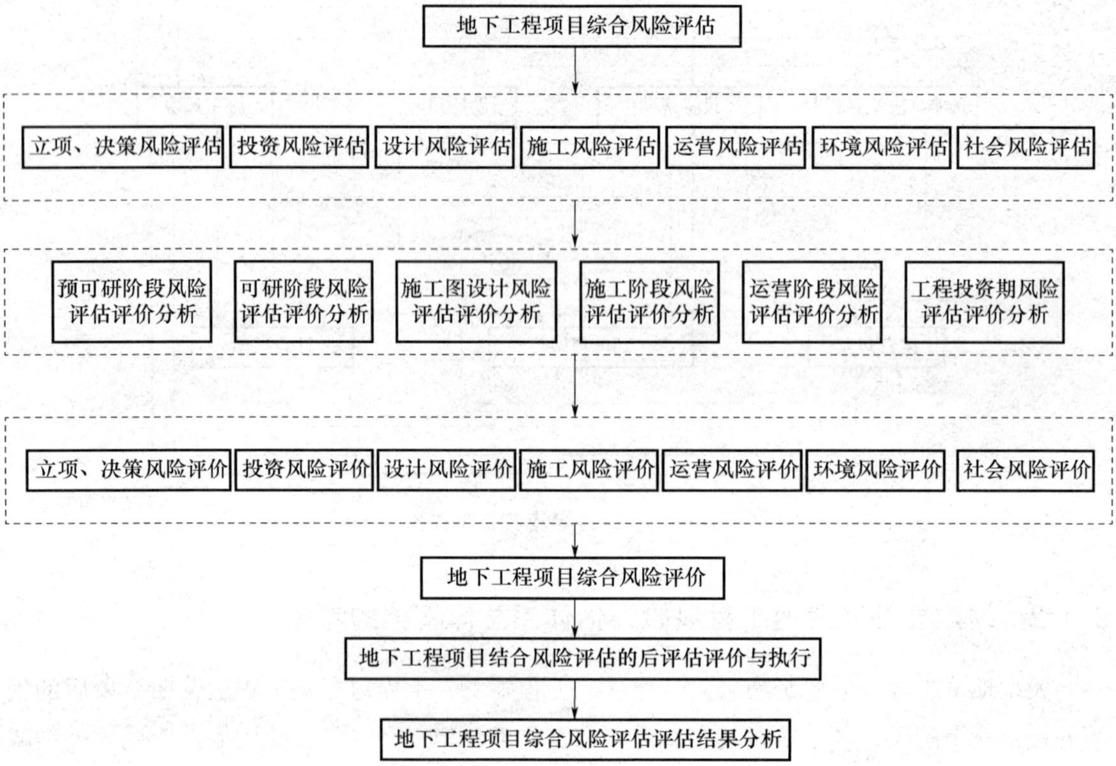

图 8-2　风险评估体系框架图

第二层次——阶段风险评价层：以各阶段安全风险系数、财产损失系数和综合风险系数为主要评价指标。它们是通过对各个阶段中各风险因素的安全风险系数、财产损失系数和综合风险系数，进行对比分析、综合计算和评价后，分别形成各个阶段的安全风险系数、财产损失系数；再由各个阶段的安全风险系数、财产损失系数经对比分析、综合计算和评价后，形成的各阶段的综合风险系数的计算值与通过对各个阶段中各风险因素的综合风险系数，进行对比分析、综合计算和评价后所得的阶段综合风险系数的计算值，再次进行综合分析和计算，最终形成阶段的综合风险系数。

第三层次——总体风险评价层：以总体安全风险系数、财产损失系数和综合风险系数（计算值）为主要评价指标，最终形成工程总体的综合风险系数（最终评价值）。

它们是通过对各个阶段的安全风险系数、财产损失系数和综合风险系数，进行对比分析、综合计算和评价后，分别形成总体的安全风险系数、财产损失系数和综合风险系数（计算值）；再由总体的安全风险系数与财产损失系数经对比分析、综合计算和评价后，形成的总体综合风险系数的计算值与通过对各个阶段的综合风险系数，进行对比分析、综合计算和评价后所得的总体综合风险系数的计算值，再次进行综合分析和计算，最终形成工程总体的综合风险系数（最终评价值）。

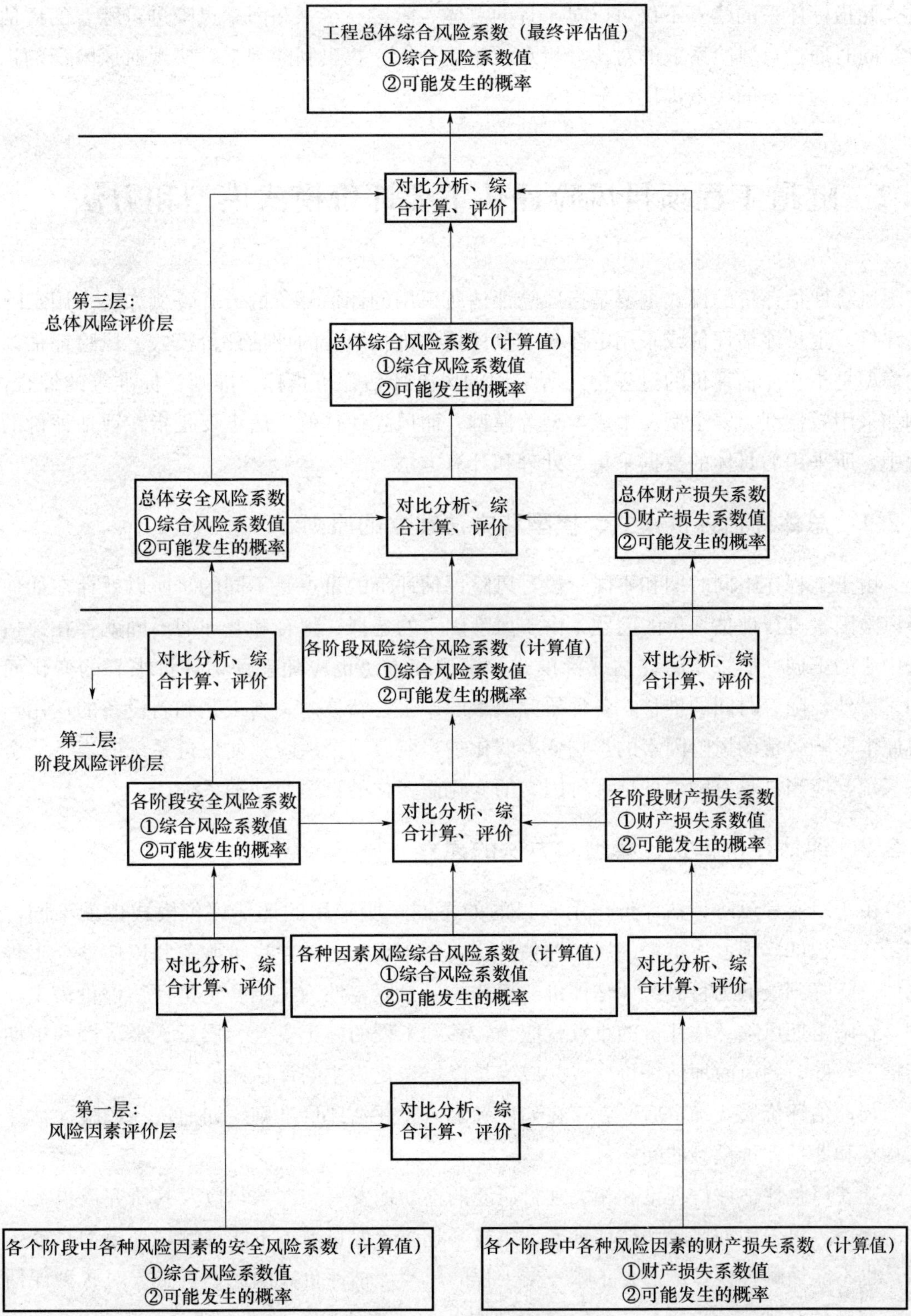

图 8-3　风险评估的指标体系

此指标体系的建立不仅可以对工程的总体、阶段、步骤和因素风险进行综合的评估评价，同时通过对风险系数的对比分析和敏感性分析，找出制险因素，实现对风险源的识别和管理，为科学的决策提供可靠的依据。

8.2 隧道工程项目风险评估主要评价模式模型和方法

风险评估评价的模式主要是指风险评估所采用的评估评价的方式，例如：采用定性评估评价、定量评估评价或采用定性与定量评估评价相结合的评估评价模式。风险评估评价的模型是指在评估评价的过程中，所采用的风险评估评价指标、准则、标准等的综合体，例如采用效益型、安全型、半成本型等模型。而风险评估的方法主要是指在评估评价的过程中，所采用的具体的数据采集、处理和计算方法。

8.2.1 总体评估评价模式、模型和方法建立的原则

由于工程在不同时期和不同阶段，风险评估评价的重点是不同的，所以就存在如何选择风险因素进行评估评价的问题，由于风险因素的选择、组合和叠加的不同就存在评估评价中心的不同，所采用的评估评价模式、模型和方法也应随着评估评价中心的变化而不同。另外，随着时间的推移，各种研究成果的产生，新技术、新工艺和新设备的运用，使得原本影响较重的风险因素的影响变得弱化了，所以一个风险评估评价系统应当是一个动态系统，应当是具有随着评估评价因素的变化而变化的自适应动态系统。

8.2.2 评估评价模式、模型和方法的建立

由于对工程风险评估评价作用和目的的不同，所采用的评估评价模式也就不同，例如：在工程的立项、决策期的风险评估的主要作用是为立项、决策服务和以使整个工程的总体风险降到最低为目的，评估评价的模式主要是以定性为主结合定量评估评价为主；又如，在施工期风险评估评价的重点就应当转移到工程的施工安全、质量、经济性和工期等指标上，此时的风险评估评价模式就应当是以定量化为主的评估评价为主。

当评估评价模式确定后，就存在如何确定风险评估评价准则，如何选择风险评估评价的指标和评估评价模型的问题。

随着风险评估评价理论和相关学科研究的不断地发展和深入，以及其研究成果在工程中的运用，可采用的风险评估评价模型也越来越多，但目前还不能说哪一种模型是最优模型，也不能说哪种模型最适合于哪一类工程的风险评估评价。因此，有必要对各种评估评价模型进行对比性分析研究，或者综合利用各种评估评价模型进行综合分析和评估评价，这也是一种研究思路。关于评估评价的方法，也是多种多样的。由于采用的风险因素及其

组合的不同，就有可能导致采用的评估评价方法和评估评价模型的不同。在大规模的系统化的风险评估过程中，包含了许多实用技术和方法，例如：头脑风暴法（Brain storming）、调查法、专家打分法、层次分析法、蒙特卡洛模拟法、数理统计法、灾害与可操作性分析法（Hazard and Operability，简称 HO）、失效模式影响分析法（Failure Model Effect Analysis，简称 FMEA）、故障树/事件树分析、概率风险评估法（Probabilistic Risk Assessment，简称 PRA）、设施风险检测法（Facility Risk Review-FRR）；现在也有学者在研究如何将不确定性理论、模糊数学和人工智能神经网络引入到风险评估中的方法；这些方法在分析的深度、广度上都是不一样的，以及提供的信息量也都不一样，因此选用合理的方法十分重要。编者认为不可能仅靠一项技术或一种方法来完成地下工程的风险评估，应对多种评估方法和多种评估技术的科学性进行综合对比分析，最终确定可采用的各种评估方法和评估技术及其组合方法。

8.3　隧道工程项目风险评估主要原则与应用

工程风险管理在项目管理中，有着举足轻重的作用。风险管理，最终还是要依靠人来实现的，所以项目的风险组织设计，应充分考虑过程中的风险，避免项目组织体系出现差错而导致整个项目面临巨大的风险。

在大型隧道工程风险管理组织体系设计中，主要应遵循以下几点管理原则。

8.3.1　在项目组织中建立风险评估的专业职能组织

在设计大型隧道工程组织结构时，应考虑如何实现风险评估的科学化和有序化，主要如下：

1. 专业分工与协作统一的原则

在大型隧道风险管理机构中，原则上按风险评估的专业设立分支部门，如质量风险评估小组、进度风险评估小组和投资风险评估小组等。各小组都制定了相应的风险评估目标、任务，明确干什么、怎么干，同时加强了协作，即明确机构内部各部门之间和各部门内部的协调关系和协调方法。在协作中要注意两条：一是要主动协调，明确各部门之间的工作关系，找出易出矛盾之点，加以协调；二是要有具体可行的协调配合办法，对协调中的各种关系，应逐步规范化、程序化。

2. 权责一致的原则

在大型隧道风险评估机构中，明确划分职责、权力范围，做到责任和权力相一致。只有做到有职、有权、有责，才能使组织机构正常运行；组织的权责是相对预定的岗位职务来说的，不同的岗位职务应有不同的权责。权责不一致对组织的效能损害较大，权力大于职责容易造成瞎指挥、滥用权力的官僚主义；责任大于权力就会影响管理人员的积极性、主动性、创造性，使组织缺乏活力。

3. **才职相称的原则**

每项工作都确定为完成该工作所需要的知识和技能。通过考察每个人的学历与经历，进行测验，最终使每个人能做到人尽其才、才得其用、用得其所。

4. **经济效率原则**

风险评估组织机构必须将经济性与高效率放在重要位置。组织中的每个部门，经一段时间的工作配合，组合成较为适宜的组织结构形式，实行有效的内部协调，使事情办得简洁而正确，减少重复和扯皮。

5. **弹性原则**

风险评估组织机构保持相对的稳定性，原则上不做大的调整，根据内部和外部条件的变化，对长远目标作出小范围的调整与变化，使组织机构具有一定的适应性。

8.3.2 对风险评估应具有针对性

大型隧道工程项目与其他大型地下工程相比，有共同性（如风险大、建设期长等）但同时又具有个性。这就要求在风险评估过程中，注意工程项目的特定环境和具体情况，有针对性地进行风险识别、风险评价、风险防范等管理步骤。

8.3.3 对拟采用的风险防范措施进行比较分析

在风险评估过程中，对于一项风险，不仅仅只提出一项措施，而是尽可能拿出几条措施，相互比较优选。如对于某项风险，究竟是采用风险回避，还是采用风险转移或风险分散的对策呢？不能完全靠主观判断，要对风险发生的概率、各项措施的机会成本、可能收益等指标进行系统地分析考虑，最后再确定采用哪项措施。

8.3.4 对风险评估应实行动态的、全过程的控制

项目面临的风险不是一成不变的，而是随工程的进展、环境和条件的变化而有所变化的。在外滩通道工程风险评估过程中，注意了收集与工程有关的各种信息，对信息进行处理后，从中识别新的风险，或排除已经不会发生的风险，制定新的风险管理措施。

8.3.5 在对风险评估中，应将信息的获取与加工作为一项重要工作

风险能否得到及时、正确的识别与控制，与信息的全面性和及时性有密切关系。大型隧道工程风险评估过程中，涉及因素多，信息量很大，应注重风险评估部门与项目的其他

职能管理部门密切合作，保证信息的流畅和共享。

8.3.6　注意各种风险防范措施的严密性和有效性

风险防范的措施在实际运用中，应注意其严密性和有效性。如在工程投保时，对于合同中的各项条款都字斟句酌，避免因为疏漏导致最终索赔失败。再如，为了实现风险转移，总承包商将一些分部分项工程分包出去，风险管理部门要求选择的分包人必须有能力完成分包项目，否则，最终的责任还是要由总包商对业主负责，从而使风险转移失败。

8.3.7　在风险管理中树立共赢理念

项目的实施难免遇到各种风险，工程参与的各方所面对的风险是不完全相同的，但各方应该树立一种理念，只有共赢才能最大限度地减少风险的发生。为了降低自己面临的风险，而加重他人风险的做法是不可取的，这将导致某一方面承担过大的风险，最终导致项目的巨大损失，从而使工程的参与方都很难得到预期的效益。

第 9 章　结论与展望

目前，大型隧道工程风险评估研究在国内外都还处于研究和发展阶段，风险评估方法及应用在大型地下工程风险管理中具有核心作用，但目前无论是理论方法还是实际应用，国内外基本处在定性阶段，存在大量问题有待深入探讨。本书在国内外研究成果的基础上，作了大型地下工程建设期风险评估方法的探讨，研究成果可为相类似工程建设提供参考，并为今后隧道及地下工程理论与应用研究提供借鉴。由于研究工作时间有限及本人知识、能力的局限，存在的问题有待在进一步研究工作中深入探讨，本书的主要结论包括以下几点：

1. 本书建立的大型隧道工程风险评估方法还需多在今后的大型地下工程实践中进一步验证并不断发展完善，今后的研究中需要通过大型地下工程风险事故资料的不断充实与完善，利用理论结合工程实践，进一步减少定性假设，完善特定参数的确定方法，增强适用性；

2. 工程风险评估是一个动态的、系统的实施过程，贯穿于工程建设的整个过程，风险评估的重点在于随着工程进度推进而不断调整，确保风险评估的前瞻性；

3. 港珠澳沉管隧道和外滩通道工程对苛刻施工环境下的多个重大风险点的规避和控制，得益于严格的工程评估与施工组织，各专项方案的评审与实施层层严格把关，风险因素分析严密周全，应急预案准备充分；

4. 工程项目的系统化、大型化、规模化的发展特点，也推动和引导了工程风险评估的“系统化、专业化”发展方向；工程风险评估的实施要注重风险评估流程各个环节的协调，注重工程动态风险的跟踪，注重工程监测和预警机制的建立，注重工程风险应急预案的完善；

5. 地下工程特别是大型隧道工程不存在可重复性，如何发展出一套切实可行的、较为适用的地下工程风险评估方法，是非常重要的、有待于深入研究并付出巨大努力实践的基础性工作。

参考文献

[1] 陈龙．城市软土盾构隧道施工期风险分析与评估研究［D］．上海：同济大学，2004.

[2] 王卓甫．工程项目风险管理——理论、方法与应用［M］．北京：中国水利水电出版社，2004.

[3] 毛儒．隧道工程风险评估［J］．隧道建设，2003，4：12-14.

[4] 蔡文如．论大型项目的风险分析与风险管理［J］．基建优化，1999，2：14-19.

[5] 蔡珍红，杨文柱．地下管线建设应用非开挖技术的风险分析［J］．企业管理，1998，8：8-12.

[6] 崇明越江通道工程风险分析研究总报告［R］．上海：同济大学，2002.

[7] 丁士昭．工业发达国家建设工程合同管理及风险管理［J］．世界建筑，2001.9：39-41.

[8] 高辉，李慧民．模糊综合评价方法在工程质量风险分析中的应用［J］．西安科技学院学报，2002，3：56-59.

[9] 郭仲伟．风险分析与决策［M］．北京：机械工业出版社，1986.

[10] 侯学渊，廖少明．盾构隧道沉降预估［J］．地下工程与隧道，1993，3（4）：24-32.

[11] 黄崇福．自然灾害风险分析的基本原理［J］．自然灾害学报，1999，5：35-39.

[12] 姜青航，李心丹，姜树元．风险度量理论——数学模式研究［R］．国家社会科学课题组，1998.

[13] 姜青舫，陈方正．风险度量管理［M］．上海：同济大学出版社，2000.

[14] 李干生，王卓甫，白宏坤．网络计划计算机仿真与风险分析［J］．河海大学学报，2001，1：65-69.

[15] 李林，李树丞，王道平．基于风险分析的项目工期的估算方法研究［J］．系统工程，2001，9：77-81.

[16] 刘金兰．大型工程建设项目风险分析认知影像图方法［D］．天津：天津大学，1994.

[17] 龙爱翔．工程项目投标的报价策略［J］．系统工程，1994，11：39-41.

[18] 罗积玉等．经济统计分析方法及预测［M］．北京：清华大学出版社，1987.

[19] 马超群．李林，动态冲突决策的费效、风险分析［J］．湖南大学学报，1997，2：103-108.

[20] 潘家华．油气管道的风险分析［J］．油气储运，1995：11-15.

[21] 宋明哲．风险管理［M］．台北：中华企业管理发展中心，1984.

[22] 万俊，邓蓉晖．房地产投资决策风险分析［J］．建筑管理现代化，2000，2：16-17.

[23] 王竹泉，史玉贞．经营决策的风险分析初探［J］．青岛建筑工程学院学报，1999，1：33-37.

[24] 王卓甫，陈登星．水利水电施工进度计划的风险分析［J］．河海大学学报，1999，27（4）：83-87.

[25] 汪晶．风险评价技术的原理与进展［J］．环境科学，1998：95-96.

[26] 汪敏，张世文．香港地区岩土工程风险管理［J］．工程勘察，2002，4：1-4.

[27] 先明其．隧道工程灾害事例调查报告［J］．现代隧道技术，1994，5.

[28] 谢媛芳．施工项目成本的风险分析与防范［J］．陕西经贸学院学报，2000，12：64-66.

[29] 徐哲，冯允成．网络计划进度的风险分析［J］．北京：系统工程理论与实践，1998（4）：24-28.

[30] 阎长俊，张晓明．工程项目管理中的风险分析与防范［J］．沈阳建筑工程学院学报，1999，1：87-89.

[31] 姚天纬．运用工程风险管理方法改善建筑安全状况［J］．建筑安全，1999，8：12-15.

[32] 杨兰蓉，许志端，张金隆．工程项目投标报价风险分析［J］．科研管理，2000，1：47-49.
[33] 杨培国．工程承包风险分析的 Markov 方法［J］．上海工程技术大学学报，2001，7：59-63.
[34] 尹之潜．震害与地震损失的估计方法［J］．地震工程与工程震动，1990，10（1）：99-109.
[35] 于九如．投资项目风险分析［M］．北京：机械工业出版社，1997.
[36] 余志锋．大型建筑工程项目风险管理和工程保险的研究［D］．上海：同济大学，1993.
[37] 赵英嘉．风险分析及不确定性因素临界点的求法［J］．化工技术经济，1997，4：27-30.
[38] 赵仪娜．经济评价中概率风险分析的研究［J］．西安石油学院学报，1998，11：56-58.
[39] 赵仪娜．经济评价中多因素敏感性分析探讨［J］．当代经济科学，1996：82-86.
[40] 赵仪娜．经济评价中概率风险分析的一种新方法［J］．理论与方法研究，1998，5：42-44.
[41] 佐藤久，田中胜雄．先明其译．日本隧道工程的发展和灾害情况的统计［J］．隧道及地下工程，1998（4）：1-9.
[42] 张立杰，高成亮．投资项目的风险分析［J］．西安科技学院学报，2000，6：69-72.
[43] 周群．论工程风险管理制度的建立［J］．中国工程咨询，2002，5：23-25.
[44] 中铁二院工程集团有限责任公司．铁路隧道风险评估指南报批稿［R］．北京：中国铁道出版社，2007，5-25.
[45] 同济大学科技开发公司．西藏南路越江隧道工程风险评估报告［R］．2006.
[46] 建设部《地下空间建设风险控制机制研究》课题组．地铁及地下工程建设风险管理指南［S］．2007.
[47] 国际咨询工程师联合会．中国工程咨询协会．风险管理手册［M］．北京：中国计划出版社，2001.
[48] 邓铁军．工程风险管理［M］．北京：人民交通出版社，2004.
[49] 雷胜强．国际工程风险管理与保险［M］．北京：中国建筑工业出版社，2012.
[50] 王长峰．现代项目风险管理［M］．北京：机械工业出版社，2008.
[51] 孙建平．建筑工程质量安全风险管理［M］．北京：中国建筑工业出版社，2006.
[52] 吴维．关于沉管法修剪长江水下隧道若干问题的研究［J］．现代隧道技术，2003，4：1-4，31.
[53] 王艳宁，熊刚．沉管隧道技术的应用与现状分析［J］．现代隧道技术，2007，8：1-4.
[54] 钟辉虹，李树光，刘学山等．沉管隧道研究综述［J］．市政技术，2007，11：490-494.
[55] 管敏鑫．钢筋混凝土沉管隧道在设计与施工中的有关问题［J］．现代隧道技术，2007，2：1-4.
[56] 赵占厂，黄骤屹．关于修建沉管隧道的若干技术问题，现代隧道技术，2007，8：5-8.
[57] 宋仪．广州市仑头——生物岛沉管隧道设计体会［J］．现代隧道技术，2007，12：37-43，65.
[58] 常翔，张献伟．生物岛——大学城沉管隧道工程重难点浅析［J］．现代隧道技术，2006：643-646.
[59] 杜朝伟，王秀英．水下隧道沉管法设计与施工关键技术［J］．中国工程科学，2009，11：76-80.